Danksagung

Ich bedanke mich bei allen Beteiligten für ihr Mitwirken und ihre Unterstützung. Besonderer Dank richtet sich an meine Frau Susanne Keß, die mich immer wieder ermutigt daran zu glauben, was in meiner Seele steckt. Weiterhin bedanke ich mich bei Ingrid Keß, Leon Seipel und MM Schilling.

Andreas Keß

Was du nicht besitzt, kannst du auch nicht verlieren. Anders verhält es sich mit der Liebe. Wenn du sie nicht besitzt, dann bist du verloren.

Andreas Keß

Inhaltsverzeichnis

1. Schöne heile Welt

xxxxxxx
Was uns niemand nehmen kann,
sind unsere guten Erinnerungen.
xxxxxxx

Unzählige Vogelarten jagten in der karg bewachsenen Savanne, vor der glutrot am Horizont untergehenden Sonne, spielerisch umher. Ihr Pfeifen und Zwitschern vermischte sich mit dem unaufhörlichen Zirpen der Grillen, die sich zum abendlichen Musizieren versammelt hatten. Daraus entstand eine nicht enden wollende Symphonie leidenschaftlichen Lebens.

In der Ferne ragten lange Hälse von Giraffen ins oberste Geäst einiger ausgedörrter Bäume, auf der Suche nach einem der wenigen grünen Blätter, die die langanhaltende Trockenperiode übrig ließ.

Auch heute, an diesem nun bald ausklingenden afrikanischen Spätsommertag, hatte es wie schon in den Wochen zuvor, keinen Tropfen geregnet, was die meisten Tiere jedoch nicht störte. Wer Durst verspürte, stillte diesen ganz in der Nähe an einem Fluss, gespeist aus verschiedenen Quellen umliegender Berge.

Am Fuße dieses Gebirges erstreckte sich ein weit ins Land reichender Dschungel, in dem ein außerordentlich großes Löwenrudel ihr Zuhause hatte. Normalerweise bestand solch ein Rudel aus maximal acht weiblichen und höchstens vier, in Ausnahmefällen bis zu fünf, männlichen Löwen. Doch bei dieser Raubtiergruppe war es anders. Dreizehn Weibchen, elf Männchen und fünf Löwenkinder waren darin vereint.

Einer der männlichen Löwen war Eddi. Eduardo, so sein vollständiger Name, war ein kräftiges und gutaussehendes Raubtierexemplar, das inmitten der Blüte seines Lebens stand. Seine Frau Ellen und die fünf gemeinsamen Kinder Pele, Lesan, Poldi, Lord und Mimi waren sein ganzer Stolz. Der junge Vater brauchte nichts weiter um glücklich zu sein. Deshalb störte es ihn auch nicht, dass sein bisheriges Leben ganz normal, man könnte fast schon sagen langweilig, verlief.

Nur zu gut kannte Eddi auch die unangenehmen Seiten des Lebens. Viele kleine und große weiße Flecken zierten von Geburt an die Unterseite seines Bauches. Er selbst musste zugeben, diese Flecken ähnelten denen einer Milchkuh. Vor allem in seiner Kindheit wurde er dafür sehr oft von seinen Spielkameraden gehänselt, und auch heute noch, wo er mittlerweile erwachsen war, begrüßte ihn der ein oder andere Löwe hin und wieder mit den Worten: „Da ist er ja unser König der Kühe“ und vollendete diesen Satz mit einem langgezogenen „mmmuuuuh“. Im Laufe der Jahre gewöhnte er sich jedoch an die albernen Sprüche und reagierte einfach nicht mehr darauf.

Seine leiblichen Eltern hatte Eddi nie kennengelernt. Erzählungen zufolge wurden sie kurz nach seiner Geburt, während eines menschlichen Überfalls auf ihr Rudel, getötet. Stattdessen wuchs er bei seinem Patenonkel Ricardo und dessen Frau Helene auf. Dies erfüllte den jungen Löwen besonders mit Stolz, denn seit er denken konnte, war sein Onkel der unangefochtene Chef des Rudels. Gerade deshalb war Ricardo all die Jahre ein sehr strenger Ziehvater und verlangte seinem Patenkind viel ab. Doch dies sollte sich bald auszahlen.

Zum Jagen hielt sich der Großteil des Löwenrudels in der Savanne auf. Normalerweise führte Ricardo die Jagd an, doch nachdem er sich bei der gestrigen Nahrungsbeschaffung seine rechte Vorderpfote verletzte, war er gezwungen, einen Ersatzmann zu verkünden. Und wer könnte da seiner Meinung nach besser geeignet sein, als Eddi. Ricardo musste jedoch seine gesamte Überredungskunst anwenden, um seinen Jungen zu überzeugen.

Jeder andere Löwe hätte diesen Posten mit Kusshand angenommen. Vor allem den drei hinter einem Busch lauernden Raufbolden Ned, Mätsch und Kalim stand deutlich der Neid ins Gesicht geschrieben. Sie konnten Eddi noch nie richtig leiden und gönnten ihm deshalb das Wohlwollen seines Onkels nicht. Am liebsten würden sie den heutigen Jagderfolg boykottieren, doch ihr furchtbares Hungergefühl und die Angst ihr Boss Ricardo könnte sie zur Strafe von der Gemeinschaft ihres Rudels ausschließen, hielt sie davon ab.

Noch weideten die angepeilten Springböcke, gut hundert Meter entfernt und knabberten an einigen halb ausgetrockneten Sträuchern. Hin und wieder sah sich eines der Tiere nervös um, doch keines schien zu ahnen, welch schreckliches Schicksal einige von ihnen nun gleich ereilen würde.

Die hungrigen Löwen hingegen waren angespannt bis über beide Ohren, sodass ein Hauch von tierischem Adrenalin durch die trockene Sommerluft schwebte. Mit wenigen Zeichen wies Eddi ihnen die Plätze zu. Einige waren nun schon so nah, dass sie das Traben jener Jungtiere vernahmen, die sich hin und wieder für wenige Augenblicke von ihren Müttern entfernten. Genau sie waren das Ziel der fleischfressenden Räuber.

Noch einmal vergewisserte sich Eddi, dass alle Jäger ihre zugewiesenen Positionen eingenommen hatten, dann gab er das lang ersehnte Zeichen für Angriff. Pfeilschnell schossen die Raubtiere aus ihren Verstecken. In Bruchteilen von Sekunden brach Panik unter den Steinböcken aus. Den meisten - vor allem ausgewachsenen Tieren - gelang die Flucht. Doch einige hatten weniger Glück. Suchend drehte sich eine fliehende Mutter immer wieder nach ihrem Nachwuchs um. Gerade als sie es entdeckte, bohrten sich die langen und spitzen Eckzähne eines Löwen in dessen schmalen

Hals. Gleich darauf fiel ein weiterer darüber her und biss dem Jungtier kräftig in den Rücken. Auch wenn es der entsetzten Mutter schwer fiel, sie konnte für ihr Junges nichts mehr tun. Jetzt stehen zu bleiben, wäre ihr eigenes Todesurteil.

Die ausgehungerten Löwen hingegen juckte es nicht, sie hatten nur im Sinn, sich endlich mal wieder so richtig den Bauch vollzuschlagen. Insgesamt erbeuteten sie vier Jungtiere und ein Älteres, das zu schwach war, um zu entkommen. Stolz schleppten sie ihre Beute zu ihrem angeschlagenen Boss, denn so wie es die Rangordnung vorschrieb, sollte er das erste Stück Fleisch bekommen.

Ricardo hatte jedoch etwas ganz anderes im Sinn. Seine sonst so trüben Augen glänzten vor Freude. Voller Begeisterung lief er zu seinem Patenkind und rief ihm schon von weitem entgegen: »Ich hatte recht, du bist einfach Spitze! Schau dich um, alle sind satt geworden...« Bei ihm angekommen schlug er mit seiner verletzten Pfote stolz auf dessen Schulter. »...Verdammt, tut das weh«, fluchte er mit schmerzverzerrter Miene.

Eddi hingegen amüsierte sich über das Missgeschick seines Onkels. Auch als der ihn böse ansah, konnte er sich das Grinsen nicht verkneifen.

Ricardo pustete mehrfach auf seine Pfote, als könnte er so die Schmerzen lindern. »Du sagst ja gar nichts zu deinem Erfolg«, wandte er sich wieder seinem Jungen zu. »Bist du denn gar nicht stolz auf dich?«

Eddi verzog keine Miene. »Doch, bin ich«, antwortete er kurz angebunden.

Ungläubig schüttelte sein Onkel den Kopf. »Ist das alles, was du dazu zu sagen hast?«

»Es war doch nichts Besonderes. Einer der anderen Löwen hätte es genauso hin bekommen. Und außerdem hast du mir oft genug Ratschläge gegeben wie ich...«

»Papperlapapp, jetzt mach dich nicht so klein!«, unterbrach ihn sein Onkel. »Sicher habe ich dir vieles beigebracht, doch den heutigen Erfolg hast du dir ganz alleine zuzuschreiben.«

Wieder einmal war Ricardo von Eddis Schüchternheit ziemlich genervt. Zwar kannte er die zurückhaltende Art seines Jungen, doch etwas mehr Enthusiasmus hätte er sich schon gewünscht. Das musste sich unbedingt noch ändern, denn schon bald sollte sein Patenkind sein Nachfolger werden.

Noch vor wenigen Jahren hätte einer der anderen Löwen gegen den alten Boss kämpfen müssen, um neues Oberhaupt des Rudels zu werden, doch im modernen Zeitalter der Tiere, gab es für die Machtübernahme kein Blutvergießen mehr. Heutzutage wurde demokratisch gewählt und schon morgen Abend sollte diese Wahl stattfinden. Viel Zeit, um Eddi zur Kandidatur zu überreden, blieb also nicht mehr.

Ricardo ging etwas näher an ihn heran. »Hast du über meinen Wunsch nachgedacht?«, fragte er flüsternd.

Eddi senkte bedrückt sein Haupt. »Wir hatten doch mehrfach darüber gesprochen, ich kann das nicht! Unser Rudel zu führen, ist eine Nummer zu groß für mich!«

Erneut legte Ricardo ganz sachte seine verletzte Löwenpranke auf dessen Schulter. »Na, na, na, wer wird denn so an sich zweifeln? Du brauchst mehr Vertrauen in deine eigenen Fähigkeiten...« Er nahm sie wieder herunter und fuchtelte wild in der Gegend herum. »...Zeig mir einen in unserem Rudel, der über bessere Führungsqualitäten verfügt als du!«

Eddi musste nicht lange nachdenken. »Wie wäre es zum Beispiel mit Ned?«, entgegnete er. »Er ist etwas älter und erfahrener als ich. Oder Mätsch, der schnellste Löwe unseres Rudels?«

Noch während diese Namen fielen, schüttelte sein Gegenüber erneut, die Augen verdrehend, den Kopf. »Diese Schwachköpfe taugen nichts! Sie sind genau wie ihr Kumpel Kalim, dumm und hinterhältig. Wenn es um Führungsqualitäten geht, sind sie absolute Nieten...« Ricardo drehte sich um und deutete in Richtung des faul in der Sonne liegenden Rudels. »...Schau dich mal um! Sieh dir diese verfressene Meute doch mal etwas genauer an! Sie haben nur ihr Futter im Kopf oder sind damit beschäftigt, sich vor anderen Tieren zu profilieren. Tagein tagaus umher spazieren, als wäre man unbesiegbar, reicht jedoch nicht aus, um ein Löwenrudel zu führen. Stattdessen ist Weitblick und kluges Handeln gefragt...« Ricardo wandte sich wieder seinem Ziehsohn zu. »...Mein Junge, mir ist klar, ich kann dich nicht dazu zwingen, doch du weißt, wie froh ich wäre, am Ende meines Lebens einen würdigen Nachfolger wie dich an der Spitze unseres Rudels zu sehen.«

Eddi schmeichelten diese Worte sehr, doch gleichzeitig fühlte er sich in die Enge getrieben. Trotzdem kehrte er in sich. Jedes einzelne Rudelmitglied schwebte ihm durch den Kopf. Hätte er überhaupt eine Chance? »Bis wann muss ich mich entschieden haben?«, fragte er nach.

»Ich will mal so sagen, wenn ich spätestens morgen Mittag eine Antwort hätte, wäre dies von großem Vorteil. Somit bliebe noch genügend Zeit, um einige wichtige Gespräche zu führen.«

»Du hast aber nicht vor die Wahl zu manipulieren?«

Ricardo winkte beruhigend ab. »Aber nein, wo denkst du hin, ich werde doch nicht die Gesetze missachten, bei deren Beschluss ich damals den Richtern beiseite gestanden habe.«

»Also gut, ich überlege es mir nochmal«, riegelte Eddi kurzentschlossen ab.

Sein Onkel nickte verstehend. »Doch vergiss nicht, du kannst sehr stolz auf dich sein. Ihr habt heute mehr erbeutet, als es in den letzten Wochen unter meiner Führung der Fall war.«

»Du bist ja auch nicht mehr der Jüngste«, platzte es unüberlegt aus Eddi heraus. Sofort wollte er sich für diese Bemerkung entschuldigen.

Ricardo begann jedoch zu lachen und sprach: »Nein, nein mein Junge, du brauchst dich nicht zu rechtfertigen. Du hast vollkommen recht, ich bin mittlerweile ziemlich alt und wie man an meiner Verletzung unschwer erkennen kann, wollen meine Knochen auch nicht mehr so, wie ich es gerne hätte. Aber jetzt lass uns mal das Thema wechseln. Langsam sollten auch wir zurück ins Lager gehen...« Ricardo schaute sich um. »...Unsere Regierungen scheinen ja wieder einmal ohne uns gegangen zu sein«, witzelte er.
Weil er mit „Regierungen" seine und Eddis Frau meinte, mussten sie herzlich lachen. Seite an Seite schlenderten sie zurück in den Dschungel. Auch wenn der Altersunterschied zwischen den beiden Löwen groß war, verstanden sie sich blendend. Ricardo war nicht nur Eddis Ziehvater und Patenonkel, sondern auch sein bester Freund.

Mittlerweile war die Sonne fast unter gegangen, sodass der Horizont in Flammen zu stehen schien. Hier und da bildeten sich ein paar Quellwolken, doch Regen war um diese Jahreszeit kaum zu erwarten.

Die Savanne leerte sich langsam. Die meisten Tiere zogen sich bei einsetzender Dunkelheit in den Schutz des Dschungels zurück. Zu groß war die Angst vor den nächtlichen Raubzügen der Menschen. Sie hatten es vor allem auf Jungtiere abgesehen. Immer öfter machte es die Runde, dass sie zur Belustigung in Shows auftreten mussten. Ausgewachsenen Tieren hingegen wurde angeblich der Kopf abgeschlagen, um ihn als ausgestopfte Trophäe an die Wand zu hängen. Ob diese schaurigen Geschichten der Wahrheit entsprachen, konnte keiner genau sagen, doch allein der Gedanke, man selbst oder der eigene Nachwuchs könnte so grausam enden, war kaum vorstellbar.

Fest stand, man konnte den Menschen in Zukunft nur zuvor kommen, wenn Frieden unter den einzelnen Tiervölkern herrschte. Deshalb gründete man vor vielen Jahren einen Gerichtshof. Damals wählten alle Tiere des Landes sieben der schlausten Löwen. Wenig später erließen diese, in Zusammenarbeit mit Vertretern der einzelnen Tierrassen, Gesetze, die untereinander für Frieden und Gleichberechtigung sorgen sollten. Alles, was nach dem „Gesetzbuch der Tiere" noch erlaubt war, war das Töten zum Zwecke der Nahrungsbeschaffung.

xxx

Mittlerweile hatte die einsetzende Dämmerung die Sonne verdrängt. Die vielen Hütten aus dicken Ästen und getrockneten Bananenblättern, in denen das Löwenrudel ihr Zuhause hatte, wurden von kräftigen Gorillas errichtet. Natürlich taten sie den Löwen diesen Gefallen nicht umsonst. Als Gegenleistung gewährten die Raubtiere ihnen uneingeschränkten Schutz. Früher, so wussten zumindest noch die älteren Tiere, hätte es so etwas nie gegeben. Da war sich jeder selbst am nächsten. Niemand kam in den Sinn, einem anderen, durch räuberische Menschen in Not geratenen Lebewesen, zu helfen. Doch nachdem fast jeder begriff, wie wichtig der Zusammenhalt untereinander war und welche Vorteile der Einzelne daraus zog, halfen sich die Tiere gegenseitig so gut es ihnen möglich war.

Auch Eddi rettete schon manches Affenkind aus den brutalen Fängen menschlicher Wilderer. Vor allem bei den Gorillas war er deshalb sehr beliebt, was man deutlich an seiner Behausung erkennen konnte. Im Gegensatz zu den anderen war seine riesig, und dies war auch von Nöten, schließlich war seine Familie die Einzige im Rudel, die aus sieben Löwen bestand.

Zufrieden betrachtete der junge Vater seine Unterkunft. Etwas Abseits vernahm er das Lachen seiner Kinder. Sie spielten in einer Sandmulde und schienen seine Ankunft noch nicht bemerkt zu haben. Leise pirschte er sich an sie heran und schaute vorsichtig über den Rand. Gerade wollte er den Kopf einziehen, entdeckten sie ihn und stürmten voller Freude lauthals auf ihn zu. Zur selben Zeit rief eine zarte, weibliche Stimme nach ihm. Eddi drehte sich um und sah im Eingang seiner Hütte, die zauberhaft strahlenden Augen seiner Frau Ellen. Sie war eine zierliche Persönlichkeit, nicht so eine typische Löwin, wie die meisten anderen Weibchen. Die sanften Konturen ihrer Augen verrieten jenen Hauch von Zärtlichkeit, nach der sich Eddi schon sein ganzes Leben sehnte. Sobald er in ihrer Nähe war, wurde sein Löwenherz weich wie Butter. Umringt von seinen Kindern, ging er zu ihr und schmiegte seinen Kopf an ihren. Weit und breit gab es wohl kein schöneres Paar, als die beiden.

Eddi liebte Ellen seit ihrer ersten Begegnung. Dieses Aufeinandertreffen war jedoch eine ziemliche Blamage. Ricardo feierte damals seinen runden Geburtstag und lud einige Freunde benachbarter Rudel ein. Auch Ellen war mit ihren Eltern gekommen. Kaum entdeckte Eddi die bildhübsche Löwin, konnte er seine Augen nicht mehr von ihr lassen.

Seinen Kontrahenten Mätsch, Ned und Kalim blieb dies natürlich nicht unbemerkt. Ohne zu zögern schmiedeten die drei gehässigen Löwen einen fiesen Plan. Sie warteten bis Eddi sich seiner Angebeteten näherte, dann schlich Ned heran und gab ihm einen kräftigen Schubser, sodass er das Gleichgewicht verlor und Ellen mit zu Boden riss. Seine angeblichen Freunde amüsierten sich köstlich über dieses geplante Missgeschick. Obwohl sie es noch nie gut mit Eddi meinten, klammerte er sich nach wie vor an deren scheinheilige Freundschaft, wie ein in Seenot geratener Matrose an einen Rettungsring.

Beschämt richtete er sich wieder auf und entschuldigte sich mit hochrotem Kopf bei der sichtlich verwirrten Löwin. Obwohl es gute Gründe gab, Ned an Ort und Stelle zur Rechenschaft zu ziehen, blieb er ruhig. Das machte ihn in Ellens Augen unheimlich sympathisch. Prompt wurde ihr weiblicher Instinkt geweckt und sie wollte mehr über den jungen und gutaussehenden Eddi wissen. Von Beginn an spürte sie, dass er ein außergewöhnlicher Löwe war, nicht so ein von Arroganz und Überheblichkeit durchtränkter Macho. Er hatte das gewisse Etwas, welches sich jedes Löwenweibchen insgeheim wünschte. Er war groß, schlank und muskulös und doch zugleich bescheiden und sanft wie ein Lamm. In den darauffolgenden Wochen trafen sich die beiden regelmäßig. Eines Tages gestand er ihr seine Liebe, und ab da waren sie ein glückliches Paar.

Auch heute noch, knapp 2 Jahre später, war Eddi sich im Klaren darüber, was für großes Glück er mit seiner Familie hatte. Als er am Abend neben seiner leise schnarchenden Frau lag, fragte er sich, wie sein Leben wohl ohne sie und den gemeinsamen Kindern aussehen würde? Noch wusste er nicht, dass die Antwort auf diese Frage bald sein weiteres Leben bestimmen würde.

2. Das Erbe

XXXXXXX

Entscheidungen zu treffen und damit zu versagen, ist allemal besser, als sich ein Leben lang als Versager zu fühlen, weil man sich nicht entscheiden konnte.

XXXXXXX

Am nächsten Morgen, kurz nach Sonnenaufgang, roch es überall nach frischem Gras, durchzogen mit einer leichten Note von Moos und feuchter Baumrinde. Die Nacht hatte die Luft merklich abgekühlt und leichte Nebelschwaden zogen durch die Savanne und den angrenzenden Dschungel. Kaum wich die morgendliche Dämmerung dem wärmenden Licht der Sonne, herrschte im Löwenlager wildes Treiben. Heute war endlich der lang ersehnte Tag, an dem zum ersten Mal in der Geschichte des Rudels, das neue Oberhaupt demokratisch gewählt wurde.

Zwischen all dem Treiben hörte man plötzlich Mätschs Stimme laut durch die Luft hallen. Er war entsetzt. Eddi hatte ihm mitgeteilt, dass er darüber nachdachte, sich zur Wahl aufstellen zu lassen. Vor Wut schnaufend zog Mätsch von dannen. Er musste umgehend Ned und Kalim Bericht erstatten.

Kaum war er weg, tauchte Ricardo lachend hinter einem Busch auf und rief: »Der ist ja davon gelaufen, als hätte ihn ein ganzer Schwarm Bienen gestochen. Nur weil du darüber nachdenkst, dich mit ihm in Konkurrenz zu stellen, bricht er vollkommen in Panik aus.«

Immer noch sah Eddi Mätsch hinterher. Nachdenklich wandte er sich seinem Onkel zu. »Ich wollte nur einen Ratschlag von ihm und seine Meinung hören, du weißt schon, wegen der Wahl.«

Ricardo warf ihm ernste Blicke zu und sagte ermahnend: »Zum hundertsten Mal gebe dir jetzt diesen Rat, wenn du freundschaftliche Tipps möchtest, solltest du dich an diejenigen wenden, die es wirklich gut mit dir meinen!«

Noch einmal drehte Eddi sich um und beobachtete wie Mätsch in der Hütte von Ned verschwand. »Aber er ist doch mein Freund«, murmelte er vor sich hin.

»Nein, ist er ganz gewiss nicht!«, sagte Ricardo sichtlich sauer. »Wann begreifst du endlich, Mätsch gehört nicht zu denen, die es gut mit dir meinen, und auch Ned und Kalim sind nicht ehrlich zu dir, vor allem dann nicht, wenn es darum geht, dass du etwas Größeres werden könntest, als sie es sind - obwohl da ja ehrlich gesagt nicht viel dazu gehört.«

»Glaubst du nicht, du urteilst etwas zu hart?«, fragte Eddi vorwurfsvoll.

»Oh nein, du wirst noch sehen, dass ich recht habe...« Nun verfinsterten sich Ricardos Blicke noch mehr. »...Ich glaube es ist an der Zeit, dass ich dich in ein großes Geheimnis einweihe. Komm, lass uns dahin gehen, wo uns niemand belauschen kann!« Kaum gesagt, drehte er sich um und steuerte auf eine lichte Anhöhe zu.

Eddi folgte ihm wortlos den spärlich bewachsenen Hügel hinauf. Was sein Onkel jetzt wohl wieder hatte? Hoffentlich fing er jetzt nicht wieder mit dem leidigen Thema seiner Wahlkandidatur an. Oben angekommen, beobachtete er ihn von der Seite. Waren da etwa Anzeichen von Angst in seinen Augen zu erkennen?

Tatsächlich sah sich Ricardo immer wieder nervös um. Jeden Winkel der Umgebung scannte er mit seinen Blicken. Als er sich sicher war, dass ihnen keiner folgte richtete er erneut das Wort an seinen Jungen. »Ich möchte dir eine Geschichte erzählen«, flüsterte er geheimnisvoll. »Doch zuerst schwöre, mit niemandem darüber zu sprechen!«

An Ricardos weit aufgerissenen Augen und den hervor quellenden Augäpfeln, konnte Eddi deutlich die Ernsthaftigkeit seines Anliegens erkennen. »Ja Onkel, ich verspreche es«, sagte er ohne zögern, denn er befürchtete, dessen Augäpfel könnten ihm jeden Augenblick entgegen springen.

Ricardo entspannte sich etwas. Besonnen legte er seine Stirn in Falten und begann zu sprechen: »Du weißt doch, dass ich mir große Sorgen mache, weil im letzten Jahr die menschlichen Überfälle auf unsere benachbarten Rudel zugenommen haben und dass ich mir aus diesem Grund dich als meinen Nachfolger wünsche?«

Eddi verdrehte genervt die Augen und brummelte: »Fängst du jetzt schon wieder damit an? Ich dachte ich habe bis heute Mittag Zeit, um es mir zu überlegen.«

»Ja, hast du auch, doch will ich dir gerne verraten warum ich dich jetzt schon nerve. Weil du ein Nachkommen deines Vaters bist.«

»Mein Vater? Was hat der denn damit zu tun?«

»Psst, nicht so laut!«, zischte sein Onkel, während er sich erneut unruhig umsah. »Ich will es dir ja erklären, doch bitte sei etwas leiser. Leider hast du deinen Dad nie kennen lernen dürfen. Er war ein sehr tapferer, mutiger und kluger Löwe. Eigentlich wäre er heute das Oberhaupt unseres Rudels...«

»Echt, er hätte deinen Posten?«, hakte Eddi flüsternd nach.

»Ja, so ist es! Kurz nachdem du auf die Welt kamst, fasste er den Entschluss, den alten Führer unseres Rudels abzusetzen. Auch wenn er diese blutrünstige Art der Machtübernahme zutiefst verabscheute, musste er damals noch gegen ihn kämpfen. Zwar besiegte er ihn, doch glaube mir, er war im Nachhinein zutiefst unglücklich über dieses Blutvergießen.« Ricardo verstummte und sah betroffen zu Boden.

Eddi setzte sich neben ihn auf den ausgedörrten Waldboden. »Und was geschah dann?«, fragte er vorsichtig nach.

»Erst einmal nichts. Dein Vater war ein sehr großherziger und diplomatischer Führer. Er hatte begonnen, Kontakt zu anderen

Rudeln aufzunehmen. Von Anfang an war es sein Anliegen, ein riesiges Netzwerk unter den Löwen aufzubauen, um sich somit besser vor den Angriffen der Menschen zu schützen. Dies war jedoch nicht das Einzige, was wir deinem Vater zu verdanken haben. Auch alles andere, so wie es heute existiert, das Gericht, der Frieden unter den Tiervölkern, das vom Gericht erstellte Gesetzbuch, ja sogar die heute Abend stattfindende Wahl, entsprang seinem Geist. Als er damals den alten Boss tötete, legte er gleich darauf einen Schwur ab. Nie wieder sollte ein Löwe einem anderen ungestraft das Leben nehmen dürfen...« Ricardo unterbrach seine Erzählung und ging ein paar Meter weiter. Vor einem vom Blitzschlag zertrümmerten Baumstumpf blieb er stehen und fuhr fort. »...Anfangs nahm keiner die Visionen deines Vaters ernst. Doch er blieb hartnäckig und setzte sich immer wieder mit den Führern anderer Löwenrudel zusammen. Leider konnte er nicht miterleben, wie sein damals frisch gepflanzter Samen, kurze Zeit später rasant wuchs und bald Früchte trug...« Wieder stoppte Ricardo. Die Worte blieben ihm fast im Hals stecken und Tränen bildeten sich in seinen Augen. Er deutete vor sich auf den verkohlten Baumstumpf und sprach mit zugeschnürter Stimme weiter. »...Wie in diesen Baum, schlug damals im wahrsten Sinne des Wortes, der Blitz in unser Rudel ein. Es gab bei uns, wie auch bei unseren benachbarten Freunden, einige Löwen, die nicht mit seinen Plänen einverstanden waren. Ihnen war jedes Mittel recht, um ihn zum Schweigen zu bringen. Sie wollten keine Demokratie, denn ihrer Überzeugung nach, schickte sich so etwas für die Könige des Dschungels nicht. Viele von ihnen vertraten die Ansicht, Löwen seien geboren, um zu kämpfen und nur die Stärksten hätten ein Anrecht auf einen Führungsposten. Verstehst du was ich damit sagen will?...« Eddi nickte angespannt mit dem Kopf. Gerade wollte er antworten, ergriff sein Onkel erneut das Wort. »...Sicherlich kannst du dir vorstellen, dass die meisten seiner Gegner, sich selbst für unbesiegbar hielten. Im Einzelkampf war das der ein oder andere gewiss auch, doch fast alle waren sie dumm wie Bohnenstroh. Zwar wurden die meisten Rudel von starken und mächtigen Löwen angeführt, doch wenn es um intelligente und weitreichende Entscheidungen ging, versagten sie durch die Reihe weg. Damals machten es uns nicht nur die Menschen schwer, sondern es herrschte auch ständig Krieg unter den Tieren. Glaube mir, manche Tage waren die Hölle auf Erden. Deshalb setzte sich dein Vater unermüdlich für die Demokratie ein.«

Eddi senkte betroffen seinen Kopf. »Und aus diesem Grund haben die anderen Löwen ihn getötet«, sagte er leise und traurig.

»Nein mein Junge, du irrst dich. Wenn sie es wenigstens selbst erledigt hätten, könnte man es ja noch verstehen. Was sie hingegen taten, stellte jegliche Feigheit in den Schatten. Sie vertuschten ihr Vorhaben, indem sie Menschen ihre Drecksarbeit machen ließen.«

Ungläubig schüttelte Eddi den Kopf, sodass seine prachtvolle Löwenmähne hin und her wallte. Er hatte ja mit allem gerechnet, aber nicht, dass seine Eltern auf so hinterhältige Weise ums Leben kamen.

»Ich verstehe nur eins nicht«, begann er nach einer Weile nachdenklich, »wie brachten sie die Menschen dazu, unser Rudel zu überfallen?«

»Ganz einfach, sie gingen zu einer der menschlichen Siedlungen und machten durch lautes Gebrüll auf sich aufmerksam. Die Menschen griffen natürlich sofort zu ihren Waffen und verfolgten sie bis zu unserem Rudel. Die Feinde deines Vaters nahmen mit ihrem hinterhältigen Plan nicht nur in Kauf, dass deine Eltern getötet wurden, sondern noch viele andere Löwen unseres Rudels. Die Einzelheiten dazu möchte ich dir lieber ersparen...« Ricardo holte tief Luft. »...Eddi, so etwas darf nie wieder passieren! Du musst mein Nachfolger werden, weil in dir das Herz deines Vaters schlägt! Wenn einer deiner vermeintlichen Freunde meinen Posten bekäme, ich weiß nicht, wo das hin führen würde.«

Eddi musste kurz nachdenken. Beflügelt vom Werk seines Vaters, fasste er einen schnellen Entschluss. »Ich werde diese Aufgabe annehmen!«, antwortete er nicht ahnend, was dieses Versprechen noch für Konsequenzen nach sich ziehen würde.

»Also wirst du dich zur Wahl aufstellen lassen?«, hakte sein Onkel hoffnungsvoll nach.

Nun musste sein Junge nicht mehr lange überlegen. Ein kurzes »Ja!«, und Ricardo fiel ein Stein vom Herzen. Auf diesen Moment hatte er so lange gewartet. Seine Bedrückung von eben verschwand. Stattdessen lächelte er und es kostete ihn viel Mühe nicht vor Freude los tanzen zu müssen.

Auch Eddi war nun froh, sich entschieden zu haben. Die Umstände, unter denen seine Eltern ums Leben kamen, rückten sein bisheriges Denken in ein völlig neues Licht. Er war nun bereit das Erbe seines Vaters anzutreten und machte sich auf den Weg zu Ellen. Als er ihr von dem grausamen Mord an seinen Eltern berichtete, wurde sie von tiefem Mitleid ergriffen. Gleichzeitig war sie jedoch froh darüber, dass ihr Mann nun endlich die Wahrheit kannte. Zwar hatte Eddi seinem Onkel versprochen, mit niemandem darüber zu sprechen, doch seiner Frau konnte er es ruhigen Gewissens anvertrauen. Auch seinen Entschluss, sich als Wahlkandidat aufstellen zu lassen, teilte er ihr mit. Insgeheim hoffte Ellen schon seit ihrem letzten Gespräch, dass er sich dafür entscheiden würde. Sie, Ricardo und dessen Frau würden Eddi auf jeden Fall ihre Stimme geben, soviel stand fest. Natürlich würde auch ihr Mann sich selbst wählen. Dies wären dann schon vier Stimmen. Doch ob das reicht?

Um sich die Zeit bis zur abendlichen Wahl zu vertreiben, unternahmen sie gemeinsam einen Ausflug zu jener Höhle, von der er seinen Kindern gestern Abend vorm Schlafen gehen berichtete. Sie machten riesige Augen, als sie sahen, dass diese Höhle tatsächlich existierte. Auch die vielen bunten Edelsteine, die überall im Gestein hervor schimmerten, waren genau wie in der Geschichte vorhanden. Noch größer wurde ihr Staunen, als ihr Vater sie zum anderen Ende der Höhle führte. Mit majestätischer Kraft prasselte dort ein riesiger Wasserfall herab.

Eddi genoss es sehr seine Kinder zu überraschen, doch egal was er unternahm um sich abzulenken, die Worte seines Onkels und die immer näher rückende Wahl, waren in seinen Gedanken allgegenwärtig.

Am späten Nachmittag brachen sie den Heimweg an. Als sie sich ihrem Lager näherten, kreuzten Mätsch, Ned und Kalim ihren Weg. Kaum sah Ellen die drei Fieslinge, verdrehte sie genervt die Augen. »Was wollen die denn hier?«, flüsterte sie ihrem Mann zu.

»Weiß nicht«, antwortete er, obwohl er längst eine Vorahnung hatte, und es sollte auch nicht lange dauern bis die sich bestätigte.

»Wir müssen mit dir reden, und zwar allein!«, fuhr Mätsch ihn schroff an. Ellen hingegen würdigte er nicht eines Blickes. Die wurde deshalb richtig sauer.

»Warum könnt ihr mit meinem Mann nicht sprechen, wenn ich

dabei bin?«, giftete sie. Verachtend schaute sie die drei Löwen der Reihe nach an. »Habt ihr etwa Geheimnisse vor mir?«

»Nein, nichts Geheimes, Männersachen eben«, stotterte Mätsch eingeschüchtert.

»Ach ja, Männersachen?«, fiel ihm die Löwin angewidert ins Wort. »Wollt ihr etwa behaupten richtige Männer zu sein? In meinen Augen seid ihr...«

Noch bevor sie aussprechen konnte, was sie dachte, unterbrach sie ihr Mann. »Ist schon gut Schatz, mit denen werde ich alleine fertig. Geht ihr schon mal vor, ich komme gleich nach!«

Enttäuscht wanderten Ellens Blicke hin und her. Sie hasste die drei Löwen abgrundtief und konnte nicht verstehen, warum ihr Mann ihr nun in den Rücken fiel. Beleidigt rief sie nach ihren Kindern und verschwand.

Kaum war sie weg, hatte Mätsch wieder die große Klappe. »Deine Alte hat ja ganz schön Haare auf den Zähnen«, sagte er lachend und steckte damit auch Ned und Kalim an.

Eddi wurde wütend. Wenn es etwas gab mit dem man ihn aus dem Häuschen locken konnte, dann der Versuch, seine Frau zu beleidigen. Er ging einige Schritte auf Mätsch zu. »Nimm es sofort zurück, sonst...!« fuhr er ihn mit weit aufgerissenen Augen an.

»Was sonst? Willst du mir etwa drohen?«

Jetzt ging Eddi so nah an Mätsch heran, dass der seinen heißen Atem im Gesicht spüren konnte. »Wenn du meine Frau beleidigst, dann werde ich dir gewiss etwas antun. Also nimmst du es jetzt zurück oder nicht?«

Mätsch bekam es mit der Angst zu tun. »Ist ja schon gut«, antwortete er aufgesetzt freundlich. »Jetzt beruhige dich, ich habe doch nur Spaß gemacht. Wusste ja nicht, dass du gleich so austickst.«

»Haha, ich lach mich immer noch tot«, fauchte Eddi ihn an. Er ließ von ihm ab und ging seiner Wege.

»Jetzt warte doch mal«, rief Ned ihm nach. »Mätsch hat es doch nicht so gemeint.«

Tatsächlich drehte Eddi um und kam zurück. »Was wolltet ihr eigentlich von mir?«, fragte er.

Mit eifrig heller Stimme mischte sich Kalim ein. »Wir wollten mit dir reden, weil wir hörten, du willst dich zur Wahl aufstellen lassen...«

»Ja und, was ist daran so ungewöhnlich?«, unterbrach Eddi den Löwen mit der quäkenden Stimme.

»Eigentlich nichts«, meldete sich Mätsch wieder zu Wort. »Nur findest du nicht auch, dass du viel zu unerfahren für diesen Posten bist?«

»Ob ich geeignet bin oder nicht, solltet ihr die Wähler entscheiden lassen«, platzte es sauer aus Eddi heraus. Er wunderte sich selbst über seine plötzliche Schlagfertigkeit.

Doch so einfach gab Mätsch sich nicht geschlagen. Vorsichtig machte er einige Schritte auf ihn zu und grinste ihn scheinheilig an. »Diese Nummer ist eindeutig zu groß für dich! Du weißt doch gar nicht, was es bedeutet ein Rudel zu führen.«

Eddi seine Blicke wanderten zu den anderen beiden Löwen. Die nickten zustimmend und glaubten ihn überzeugt zu haben, da stellte er eine unerwartete Gegenfrage: »Wisst ihr es denn? Keiner von euch hat jemals Verantwortung übernommen, zumindest nicht mehr, wie ich sie zu tragen habe.«

Ungehalten drehte Eddi sich um und ließ die drei verdutzten Löwen einfach stehen. Schnellen Schrittes entfernte er sich. Auch als einer von ihnen etwas nachrief, sah er nicht zurück. Wenn ich erst einmal Oberhaupt unseres Rudels bin, werden die schon noch lernen, vor mir Respekt zu haben. Dieser Gedanke fühlte sich gut an. Ein Hauch von Übermut durchzog Eddis geistige Fantasie.

Luisa döste im Schatten eines knochigen Baumes. Dass sie die älteste Löwin des Rudels war, ließ sich anhand der vielen Löcher, die aus ihrem grauen und verfilzten Fell hervor klafften, nicht leugnen. Die meisten Löwinnen lebten zehn, allerhöchstens fünfzehn Jahre. Doch Luisa schlug alle Rekorde. Dreiundzwanzig Jahre hatte sie mittlerweile auf dem Buckel, und das sah man ihr auch deutlich an.

In ihrem langen Leben hatte die gottesfürchtige Löwin schon so gut wie alles miterlebt. In jungen Jahren übertrug man ihr die Aufgabe, gebärenden Weibchen bei der Geburt und anschließend bei der Betreuung ihres Nachwuchses zur Seite zu stehen. Doch dies war nun schon sehr lange her. Nach einem Jahrzehnt kräfteraubender Tätigkeit, war sie zu schwach dafür.

In einem war sie jedoch bis zum heutigen Tag nicht müde geworden - Lebensweisheiten zu verteilen. Früher, als sie noch jung war, wollte ihr kaum einer zuhören. Doch heute, wo sich ihr langes, von guten und schlechten Erfahrungen geprägtes, Leben langsam zu Ende neigte, nahm man gerne ihre Ratschläge an. Es wurde sogar gemunkelt, sie verfüge über hellseherische Fähigkeiten. Manch einer behauptete sogar sie sei eine Hexe.

Eddi gab nichts auf dieses Gerede. Für ihn war Luisa von Beginn an wie eine zweite Mutter. Noch immer in Gedanken versunken lief er an ihr vorüber. Deutlich spürte die alte Löwin die in ihm aufkeimende Hoffnung und seine damit verbundene Vorfreude.

Auch wusste sie längst was er dachte. In seinen Gedanken hörte sie den Nachhall des Gespräches mit Mätsch, Ned und Kalim, und verspürte dabei seinen krampfhaften Versuch, sich selbst zur Stärke zu motivieren.

Dass sie spürte, was andere fühlten und zudem Gedanken lesen konnte, hatte sie schon öfters fast in den Wahnsinn getrieben. Weil sie jedoch mit diesen beiden Begabungen noch nicht gestraft genug war, verfügte sie noch über eine weitere Fähigkeit. Wie von einigen vermutet, hatte sie tatsächlich die prophetische Begabung einen Blick in die Zukunft werfen zu können. Drei Berufungen, die sie sich niemals ausgesucht oder gewünscht hatte. Sie waren von Anfang an einfach da. Immer wieder sah sie versunken im Gebet Geschehnisse, die sich wenig später genau so ereigneten. Als sie noch klein war, redete sie sich unentwegt ein, es wäre alles nur Zufall. Je länger sie jedoch lebte, desto schlimmer wurde es. Immer öfter bewahrheiteten sich ihre prophetischen Vorhersehungen. Detailliert sah sie, was Tage, manchmal sogar erst Wochen später geschehen würde. Tausende Male rief sie schon zum Himmel: „Gott warum strafst du mich so?"

Doch manchmal, so musste sie zugeben, hatten diese Fähigkeiten auch etwas Gutes. Wenn Menschen in Richtung ihres Rudels auf die Jagd gingen, wusste sie es schon Tage vorher und konnte Ricardo somit rechtzeitig warnen. Der wunderte sich jedes Mal, woher sie dieses Wissen hatte, doch sie rückte nie mit der Sprache heraus. Dem einzigen Löwen, dem sie jemals von ihren Begabungen erzählte, war Eddi. In ihrem Herzen spürte sie, dass er etwas ganz Besonderes war.

Noch immer lag sie im Schatten. Sie beobachtete den jungen Löwen, der mittlerweile an ihr vorüber gezogen war, ohne sie zu bemerken. Mit rauer Stimme rief sie nach ihm. Als Eddi sie entdeckte, kam er zurück. »Was denkst du so angestrengt nach?«, fragte Luisa während sie sich mühsam aus dem Gras erhob. Sie ging zum schroffen Stamm des Baumes und kratzte seitlich ihren Rücken daran.

Eddi legte sich währenddessen in den Schatten. »Ach, nichts weiter«, ließ er sie wissen. »Ich musste nur an die Wahl denken.«

Freundlich lächelnd kam Luisa zurück. »Mir ist zu Ohren gekommen, mein geliebter Junge hat sich als Kandidat aufstellen lassen...« Vor Altersschmerzen ächzend, legte sie sich wieder auf den kühlen Boden. »...Ich freue mich wirklich sehr für dich. Möchtest du wissen, was ich darüber denke?«

Eddi zögerte. Irgendwie interessierte es ihn ja schon, was sie in der Zukunft sehen würde, doch gleichzeitig hatte er Angst vor der Wahrheit. Was, wenn sie sagen würde, dass er als Rudelführer absolut ungeeignet wäre? Nein, so etwas wollte er jetzt nicht hören!

»Ich wusste gar nicht, dass wir das demokratische und friedliche Miteinander meinem Vater zu verdanken haben«, lenkte er gekonnt vom Thema ab.

»Oh ja«, schwärmte Luisa los, »dein Vater war ein großartiger Löwe. Als er für kurze Zeit unser Boss war, konnte ich, lange bevor überhaupt jemand anderes daran glaubte, den Frieden in der Ferne sehen. Doch leider musste ich auch kurze Zeit später miterleben, was für einen hohen Preis deines Vaters Vorhaben forderte.«

»Aber du hast das Unglück doch bestimmt kommen sehen? Hast du sie nicht rechtzeitig gewarnt?«

Ohne etwas zu sagen schüttelte Luisa traurig den Kopf.

Eddi sah sie entsetzt an. «Warum nicht?«, fragte er und der vorwurfsvolle Klang in seiner Stimme war nicht zu überhören.

»Ich traute mich damals nicht darüber zu sprechen. Du musst wissen, ich war noch sehr jung und die mir von Gott auferlegten Fähigkeiten machten mir wahnsinnige Angst. Zwar startete ich immer wieder aufs Neue den Versuch, deinen Vater zu warnen, doch jedes Mal, wenn ich seine Begeisterung sah...« Luisa konnte nicht weiter sprechen. Ihr standen Tränen in den Augen.

Obwohl Eddi sah wie sehr ihr dieses Geständnis zu schaffen machte, warf er ihr weiterhin vorwurfsvolle Blicke zu.

»Aber du hast damit das Leben meiner Eltern und noch vieler anderer Löwen auf dem Gewissen«, hielt er ihr schroff vor und traf sie damit mitten ins Herz.

»Das weiß ich doch«, sagte sie weinerlich. »Als tatsächlich eintraf, was Gott mir zuvor zeigte, wurde mir bewusst, was ich angerichtet hatte. Glaube mir, ich hätte es so gerne wieder rückgängig gemacht.«

»Und warum hast du mir davon nicht früher erzählt?«

Es dauerte eine Weile, bis Luisa die richtigen Worte fand. Sie erhob sich und trat näher an Eddi heran. »Weil ich mich für die Wahrheit schämte«, gestand sie kleinlaut. »Seit deiner Geburt liebe ich dich von ganzem Herzen. Ich war einfach zu feige, dir zu offenbaren, dass ich deine Eltern auf dem Gewissen habe. Wenn du mich jetzt verachtest, verstehe ich dich.« Traurig drehte sie sich weg und sah zu Boden. Eine Träne löste sich von ihrer Wange und landete im Sand, wo sie sogleich verdunstete.

Als Eddi sie so leiden sah, bekam er dann doch Mitleid. »Nein, ich verachte dich nicht«, tröstete er sie. »Wenn ich ehrlich bin, verstehe ich dich sogar ein wenig. Wahrscheinlich hätte ich an deiner Stelle genauso gehandelt. Außerdem bist nicht du, sondern die Menschen und andere Löwen für den Tod meiner Eltern verantwortlich.«

Luisa atmete erleichtert auf und wischte sich die Tränen aus ihrem faltigen Löwengesicht. »Danke, dass du mich verstehst. Jetzt fällt mir echt ein Stein vom Herzen, den ich schon viel zu lange mit mir herum schleppe.«

Eddi winkte cool ab. »Ist schon okay. Immerhin erleichtert mir die Wahrheit, in die Fußstapfen meines Vaters zu treten.« Er zögerte einen Moment. Auch wenn er Angst davor hatte, würde er nun doch gerne wissen, ob er die Wahl gewinnt.

Gerade als er all seinen Mut zusammen nahm, kam ihm die alte Löwin zuvor. »Ja mein Junge, du wirst neues Oberhaupt unseres Rudels!«, sagte sie lächelnd. »Das wolltest du doch wissen, nicht wahr?«

Eddi nickte. Daraufhin ging Luisa, ein kleines Gebet sprechend, in sich. Angestrengt versuchte sie den immer wieder für Bruchteilen von Sekunden auftauchenden Bildern mehr Konturen zu verleihen.

»Sag schon, was siehst du?«, forderte Eddi ungeduldig. Er konnte es kaum erwarten noch mehr über seine Zukunft zu erfahren, doch Luisa ließ sich dadurch nicht aus der Ruhe bringen. Sie wollte absolut sicher gehen, dass sie nicht irrte.

»Also gut«, begann sie nach einer Weile zögerlich. »Wie schon erwähnt, wirst du die Wahl gewinnen. Doch ich spüre in meinem Herzen auch viel Neid und Missgunst auf dich zukommen...« Ein weiteres Mal bemühte sie sich um deutlichere Bilder, doch es wollte ihr einfach nicht richtig gelingen. »...Mehr sehe ich leider nicht«, gestand sie schließlich.

»Und was jetzt?« fragte Eddi sichtlich enttäuscht.

»Ich weiß auch nicht, alles was ich dir noch sagen kann - ich fühle, dass eine große Bewährungsprobe auf dich zukommen wird...«

»Von was für einer Bewährungsprobe sprichst du?«, fiel er ihr etwas patzig ins Wort. »Du musst schon etwas genauer werden!«

Luisa schüttelte den Kopf. »Ich verstehe es selbst nicht. So sehr mir Gott bis eben deine und auch die Zukunft unseres Rudels zeigte, so sehr verhüllen sich diese Bilder nun im Nebel. So etwas habe ich noch nie erlebt.«

Sie hatte ihren Satz noch nicht richtig beendet, wurde ihr schwindelig. Alles um sie herum begann sich zu drehen. Benommen schwankte sie hin und her.

Eddi ließ trotzdem nicht locker. Mit diesem winzigen Schnipsel seiner Zukunftsaussichten, konnte er sich unmöglich zufrieden geben. »Jetzt streng dich halt mehr an!«, brüllte er ungehalten, sodass Luisa vor Schreck zusammenzuckte.

Auch Eddi erschrak über sein rüpelhaftes Verhalten und entschuldigte sich sofort. Luisa verzieh ihm und wagte einen erneuten Versuch. Noch einmal ging sie meditierend in sich. Es dauerte nicht lange und die ersten Prophezeiungen tauchten wieder in ihrem Geiste auf. Doch mit den Bildern kehrte auch der Schwindel zurück, nur diesmal um ein Vielfaches stärker. Plötzlich konnte sie überhaupt keinen klaren Gedanken mehr fassen. Ihr wurde schwarz vor Augen und sie verlor die Orientierung. Mit einem langen Seufzer fiel sie erschöpft zu Boden. Ihr silbergraues Fell, welches bis eben in der Sonne glänzte, wirkte nun matt und ausgetrocknet.

Eddi beugte sich über sie. »Was ist mit dir, soll ich Hilfe holen?« Sichtlich erschrocken blickte er auf die kraftlos am Boden liegende

Löwin. Wenn sie jetzt stirbt, bin ich schuld, schoss es ihm unentwegt durch den Kopf.

»Nein, lass mal, ich brauche keine Hilfe«, beruhigte sie ihn mit trockener Stimme. »Es geht schon gleich wieder.«

Noch deutlicher als zuvor spürte Luisa in sich jene geheimnisvolle Kraft, die verhinderte, dass Eddi etwas über seine Zukunft erfuhr. Es dauerte eine ganze Weile, bis sie sich davon erholte, doch letztendlich schaffte sie es aus eigener Kraft zurück ins Lager. Ein weiteres Mal nach seiner Zukunft fragen, wagte Eddi nicht.

xxx

Mittlerweile hatte sich das gesamte Rudel auf dem großen Platz vor den Hütten versammelt. Vierundzwanzig Löwen waren wahlberechtigt, nur Eddis Kinder durften wegen ihres Alters noch nicht wählen.

Noch wurde lautstark debattiert, sodass man sein eigenes Wort nicht verstand. Ricardo kümmerte dieses Treiben jedoch wenig. In sich gekehrt, ließ er sich noch einmal seine vorbereitete Abschiedsrede durch den Kopf gehen. Kurzentschlossen stieg er auf den Baumstumpf in der Mitte des Platzes und begann zu sprechen. Mehrfach brachte er zum Ausdruck, dass Eddi seiner Meinung nach als Einziger für die Nachfolge in Frage käme. Natürlich ertönte Widerstand aus Richtung der anderen, zur Wahl angetretenen, Löwen. Vor allem Mätsch, Ned und Kalim beschwerten sich lauthals, dass ihr scheidender Boss eindeutig den Versuch unternahm, die Wahl zu beeinflussen. Ricardo ließ sich jedoch nicht aus der Ruhe bringen. Er bedankte sich noch für all die Jahre, die er seinem Rudel dienen durfte und sprang vom Baumstumpf. Sofort setzte wildes Treiben ein.

Mätsch und seine Kumpels versammelten sich mit fünf weiteren Wahlkandidaten in einer Ecke. Er fragte in die Runde: »Sicher seid ihr so wie ich der Meinung, dass Eddi auf keinen Fall gewinnen darf?...« Alle nickten Mätsch zustimmend zu, sodass er guten Mutes fort fuhr. »...Ich bin nämlich fest davon überzeugt, sein Sieg wäre der Untergang unseres Rudels. Dies müssen wir unbedingt verhindern, und ich weiß auch schon wie. Keiner von euch darf sich seine eigene Stimme zukommen lassen. Stattdessen sollten wir nur einen von uns wählen. Nur so haben wir überhaupt noch eine Chance.«

»Und wer soll deiner Meinung nach der „Eine“ sein?«, fragte einer der Löwen.

»Du etwa?«, rief ein anderer.

Mätsch sah die Löwen etwas angegriffen an. »Ja ich!«, antwortete er sauer. »Schließlich war es meine Idee. Oder habt ihr einen besseren Vorschlag?...« Fragend stierte er sie weiterhin an, doch keiner antwortete. »...Eurem Schweigen entnehme ich, dass ihr einverstanden seid. Glaubt mir, so ist es das Beste. Ich werde zwar gewählt, doch regieren werden wir gemeinsam - ich gebe euch mein Wort. Also geht und tut was Ricardo von euch verlangt hat - wählt mit Verstand!«

Mätsch war fest davon überzeugt, Eindruck geschunden zu haben. Natürlich hatte er nicht im Geringsten vor, seine Macht mit den anderen Löwen zu teilen. Was er jedoch nicht wusste, er wurde längst durchschaut, schließlich war er für seine leeren Versprechungen bekannt. Für einige stand schon auf dem Weg zur Urne fest, lieber gebe ich Eddi meine Stimme, als Mätsch, dem Lügner.

Nach einer guten halben Stunde war das Wahlgeschehen vorbei.

Die als Wahlhelfer eingeteilten Gorillas zählten die auf Holztafeln eingeritzten Stimmen. Gespannt wartete das Löwenrudel auf das Ergebnis. Vor allem Eddi und dessen Onkel waren sehr nervös. Würde Ricardos letzte Ansprache Früchte tragen und hatte Luisa mit ihrer prophetischen Vorhersehung recht? Der soeben noch sicher geglaubte Sieg, fühlte sich nun nicht mehr danach an.

Wenige Minuten später war es endlich soweit. Einer der Menschenaffen stieg mit einer Tafel in der Hand auf den Baumstumpf und verkündete das Ergebnis. Fünf Stimmen für Mätsch und zwei für Kalim. Auf drei andere Löwen fiel jeweils eine Stimme. Am Ende der Auszählungen wurde Eddis Name genannt. Vierzehn Rudelmitglieder hatten ihn zum eindeutigen Sieger gekürt. Vor allem die älteren und weiblichen Löwen stimmten für ihn. Sie waren von der letzten Rede ihres scheidenden Bosses sehr beeindruckt. Als Mätsch das Ergebnis hörte, zog er beleidigt von dannen.

Eddi hingegen war überglücklich und fühlte sich auf dem Höhepunkt seines bisherigen Lebens angekommen, ja, er brach in einen regelrechten Freudentaumel aus. Er war fest davon überzeugt, als Rudelchef würde schon nicht so viel von ihm abverlangt werden. Warum sollte er auch etwas anderes denken? Schließlich hatte er den besten Rückhalt der Welt. Seine Frau, seine Kinder, Ricardo und auch der Großteil des Rudels standen hinter ihm. Luisas schweigende Zukunftsboten hatte er längst vergessen.

Das Rudel feierte ihren neuen Boss bis tief in die Nacht hinein. Bevor Eddi sich schlafen legte, führte er noch seine erste Amtshandlung aus. Wie von Ricardo gelernt, beauftragte er zwei Vögel Wache zu schieben. Die beiden Papageien Fredi und Frida hielten seit Jahren, etwas abseits des Löwenrudels, Nacht für Nacht Ausschau nach unliebsamen Besuchern. Sie waren sehr stolz darauf, den Königen des Tierreichs Sicherheit zu gewähren. Manchmal mussten sie selbst über diesen Gedanken schmunzeln.

3. Binnen weniger Sekunden

xxxxxxx

Nichts verursacht mehr Elend und Leid, als das unermessliche Streben nach Macht und Reichtum.

xxxxxxx

Die meisten Tiere im Urwald schliefen, nur hier und da hörte man leises Rascheln von umherirrenden Kleintieren. Durch die Baumkronen der vielen Bäume funkelte der Sternenhimmel und der helle Mond gab sich in Form einer goldfarbenen Sichel alle Ehre.

Fredi und Frida hatten mittlerweile ihren Überwachungsposten am Rand des Dschungels bezogen. Frida übernahm wie schon in den Nächten zuvor die erste Hälfte der Wache, während ihr Mann etwas schlief. Eigentlich hatten sie den Auftrag, gemeinsam die Gegend im Auge zu behalten, doch nachdem es in den letzten Monaten keine erwähnenswerten Vorfälle gab, beschlossen sie eigenmächtig, dass es vollkommen ausreichte, wenn einer Wache schob. Solange alles gut lief, würde davon ja keiner etwas erfahren.

Nach drei Stunden endete Fridas unspektakuläre Schicht. Sie hüpfte aus der Baumspitze von Ast zu Ast hinunter zu ihrem schlafenden Mann. »Hey Fredi, aufwachen!«, rief sie ihm entgegen, doch er tat nicht dergleichen. Unten angekommen, wiederholte sie ihre Aufforderung noch einmal, und tatsächlich begann er sich zu bewegen.

»Was, jetzt schon?«, murmelte er müde unter seinem Flügel hervor, doch sofort schlief er wieder ein.

Jetzt verlor Frida die Geduld. Genervt stieß sie ihm in die Seite, sodass er fast vom Baum stürzte. »Mach jetzt!«, motzte sie los. »Sei froh, dass du überhaupt etwas schlafen konntest. Wenn die Löwen es wüssten, würden wir ganz schön Ärger bekommen.«

Widerwillig richtete sich Fredi auf. Es bereitete ihm sichtlich große Mühe, seine Augen offen zu halten. In solch einem Moment, war vom Stolz, dem Löwenrudel dienen zu dürfen, nicht viel übrig.

Als Frida ihren vor Müdigkeit hin und her taumelnden Mann sah, lachte sie los. »Du siehst total komisch aus. Dir stehen ja alle Federn zu Berge.«

Verärgert glättete Fredi mit dem Schnabel sein Federgewand. Seine Frau begab sich währenddessen auf seinen vorgewärmten Schlafplatz. Die Luft hatte sich merklich abgekühlt und sie war nun froh, etwas von Fredis Restwärme zu spüren.

»Denk daran«, sagte sie ermahnend, »auch wenn in den letzten Monaten alles gut ging, dürfen wir nicht nachlässig werden. Nicht, dass du wieder einschläfst.«

»Ja ja, jetzt mach dich nicht so wichtig«, murmelte Fredi vor sich hin, und flog nach oben. Dort angekommen, blickte er neidisch zu ihr hinunter. Die hat es gut, dachte er. Nächste Nacht tauschen wir. Dann soll sie die erste Schicht übernehmen, damit sie sieht wie es ist, mitten in der Nacht geweckt zu werden.

Müde und verärgert starrte der Papagei in die Ferne. Die Nacht war klar und von hier aus hatte er gute Sicht in die Weiten der Savanne, weit genug, um rechtzeitig Alarm schlagen zu können, sollten sich Menschen nähern. Während er in die nächtliche Leere stierte, gingen ihm immer wieder die gleichen Gedanken durch den Kopf. Warum machen es die Menschen uns Tieren eigentlich so schwer? Anstatt Wache zu schieben, könnte ich jetzt seelenruhig neben meiner Frau schlafen. Sich die Nächte um die Ohren zu schlagen, ist wirklich ziemlich kräfteraubend. Vielleicht sollten Frida und ich mal pausieren. Wir könnten ans Meer fliegen, um dort die Seele baumeln zu lassen.

Während Fredi in seinen Urlaubsträumen schwelgte, fielen ihm immer wieder die Augen zu. Irgendwann beschloss er, nur ein Auge offen zu lassen. Halbschlaf nannte er es, und schon viele

Nächte zuvor, hatte diese halbseitige Erholung gut funktioniert. So schlief die eine Seite, während sein anderes Auge aufmerksam die Gegend beobachtete. Manchmal nickte er dabei ganz ein, doch glücklicherweise passierte nie etwas. Nur einmal ertappte ihn seine Frau und machte ihn daraufhin ganz schön zur Schnecke. Um sicher zu gehen, dass sie ihn nicht beobachtete, sah er noch einmal zu ihr hinunter. Doch sie schlief tief und fest. Beruhigt schloss er sein linkes Auge. Es dauerte nicht lange und auch das rechte fiel zu. Sofort versank er im Land der Träume.

Ein Knacken aus dem Unterholz war zu hören. Erschrocken riss Fredi seine Augen auf. Hatte er nur geträumt? Wie lange hatte er geschlafen? Er sah hinab zu seiner Frau. Sie schlief noch immer tief und fest. Erleichtert schnaufte er durch, doch im selben Augenblick knackte es erneut.

Zügig hüpfte er ein paar Äste hinunter. Was er unterm Baum entdeckte, ließ sein Blut in den Adern gefrieren. Mehrere Männer zogen mit lodernden Fackeln in Richtung des Löwenrudels. Fredi hoffte nur zu träumen und kniff sich mit seinem Schnabel fest in die Brust. Der Schmerz zerstörte jedoch all seine Hoffnung. Starr vor Schreck musste er an den Hubschrauber denken, der vor einigen Tagen immer wieder über dem Revier kreiste. Oh mein Gott, was habe ich getan?, schoss es ihm unentwegt durch den Kopf. Ich muss sofort Frida wecken. Panisch hüpfte er zu ihr und stupste sie an. »Schnell wach auf, es sind Menschen hier!«, flüsterte er.

Als sie das Wort Menschen hörte, war sie sofort hellwach. Suchend sah sie sich um. »Wieso sind Menschen hier und warum hast du mich nicht früher geweckt?...« Noch während sie fragte, leuchtete ihr ein was los war. Die verpennten Augen ihres Mannes ließen keinen Zweifel daran. »...Du Vollidiot bist eingeschlafen, nicht wahr?«, keifte sie ihn an.

»Tut...tut...tut mir leid«, stotterte er kleinlaut. »Als ich wieder wach wurde, waren sie schon da.«

Frida verpasste ihm mit dem Flügel eine Schelle. »Du bist doch echt ein Trottel. Darüber sprechen wir später noch. Die Löwen werden uns einen Kopf kürzer machen. Los beeile dich, wir müssen vor den Menschen im Lager sein!«

Was für eine Katastrophe, dachte sie und setzte kopfschüttelnd zum Flug an. Ihr Mann folgte ihr schuldbewusst.

Im Löwenlager war es immer noch dunkel, nur das leichte Dämmern in der Ferne ließ erahnen, dass nun bald ein neuer Tag anbrach. Das gesamte Löwenrudel schlief noch. Aus einigen Hütten hörte man leises Schnarchen, ansonsten war es ruhig und friedlich.

Die Stille wurde von den herannahenden Papageien gestört. Abwechselnd krächzten sie durch die Nacht: »Alarm! Alarm! Die Menschen kommen! Schnell, wacht auf! Beeilt euch, ihr müsst weg von hier!«

Einer der Ersten der hoch schreckte, war Ricardo. Sofort kam er aus seiner Behausung gestürmt. Er sah die beiden Papageien auf dem Baumstumpf landen und eilte zu ihnen. »Warum habt ihr euren Posten verlassen?«, wollte er wissen.

Völlig außer Puste, begann Frida zu berichten: »Die Menschen sind auf dem Weg zu euch...«

»Sie sind schwer bewaffnet«, fiel ihr Mann ihr ins Wort. »Wir waren beide auf unserem Posten, da entdeckten wir in der Ferne brennende Fackeln. Als sie näher kamen, sahen wir zwei bis drei dutzend Menschen.«

Nur zu gut wusste Fredi, dass er log, doch dies spielte nun keine Rolle mehr, denn kaum hatte er seinen Satz beendet, drangen aus dem Unterholz die ersten Geräusche zu ihnen.

Ricardo geriet in Schockstarre. Wie angewurzelt stand er da und stierte in Richtung des herannahenden Unheils. Er zog seine Augenbrauen hoch und dachte mit angestrengter Miene nach. Kampf oder Flucht? Noch nie musste er so eine Entscheidung in aller Eile treffen. Immer blieb genügend Zeit, um mit seinem Rudel fliehen zu können. Warum hatte Luisa ihn diesmal nicht gewarnt? Hatte sie es nicht kommen sehen?

Frida sah, dass er in seinen Gedanken zu ertrinken schien und schrie ihn an: »Mach etwas, dir bleibt jetzt keine Zeit zum Grübeln! Ihr müsst schleunigst weg von hier!«

Ihre Ansage zeigte Wirkung. Der alte Löwe löste sich aus seinem Schockzustand. »Ihr müsst mir helfen die anderen zu wecken! Sie sollen sich sofort auf die Flucht begeben, am besten jeder in eine andere Richtung. Sagt ihnen, wir treffen uns oben in den Bergen, bei den Roten Felsen.«

Fredi und Frida kamen Ricardos Aufforderung nach. Der Großteil des Rudels war jedoch längst auf den Beinen. Auch Eddi und Ellen eilten aus ihrer Behausung. Draußen angekommen, hörten sie die ersten Schüsse. Etwa zwanzig Meter entfernt, sahen sie durch die Bäume hindurch brennende Fackeln direkt auf sich zusteuern. Eddi stürmte zurück in die Hütte und weckte seine Kinder. Erschrocken sprangen sie auf und folgten ihm. Draußen angekommen, wies er ihnen und seiner Frau die Richtung, die sie nehmen sollten.

»Und was ist mit dir?«, fragte Ellen verängstigt.

»Ich bleibe hier und versuche die Menschen in Schach zu halten, damit ihr einen Vorsprung bekommt. Sobald ihr in Sicherheit seid, komme ich nach.«

Ellen sah ihren Mann unschlüssig an. Ihn einfach zurücklassen, der Gedanke gefiel ihr gar nicht.

Als Eddi ihr Zögern sah, wurde er sauer. »Verschwindet jetzt!«, brüllte er.

Entsetzt schnappte Ellen ihre Kinder am Kragen und setzte sie auf ihren Rücken. Dann sprintete sie los. Die Kleinen krallten sich an ihrem Fell fest. Egal wohin die Löwin lief, überall wimmelte es nur so von bewaffneten Menschen. Es dauerte nicht lange, und sie war umzingelt. Einen Moment lang zögerte sie, doch als sie feststellte, dass keine andere Möglichkeit bestand, forderte sie ihre Kinder auf, von ihrem Rücken zu springen und in unterschiedliche Richtungen weg zu laufen.

Sie gehorchten, doch weit kamen sie nicht. Von überall her flogen Netze auf sie zu. Lesan, Pele und Lord wurden von einem erwischt und verhedderten sich darin. Verängstigt drehten sie sich hin und her, doch es half nichts. Mit jeder ihrer Bewegungen schnürten sich die Stricke nur noch fester um ihre kleinen Körper. Kraftlos ergaben sie sich ihrem Schicksal.

Poldi und die zierliche Mimi hingegen, schlängelten sich geschickt unter den Netzen hindurch. Doch es dauerte nicht lange und auch sie waren umstellt. Mit vorgehaltenen Waffen versuchten die Männer sie zurück in Richtung der Fangnetze zu treiben.

Als Ellen es mitbekam, blieb sie trotz der vielen auf sie gerichteten Gewehre nicht untätig. Mit einem kräftigen Satz sprang sie schützend vor ihre beiden Kinder, riss bedrohlich ihre Vorderpfoten hoch und fuhr ihre spitzen Krallen aus. Ein ohrenbetäubendes Brüllen prasselte auf die Arbeiter nieder, sodass sie erschrocken rückwärts stolperten. Einige stürzten zu Boden. Gerade glaubte die Löwin ihr Plan würde aufgehen, raffte sich einer der Männer auf und zog eine Pistole. Er zielte direkt auf ihren Bauch und drückte mehrfach ab. Die Schüsse hallten laut durch den Dschungel.

Ellen erstarrte mit weit aufgerissenen Augen. Damit hatte sie nicht gerechnet. Dieser Mensch hatte tatsächlich auf sie geschossen. Die heißen Kugeln bohrten sich tief in ihren Körper. Schon oft hatte sie Geschichten darüber gehört, dass es nun sie traf, konnte sie nicht glauben. Sie richtete ihren Blick nach unten, dahin wo der pulsierende Schmerz her kam. Das dünne Fell an ihrem Bauch verfärbte sich rot und im selben Augenblick wurde ihr schummrig. Ihr bis eben majestätisch aufgebauter Körper brach in sich zusammen. Mit zugeschnürter Stimme rief sie nach ihrem Mann, doch der konnte ihr auch nicht helfen. Verzweifelt musste er aus den Fängen der Netze mit ansehen, wie seine Frau hingerichtet wurde.

Ein letztes Mal versuchte sich die Löwin aufzurichten, doch es gelang ihr nicht. Während ihre Kräfte zusehend schwanden, lief ihr ganzes Leben im Zeitraffer vor ihren Augen ab. Sie sah sich als glückliches Löwenbaby in der wärmenden Nähe ihrer Eltern und Geschwister. Noch einmal durchlebte sie den Moment, als Eddi ihr vollkommen verunsichert seine Liebe gestand und auch der Tag, an dem ihre fünf Lieblinge das Licht der Welt erblickten, zog an ihr vorüber. Noch einmal spürte sie dieses angenehme und warme Gefühl der Liebe zum Leben. Dann endete der Film abrupt.

Mit letzter Kraft hob sie ihren Kopf und sah sich um. Als ihre Augen die Männer streiften, die Schuld daran waren, dass sie nun starb, empfand sie keinen Hass, sondern tiefes Mitleid. Warum sie so etwas spürte, konnte sie nicht verstehen. Ihr Blick wanderte weiter zu ihren gefangenen Kindern. »Ich liebe euch!« flüsterte sie kaum hörbar. Dann senkte sie ihren Kopf, legte ihn behutsam auf den Waldboden und schloss für immer die Augen.

Noch im selben Moment umhüllte sie etwas Unbekanntes. Zwar wusste Ellen wie sich Liebe anfühlte, doch was sich nun in ihr ausbreitete, war um ein Vielfaches stärker. Sie hob vom Boden ab. Etwas griff nach ihr und zog sie fort. Während sie Richtung Himmel schwebte, spürte sie keine Schmerzen mehr. Noch einmal sah sie zurück und entdeckte ihren blutigen, leblos am Boden liegenden Körper.

Eddi brüllte unterdes einen verzweifelten Klageruf heraus, der noch kilometerweit zu hören war und selbst das härteste Tierherz erweichen ließ. Dass er miterleben musste wie seine Frau, von Kugeln durchbohrt, zu Boden ging und starb, brach ihm das Herz. Heiße Tränen liefen über sein Löwengesicht und tropften von seiner samtweichen Nase hinunter ins Laub. Sein kraftvolles Brüllen und sein anfangs noch hoffnungsvolles Ankämpfen, gegen die unzähligen Netze, wich einer großen Resignation.

»Warum habt ihr das gemacht? Was haben wir euch getan?«, rief er den Menschen schluchzend zu.

Die verstanden natürlich kein Wort von dem, was der Löwe sagte. Für sie hörte es sich nur wie wimmerndes Katzengejammer an. Mitleid? Fehl am Platz. Sie verfolgten nur ein Ziel, möglichst schnell die zwei entkommenen Löwenbabys einzufangen. Die Geschäfte mit dem illegalen Fällen von Bäumen, liefen in letzter Zeit nicht so gut, da war der Gewinn aus dem Fang der kleinen Löwen, ein nettes Sümmchen, welches man sich auf keinen Fall entgehen lassen wollte. Vor allem für den Chef des Überfallkommandos wäre es sehr ärgerlich, wenn die beiden noch frei laufenden Tiere durch die Lappen gingen. Unverzüglich befahl der hellhäutige Mann mit Schnurrbart und Lederhut einigen seiner Angestellten die Verfolgung aufzunehmen.

Durch Büsche und über umgestürzte Baumstämme eilten die Männer immer tiefer in den Dschungel hinein, bis sie schließlich am Rande eines Abgrundes auf die beiden vollkommen erschöpft und vor Angst zitternden Löwenbabys stießen. Nun waren alle Wege abgeschnitten.

Bei jedem Schritt den die Männer auf Mimi und Poldi zu gingen, machten sie einen Schritt rückwärts. Der Abgrund kam immer näher. Einer der Verfolger lehnte seine Flinte gegen einen Felsbrocken. Gerade wollte er nach der Beute greifen, fiel sie um und schlug auf den steinigen Boden. Ein Schuss löste sich. Mimi und Poldi erschraken und machten einen weiteren Schritt nach hinten, doch dieser war einer zu viel. Krampfhaft krallten sie sich mit ihren Vorderpfoten im Gestein fest, während ihre Hinterläufe in der Luft baumelten. Doch alle Mühe war vergebens, sie rutschten ab und stürzten in die Tiefe.

Als die Männer mit leeren Händen zurück kamen und Eddi ihre enttäuschten Gesichter sah, begriff er sofort, dass Mimi und Poldi nicht mehr am Leben waren. Auch er hatte den Schuss gehört. Binnen Bruchteilen einer Sekunde löste er sich aus seiner fesselnden Resignation. Jetzt begann es richtig in ihm zu brodeln. Seine Traurigkeit verwandelte sich in einen erneuten Befreiungsversuch. Er brüllte, tobte und biss einige der Stricke durch. Es schien, als würde er sich tatsächlich befreien können.

Doch nicht nur Eddi war außer sich vor Wut. Auch der Mann mit Lederhut war sehr verärgert. Das Versagen seiner Angestellten hatte ihn um mehrere tausend Dollar gebracht. Da kam ihm der

Tobsuchtsanfall des Löwen gerade recht. Aus dem Halfter seines Gürtels zog er eine Pistole, lud durch und zielte auf das mittlerweile schon fast vollständig befreite Raubtier. Erst jetzt fielen ihm die weißen Kuhflecken an dessen Bauch auf. So etwas Verrücktes hatte er ja noch nie gesehen. Mit solch einem außergewöhnlichen Muster, würde auch dieser ausgewachsene Löwe ein paar Dollar einbringen, da war er sich ziemlich sicher. Er packte seine Pistole weg, schnappte das Betäubungsgewehr einer seiner Angestellten und zielte mit zusammengekniffenem Auge auf den Körper des Löwen.

Als würde Eddi ahnen, was nun gleich geschah, hielt er inne. Er drehte sich um und sah direkt in die Augen des Schützen. Noch ehe er einen klaren Gedanken fassen konnte, hörte er einen dumpfen Knall, gefolgt von einem kurzen Zischen. Etwas schlug an seinem Hinterlauf ein. Um zu sehen was es war, drehte er seinen Kopf in alle Richtungen. Doch bevor er etwas entdecken konnte, überfiel ihn eine schwere Müdigkeit. Eddi war sich sicher nun auch zu sterben und dieser Gedanke fühlte sich befreiend an. Es dauerte nicht lange und er verlor das Bewusstsein. Die Ladung Betäubungsmittel war stark genug, um einen Elefanten außer Kraft zu setzen.

Der Boss rief seine Arbeiter zusammen und befahl ihnen die Löwen in mittlerweile herangeschleppte Käfige zu verladen. Sechs kräftige Männer mussten mit anpacken, um das mehrere Zentner schwere Raubtier in den Käfig zu hieven. Lord, Lesan und Pele verfrachteten sie in einen separaten Zwinger. Zwar wehrten sie sich durch kratzen und beißen, doch die Männer ließen sich davon nicht beeindrucken. Außer einigen kleinen Kratzern konnten die Löwenbabys noch keinen Schaden anrichten.

Die Käfige wurden ein ganzes Stück zu einer Lichtung getragen. Dort stand für den Abtransport ein Laster bereit. Kaum setzte sich das Fahrzeug in Bewegung, wurden die kleinen Löwen, durch die Unebenheiten des Waldbodens, kräftig durchgeschüttelt. Wenige Minuten später bogen sie auf eine geteerte Straße ab, sodass die restliche Fahrt ruhiger verlief.

Nach einer guten Stunde ging am Horizont die Sonne auf. Kaum streichelten die ersten Strahlen das Verdeck, stieg die Temperatur im Laderaum rasant an. Schon kurze Zeit später fühlten sich Lesan, Pele und Lord, als würde man sie bei lebendigem Leib garen. Als der Laster in brütender Mittagshitze die Siedlung erreichte, waren sie am Ende ihrer Kräfte.

Einige Arbeiter wurden von ihrem Boss angewiesen, die Käfige abzuladen und den Tieren Wasser zu geben. Schweißtriefend kamen die dunkelhäutigen Männer der Aufforderung nach. Auch wenn die meisten von ihnen seit ihrer Geburt in Afrika lebten, stellte für sie die drückende Hitze immer wieder eine neue Herausforderung dar. Vor allem unter der Last des Käfigs mit dem riesigen Löwen ächzten sie erschöpft. Sie schleppten ihn zu einem weiß verputzten Haus und stellten ihn an der Vorderseite im Schatten ab.

Von ihrem Boss mit Lederhut war mittlerweile weit und breit nichts mehr zu sehen. Gleich nach der Ankunft war er ins Haus geeilt, um am Telefon, seinem Auftraggeber, den Direktor eines angesehenen Zirkus, über seinen Fang zu informieren. Auch wenn es zwei kleine Löwen weniger waren, tat dies der Freude auf ein gewaltiges Sümmchen keinen Abbruch.

Selbst am noch nie zuvor gesehenen Kuhfleckenlöwen bekundete der Zirkusdirektor großes Interesse. Dieser würde sein Publikum gewiss begeistern. Er unterbreitete ein gutes Angebot und sofort wurde die Übergabe der Tiere für den nächsten Tag arrangiert.

Die Freude des Siedlungsbosses über den finanziellen Zugewinn war so groß, dass er nicht einmal merkte, wie er schon eine ganze Weile belauscht wurde. Fredi und Frida waren auf dem Verdeck des Lasters mitgereist und saßen nun vor seinem geöffneten Fenster. Sie verstanden die menschliche Sprache, da man ihnen in jahrelanger Gefangenschaft Wort für Wort antrainiert hatte. Damals war ihnen noch nicht bewusst, dass sie eines Tages dankbar dafür sein würden.

»Hast du gehört?«, fragte Fredi seine Frau. »Der will unsere Freunde an einen Zirkus verkaufen. Komm, wir müssen sie schleunigst befreien.« Er setzte zum Flug an.

Frida zögerte und sagte: »Lass uns damit warten bis es dunkel wird. Jetzt sind noch überall Wachen.«

Fredi sah sich um. Sie hatte recht, tatsächlich wimmelte es nur so von bewaffneten Menschen.

»Aber was sollen wir so lange machen? Wir können doch nicht tatenlos herumstehen. Was, wenn sie unsere Freunde in der Zwischenzeit woanders hinbringen?«

»Werden sie schon nicht. Du hast doch gehört, sie haben die Übergabe erst für morgen Mittag verabredet. Und sollten sie Eddi und seine Kinder doch an einen anderen Ort bringen, hängen wir uns einfach weiterhin an ihre Fersen.«

Fredi zeigte ihr mit seinem Flügel einen Vogel. »Ich glaub du hast sie nicht mehr alle! Denkst du auch mal daran, dass wir später den weiten Weg zurück fliegen müssen?«

»Halt du bloß den Ball flach!«, maulte Frida ihn an. »Schließlich haben wir dir diesen ganzen Schlamassel zu verdanken. Wärst du nicht eingeschlafen, würden unsere Freunde nicht in Gefangenschaft sein und Ellen, Poldi und Mimi noch leben...« Wütend sah sie ihren Mann an. Weil er schuldbewusst seinen Kopf einzog, beruhigte sie sich wieder. »...Im Augenblick jedenfalls haben wir keine Chance mit ihnen unbemerkt fliehen zu können«, fuhr sie fort und deutete mit ihrem Flügel rüber zu Eddis Käfig. »Vor allem über ihn mache ich mir große Sorgen. Er scheint immer noch nicht bei Sinnen zu sein.«

Ihr Mann kniff die Augen zusammen und sah hinüber. »Wie kann der bloß so seelenruhig schlafen?«, wandte er sich wieder seiner Frau zu. »Wir machen uns Gedanken über seine Befreiung und der pennt die ganze Zeit.«

»Er schläft doch nicht freiwillig«, klärte Frida ihn auf. »Der Schuss war keine Kugel, sondern ein Betäubungspfeil.«

Der arme Kerl, dachte Fredi. Wahrscheinlich ist es besser für ihn, dass er ruhig gestellt wurde. Was er sich mit ansehen musste, war ganz gewiss zu viel für sein gutes Herz. Mitleidvoll und schuldbewusst sah er erneut zu ihm rüber. Im selben Moment wurde der Käfig mit Eddis Kindern heran geschleppt. Weil neben dem Käfig ihres Vaters nicht genügend Schatten war, trugen die Männer ihn zurück und verfrachteten ihn unter eine Überdachung, die einen Trinkwasserbrunnen schützte.

»Schau mal Frida! Da sind die Kinder und wie es aussieht, geht es ihnen den Umständen entsprechend gut.«

»Gott sei Dank«, platzte es erleichtert aus ihr heraus. Sie wollte zu ihnen fliegen, doch diesmal stellte sich ihr Mann ihr in den Weg.

»Meinst du nicht, wir sollten erst einmal nach ihrem Vater sehen?«

»Nein, zuerst die Kinder!«

»Aber vielleicht ist Eddi mittlerweile zu sich gekommen, dann könnten wir gemeinsam einen Fluchtplan ausarbeiten und diesen anschließend seinen Kindern mitteilen.«

Manchmal ist er gar nicht so dumm, dachte Frida und flog los. Fredi folgte ihr. Der Mann am Telefon erschrak fürchterlich über das hektische Flattern vor seinem Fenster. Auch wenn es sich nur um zwei davonfliegende Papageien handelte, schloss er es vorsichtshalber. Gleich darauf wandte er sich wieder seinem zahlungskräftigen Auftraggeber am anderen Ende der Leitung zu.

xxx

Eddi öffnete seine Augen und wurde von der, sich im Fenster des gegenüber liegenden Hauses spiegelnden, Sonne geblendet. Ich bin im Himmel, ging es ihm durch den Kopf. Ich kann das helle Licht sehen, von dem Luisa schon so oft sprach. Jetzt werde ich Ellen wieder sehen, tröstete er sich selbst. Den Tod seiner beiden Kinder hatte er irgendwie vergessen.

Verschlafen rieb er sich die Augen. Kaum nahm er seine Pfote weg, wurde seine heilvolle Vorstellung vom Himmel durch einen stechenden Schmerz im Kopf getrübt. Er stöhnte kurz auf. Hatte Luisa nicht behauptet im Himmel verspüre man keine Schmerzen? Plötzlich rief jemand nach ihm. Eddi hoffte es wäre die Stimme Gottes, doch schnell wurde klar, es war eindeutig Frida. Der krächzende Klang ihrer Stimme ließ keinen Zweifel daran. Ist die etwa auch im Himmel?, überlegte er während er sich aufzurichten versuchte. Doch es gelang ihm nicht. Geschwächt legte er seinen Kopf wieder auf seine Vorderpfoten. Verschwommen sah er die heran hüpfenden Umrisse seiner beiden bunten Freunde. Jetzt schärften sich seine Blicke etwas. »Was macht ihr denn hier? Seid ihr etwa auch tot?«, fragte er verwundert.

»Was meinst du mit tot?«, fragte Frida zurück. Sie wandte sich ihrem Mann zu, doch der zuckte nichts wissend mit den Schultern. Daraufhin sah sie wieder den Löwen an. »Wie kommst du darauf, dass wir gestorben sind?«

»Na, weil das hier der Himmel ist. Ich wurde doch getötet, hab deutlich gespürt wie mich ein Geschoss traf...« Eddi wurde stumm und dachte nach. Das Letzte woran er sich erinnern konnte, war tatsächlich der Einschlag an seinem rechten Hinterlauf. »...Ich bin doch im Himmel, oder?«, wollte er erneut wissen. Langsam aber sicher leuchtete ihm ein, dass er sich irrte. Er war immer noch in diesem schrecklichen Leben gefangen, in dem binnen Sekunden seine Familie zerstört wurde. Hoffnungslos legte er seinen Kopf wieder ab.

Frida hüpfte näher heran und sprach: »Du und drei deiner Kinder wurden hierher verschleppt. Die Menschen wollen euch an einen Zirkus verkaufen.«

Als Eddi diese Nachricht vernahm, löste er sich aus seiner Erschöpfung. Unendlicher Zorn machte sich in ihm breit. Er wusste genau was ein Zirkus war, denn solch ein Zelt hatte er früher mal aus der Ferne gesehen. An die eingesperrt leidenden Tiere, konnte er sich noch sehr gut erinnern.

»Deshalb musste meine Frau sterben?«, brüllte er laut los. »Um meine Kinder zu entführen, damit sich die Menschen an ihnen belustigen?«

»Nicht so laut!«, versuchte Frida ihn zu besänftigen. »Sonst werden die Menschen auf uns aufmerksam.«

»Übrigens musste nicht nur Ellen sterben...«, verplapperte sich Fredi und noch ehe er diesen unüberlegten Satz beenden konnte, kassierte er von seiner Frau einen Hieb in die Seite.

Doch es war zu spät. Eddi kam näher. »Was meinst du damit?«, hakte er nach.

»Mit was?«, fragte Fredi, als wüsste er absolut nicht, worum es ging. Verunsichert tapste er einige Schritte rückwärts.

»Na du weißt schon, das von eben. Du sagtest nicht nur Ellen musste sterben, wer noch?...« Durchdringenden Blickes sah Eddi die beiden Vögel an. Anstatt zu antworten, starrten sie betroffen zu Boden. Keiner traute sich die Wahrheit zu sagen. »...Los rückt mit der Sprache heraus! Wen hat es noch erwischt?«, forderte er sie erneut, diesmal nur etwas unfreundlicher auf.

Frida merkte, dass sie aus dieser Nummer nicht mehr raus kamen. Vorsichtshalber ging auch sie ein paar Schritte zurück, denn sie wusste nicht, wie der Löwe gleich reagieren würde. Mit zittriger Stimme begann sie zu sprechen: »Sie haben nicht nur deine Frau sondern auch Mimi und Poldi...«

Sie brauchte nichts weiter zu sagen. Sofort fiel Eddi alles wieder ein. Natürlich, der Schuss und die Arbeiter, die mit leeren Händen und enttäuschten Gesichtern zurück kamen.

»Ich bring diese Schweine um«, begann er zu wüten, sodass die Papageien fluchtartig den Käfig verließen. »Hat es ihnen nicht gereicht, meine Frau zu töten? Warum die Kleinen?« Tränen bildeten sich in Eddis Augen und kullerten die Wangen hinunter. Apathisch sah er zu den beiden Vögeln hinaus. Die stierten traurig zu Boden. Wie man in so einer Situation angemessen reagiert, hatten sie nie gelernt.

Plötzlich kam Frida ein Idee, wie sie ihn vielleicht doch etwas aufmuntern konnte. Sie ging erneut einige Schritte näher an ihn heran. »Lord, Pele und Lesan leben noch«, begann sie leise zu sprechen. »Sie sind dort drüben in dem Käfig beim Brunnen unter dem Dach.«

Es machte den Eindruck, als ließe Eddi sich tatsächlich beruhigen. Er sah hinüber und entdeckte hinter der Wasserstelle die Ecke des Käfigs. Auch ein Stück vom Fell eines seiner Kinder schimmerte deutlich sichtbar hervor. Doch sofort wütete er erneut los: »Diese Mistkerle! Lasst mich hier raus! Ich will ihnen ihre Kehlen durchbeißen.«

Der tobsüchtige Löwe schmiss sich auf den Rücken und trat mit seinen Hinterläufen mehrfach gegen die Käfigtür. Panisch sahen sich die beiden Vögel an. Was sollten sie nur tun? Frida versuchte Eddi erneut durch gutes Zureden zu beruhigen, doch er reagierte nicht mehr darauf. Stattdessen nahm er Anlauf und schmiss sich immer und immer wieder mit voller Wucht gegen die Tür, sodass sich sein Fell bei jedem Aufprall weit um die Gitterstäbe wölbte. Er war so außer sich vor Zorn, dass er nicht einmal merkte, wie einer der Arbeiter mit einem Gewehr auf ihn zu stürmte. Auch der Betäubungspfeil, der ihn diesmal am Rücken traf, schien nicht in der Lage zu sein, ihn zu bändigen. Erst ein zweiter Pfeil ließ den Löwen erneut in einen tiefen Schlaf fallen.

Fredi und Frida hatten sich längst aus dem Staub gemacht. Aus sicherer Entfernung mussten sie mit ansehen, wie ihr Freund ein weiteres Mal lahm gelegt wurde.

»Was sollen wir jetzt nur tun?«, fragte Frida völlig außer Puste. Als sie sah, dass Fredi mit den Schultern zuckte, wurde sie grantig und fuhr ihn an: »Jetzt zieh nicht so blöd deine Flügel hoch! Schließlich war es deine Idee, erst bei Eddi vorbei zu schauen.«

»Ja und? Hätte es was geändert, wenn wir vorher bei den Kindern aufgetaucht wären?«, motzte Fredi zurück.

»Wir sollten uns jetzt nicht streiten«, beruhigte sich Frida. »Lass uns lieber nach den Kindern schauen!«

Sofort machten sich beide Papageien auf den Weg.

Die Löwenkinder sahen die herannahenden farbenfrohen Vögel und sprangen auf. »Frida, Fredi, wo kommt ihr denn plötzlich her?«, riefen sie gleichzeitig.

Fredis Frau hüpfte in den Käfig hinein. »Wir sind euch gefolgt und werden euch befreien, nur müssen wir abwarten, bis euer Vater zu sich kommt. Die Menschen haben ihn betäubt, weil sie solche Angst vor ihm haben.«

»Aber wie wollt ihr das anstellen?«, fragte Lord. »Sein Käfig ist doch bestimmt so wie unserer abgesperrt...« Er ging zur Tür, griff durch die Gitterstäbe und wackelte an dem Vorhängeschloss herum. »...Eindeutig fest verschlossen.«, wiederholte er noch einmal.

»Das wissen wir längst, die Schlösser sind jedoch nicht sonderlich dick und Fredi hat einen harten Schnabel. Er wird es schon irgendwie kaputt bekommen.« Sie wandte sich ihrem Mann zu. »Das schaffst du doch, oder?«

Stolz nickte Fredi mit dem Kopf. »Da habe ich schon ganz andere Dinge kaputt bekommen. Wisst ihr noch, den Fußball den ich euch aus der menschlichen Siedlung mitbrachte? Da musste ich auch solch ein Schloss knacken.«

»Du hast den Fußball gestohlen?«, riefen alle drei entsetzt. Vorwurfsvoll sahen sie ihn an.

Frida musste schmunzeln, doch ersparte sie sich jeglichen Kommentar.

Ihrem Mann hingegen war es sichtlich peinlich. »Na, na, na, wer wird denn gleich vom Stehlen sprechen«, rechtfertigte er sich. »Ich habe ihn nicht gestohlen, nur ausgeliehen. In dem Schuppen gab es so viele Bälle. Die Menschen haben wahrscheinlich nicht einmal bemerkt, dass er fehlte. Wenn ihr größer seid, bringe ich ihn wieder zurück. Großes Ehrenwort!«

»Wo ist eigentlich Papa?«, wollte Lesan wissen und Fredi war froh, dass er das Thema wechselte.

»Und wo sind Mimi und Poldi? Leben sie noch?«, fragte Lord.

Frida sah ihren Mann daraufhin mit einem Blick an, der ihm unmissverständlich zu verstehen gab, nicht wieder voreilig los zu plaudern.

Lord ließ jedoch nicht locker. »Wir haben einen Schuss aus der Ferne gehört.« Fragend sah er die beiden Vögel an.

»Ja, ähm, also das ist so...«, begann Frida zu stottern.

»Sie sind tot«, unterbrach sie Lord traurig. »So wie Mama, nicht wahr?«

»Ihr braucht uns nicht anzulügen«, mischte sich Pele ein. »Wir wissen es längst.«

»Leider ja«, gab Frida traurig zu und kassierte dafür von ihrem Mann vorwurfsvolle Blicke. »Was sollte ich denn machen?«, maulte sie ihn genervt an. »Früher oder später hätten sie es sowieso erfahren.«

»Was haben wir den Menschen getan?«, wollte Lesan wissen.

»Und was sollen wir jetzt ohne unsere Mama machen?«, meldete sich Pele wieder zu Wort.

Gerne hätten die Vögel etwas Tröstendes geantwortet, doch ihnen war klar, dass alle hoffnungsvollen Worte der Welt nicht in der Lage wären, den kleinen Löwen auch nur ansatzweise etwas Trost zu spenden.

»Kinder, wir wissen es ehrlich gesagt auch nicht«, gab Frida zu. »Es ist einfach nur schrecklich. Doch wir müssen jetzt zusammen halten und stark sein. Die Menschen werden für das, was sie euch angetan haben, ihre gerechte Strafe bekommen.«

»Davon kommen Mama und unsere Geschwister auch nicht zurück«, murmelte Pele und begann fürchterlich zu weinen. Auch die anderen beiden Löwenkinder schlossen sich ihm an.

Selbst der immer so coole Fredi, musste nun los heulen. Er drehte sich weg, damit es keiner merkte. Es dauerte eine Weile, doch dann fing er sich. Er wischte seine Tränen weg und wandte sich wieder den Löwen zu. »Kinder es nützt alles nichts, wir müssen uns jetzt zusammenreißen. Euer Vater war, als er vorhin zu sich kam, schon total am Durchdrehen. Bitte seid ihr wenigsten vernünftig und verhaltet euch ruhig!«

»Aber was macht es denn überhaupt noch für einen Sinn, ohne Mama?«, sagte Lord etwas trotzig.

Frida hüpfte vor ihn und sprach: »Auch wenn sie jetzt nicht mehr da ist, habt ihr trotzdem noch euer ganzes Leben vor euch, und ihr habt noch euren Vater. Willst du, dass ihr alle in Gefangenschaft bleibt, nur weil du jetzt keinen Sinn mehr siehst?...« Als Frida sah, dass Pele einsichtig den Kopf schüttelte, fuhr sie erleichtert fort: »...Wir werden jetzt die Gegend auskundschaften. Sobald es dunkel wird, holen wir euch. Bitte verhaltet euch solange ruhig!«

Die drei Löwenkinder sahen den davon fliegenden Papageien hinterher, bis sie zwischen einigen Bäumen verschwanden.

Die Nacht war angebrochen und Eddi lag immer noch schlafend auf dem harten Boden seines Käfigs. In kurzen Abständen zuckten seine Hinterläufe - ein deutliches Zeichen, dass er nun bald erneut erwachte. Es dauerte nicht lange, und er öffnete seine Augen. Diesmal war ihm sofort klar, er befand sich nicht im Himmel.

Fredi und Frida warteten schon eine Weile vorm Eingang des Käfigs. Frida rief nach ihm. Sie hoffte, er würde nicht erneut ausflippen. Doch sie hatten Glück, diesmal blieb er ruhig. Benommen wollte er seinen Kopf heben, um etwas zu sagen, doch er war zu schwach. Die zweite Dosis Betäubungsmittel hatte ihm ganz schön zugesetzt. Es kostete ihn viel Mühe, überhaupt seine Augen offen zu halten. Sorgenvoll betrachteten die Vögel den Löwen. Wäre er überhaupt in der Lage zu fliehen? Einen Plan B gab es nicht.

Fredi hüpfte näher heran und flüsterte: »Wir waren bei deinen Kindern und sollen dir ausrichten, sie haben dich unendlich lieb und sind froh, wenn sie wieder zu Hause sind.«

Unter großer Anstrengung schaffte es Eddi nun doch seinen Kopf zu heben. Die Wirkung der Narkose schien nachzulassen. »Wie geht es ihnen?« fragte er mit trockener Kehle.

»Gut, bis auf den Schock wegen dem Tod von...« Sofort blieben dem Papagei seine unüberlegten Worte im Hals stecken.

Langsam erhob sich Eddi und für einen Moment glaubten die beiden Vögel, er würde erneut ausrasten. Doch diesmal blieb er ruhig. Er stapfte zum Metallnapf in der Ecke seines Käfigs und trank ein paar kräftige Schlucke daraus. Er wandte sich wieder den Papageien zu und sah sie nachdenklich an.

»Sie wissen, dass ihre Geschwister tot sind?«, fragte er etwas vorwurfsvoll. »Warum habt ihr es ihnen gesagt? Hättet ihr damit nicht warten können, bis wir zu Hause sind?«

Als Frida sah, dass keine Gefahr mehr vom Löwen ausging, traute sie sich zu ihm in den Käfig. »Du weißt doch wie schlau deine

Kinder sind. Sie hörten den Schuss, sahen die enttäuscht zurück kehrenden Männer und zählten einfach eins und eins zusammen.«

Eddi wurde erneut sehr traurig. Dass seine Kinder so etwas miterleben mussten, zerriss ihm ein weiteres Mal das Herz. Doch viel Zeit zum Trauern blieb ihm nicht.

»Wir werden erst dich und dann deine Kinder befreien«, meldete sich Fredi zu Wort. »Bekommst du das hin, ohne wieder durch zu drehen?...« Eddi nickte ihm zu. Nun traute sich Fredi etwas näher an ihn heran. »...Du musst wieder zu Kräften kommen«, gab er zu bedenken. »Der Weg bis zu den Roten Felsen ist sehr weit und es kann sein, dass du deine Kinder auf deinem Rücken transportieren musst.«

»Welche Roten Felsen?«

»Erinnerst du dich nicht, was ihr vor Jahren ausgemacht hattet? Ihr wolltet euch im Notfall oben in den Bergen einfinden.«

Jetzt fiel es ihm wieder ein. »Aber wie finden wir da hin?«, wollte er wissen.

Frida winkte mit ihrem Flügel ab. »Mach dir darüber keine Sorgen, wir kennen den Weg...« Sie sah sich um. »...Ich denke, es wird auch langsam Zeit aufzubrechen. Dunkel genug ist es ja mittlerweile und von den Menschen ist weit und breit nichts zu sehen. Mein Mann wird jetzt das Schloss an deinem Käfig knacken. Anschließend wartest du hier und wir fliegen rüber und befreien deine Kinder. Dann kommen wir zurück und hauen gemeinsam ab. Hast du alles verstanden?«

Eddi nickte. Sofort machte sich Fredi daran, mit seinem spitzen und kräftigen Schnabel auf das Vorhängeschloss einzuhacken. Zuerst wollte es nicht nachgeben, doch nach mehreren gezielten Treffern, sprang es endlich auf. Fredi flog hoch, packte mit seinen langen Krallen den Riegel und zog ihn flatternd aus der Halterung. Der war schwerer als gedacht, sodass der Vogel in der Luft hin und her taumelte. Irgendwo musste er das schwere Ding möglichst geräuschlos ablegen. Gegenüber der gepflasterten Siedlungsstraße entdeckte er eine angrenzende Wiese. Zügig steuerte er auf sie zu, denn lange konnte er das schwere Teil nicht mehr halten. Gerade als er die Straße überquerte, entglitt ihm der Riegel und fiel mit lautem metallischen Scheppern auf die Pflastersteine. Die Wachhunde liefen bellend umher, denn sie hatten die Eindringlinge entdeckt.

»Pass doch auf!«, rief Frida ihrem Mann zu. »Du weckst doch alle auf.« Hoffentlich beruhigen sich die Hunde wieder, dachte sie, doch es war nur Wunschdenken.

In den einfachen Hütten der Arbeiter ging ein Licht nach dem anderen an. Kurze Zeit später stürmten die ersten bewaffneten Männer aus ihren Unterkünften. Sie steuerten direkt auf Eddis Käfig zu.

»So ein Mist. Was machen wir jetzt?«, rief Fredi während er vor dem Käfig landete.

Frida sah sich um. »Eddi, du musst sie ablenken«, schlug sie vor. »Wir befreien währenddessen deine Kinder.«

»Auf gar keinen Fall!«, fiel der Löwe ihr ins Wort. »Ich werde meine Kinder selber holen!«
Ohne zu zögern nahm er Anlauf. Mit voller Wucht schmiss er sich gegen die Tür, sodass sie aufsprang und mit einem lauten Knall an die Seitenwand des Käfigs schlug. Er stürzte kopfüber heraus und landete im Dreck. Zügig raffte er sich auf und rannte rüber zum Brunnen.

Frida flog ihm nach. »Nein Eddi, tu das nicht! Sie werden dich töten!«, rief sie ihm zu.

Doch er blieb stur, denn schleunigst musste er seine Kinder befreien, koste es, was es wolle. Fast hatte er den Brunnen erreicht, stellte sich ihm eine kräftige Gestalt mit vorgehaltener Waffe in den Weg. Eddi stoppte. Er war dem Käfig schon so nahe, dass er in der Dunkelheit die Umrisse seiner Kinder erkennen konnte. Als der Schütze weiter ins Licht trat, erkannte er ihn. Es war jener weißhäutige Mann mit Schnurrbart, der für den Tod seiner Liebsten verantwortlich war. Nur der Lederhut fehlte.

Mit seiner Pistole zielte der Mann direkt auf den Kopf des Löwen. Er bog seinen Zeigefinger um den Abzug und wollte gerade abdrücken, da griffen ihn zwei Papageien aus der Luft an. Wild flatternd flogen sie über seinen Kopf herum und pickten auf ihn ein. Um sich zu schützen, ließ er seine Waffe fallen. Während er um Hilfe brüllte, schlug er mit seinen Fäusten nach den Angreifern. Mehrere seiner Angestellten eilten herbei.

Eddi wurde klar, es blieb nicht mehr viel Zeit, um seine Kinder zu befreien. Mit einem Satz sprang er rüber zum Käfig, schnappte mit seinen Zähnen das Vorhängeschloss und biss fest darauf herum. Er zerrte mit all seiner Kraft daran, doch es gab keinen Millimeter nach.

Seine Kinder hatten sich vor Schreck in die hinterste Ecke des Käfigs verkrochen. Verängstigt beobachteten sie ihren außer sich geratenen Vater. Lesan traute sich als Erstes zu ihm. »Papa, hör auf damit, so wirst du es nicht auf bekommen!«

Sein Vater ließ das vollkommen verbeulte Schloss los und sah seinen Jungen verzweifelt an. Auch Pele und Lord kamen nun aus der Dunkelheit. Doch so leicht wollte Eddi nicht aufgeben. »FREDI! FRIDA!«, brüllte er aus voller Kehle, doch die beiden Papageien waren immer noch damit beschäftigt, den Boss der Siedlung in Schach zu halten. Einer der heran eilenden Arbeiter eröffnete das Feuer auf die Vögel, sodass sie gezwungen waren die Flucht anzutreten. Kaum hatten sie die Papageien verscheucht, steuerten sie auf die Löwen zu.

Eddis Kinder erschraken. »Papa, lauf los!«, riefen sie im Chor, doch ihr Vater weigerte sich.

»Ich gehe nicht ohne euch!«, ließ er sie resignierend wissen.

»Doch du musst!«, sagte Lord. Mit seiner kleinen Pfote griff er durch die Gitterstäbe. Er machte sich ganz lang und berührte seinen Vater.

Eddi sah ein, seine Kinder hatten recht, er konnte im Moment nichts mehr für sie tun. Er beugte sich nach unten und schmiegte sich an Lords Pfote. »Ich komme wieder! Ich hol den Rest unseres Rudels und dann werden wir euch befreien!«

Kaum gesagt streifte ihn eine Kugel am rechten Ohr. Gleich darauf schlug eine weitere neben ihm im Boden ein. Eddi begriff sofort, diesmal handelte es sich nicht um Betäubungsspritzen. Er sprang um den Käfig herum und sprintete die Siedlung hinunter. Bevor die Arbeiter schalten konnten, schlüpfte er durch das einen Spalt weit geöffnete Haupttor. Draußen blieb er stehen und sah zurück. Sollte er umkehren und einen erneuten Befreiungsversuch wagen? Noch während er überlegte, flog hinter ihm das Tor ganz auf und mehrere Arbeiter eröffneten das Feuer. Hunderte Kugeln flogen durch die Nacht, doch wie durch ein Wunder, traf ihn kein einziges Geschoss.

Eddi rannte und rannte, bis er völlig erschöpft an einem kleinen Bach ankam. In großen Schüben beförderte er mit seiner Zunge das erfrischende Wasser in sein Maul. Dann schaute er sich um, doch seine Verfolger hatte er längst abgehängt.

»Da bist du ja endlich«, rief plötzlich eine Stimme aus der Dunkelheit. Eddi erschrak, doch er hatte keinen Grund zur Panik. Es war nur Frida, die nach ihm rief. »Wir haben schon gedacht wir sehen dich nie wieder«, ließ sie ihn wissen. Sorgenvoll betrachtete sie den Löwen. Der hatte jedoch keine Zeit zu verlieren.

»Schnell, wir müssen weiter!«, forderte er sie ungeduldig auf. »Du musst mir den Weg zum Notfalllager zeigen! Wir holen den Rest des Rudels, bevor sie meine Kinder wo anders hin bringen!...« Noch einmal sah sich Eddi um. »...Wo ist eigentlich dein Mann?«, fragte er.

»Der ist bei deinen Kindern geblieben, falls die Männer sie doch an einen anderen Ort bringen«, rief Frida und flog los.

»Sehr gut!«, murmelte Eddi und folgte ihr zügig tief in den Urwald hinein. Er drehte sich nicht mehr um, auch dann nicht, als er Schüsse in der Ferne hörte. Er hoffte nur, dass die Männer seinen Kinder nichts antaten.

Was er nicht ahnte, seine Verfolger hörten hinter einem Busch ein Geräusch und ballerten wild drauf los. Als sie das Feuer einstellten und nachsahen, stellten sie enttäuscht fest, sie hatten lediglich ein Warzenschwein zur Strecke gebracht.

4. Rache ist süß

xxxxxxx

Wenn man keinen Frieden in sich findet, braucht man ihn auch nicht in der Welt zu suchen.

xxxxxxx

Die ganze Nacht eilte der Löwe mit den Kuhflecken dem bunten Vogelweibchen hinterher. Frida wollte zwischendurch Verschnaufpausen einlegen, doch Eddi nötigte sie jedes Mal, weiter zu fliegen. Kurz nach Sonnenaufgang kamen sie am Fuße eines Gebirges an, dessen Berge weit in die vereinzelt locker am Himmel hängenden Wolken hinein ragten.

Eddi blieb stehen und sah hinauf. Weit oben schimmerte es rötlich. Das mussten sie sein, die Roten Felsen. Sofort machte er sich an den Aufstieg. Die steilen mit Geröll übersäten Hänge forderten seine letzten Kräfte.

Nach über einer Stunde mühsamen Aufstieg, kam er vollkommen erschöpft und von Durst gequält am Ziel an. Lange weiße Schleimfäden hingen an seinem Maul herunter. Nach Luft hechelnd, betrachtete er die vielen kleinen und großen Höhleneingänge, die sich überall im Berggestein befanden. Schon oft sprach Ricardo darüber, dass diese Höhlen, bei drohender Gefahr, für eine gewisse Zeit ein sicherer Rückzugsort wären. Hier hoch würde sich kaum ein Zweibeiner verirren. Nicht nur steile Hänge, sondern auch dornige Büsche und schroffe Felsvorsprünge, stellten für Menschen schier unüberwindbare Hindernisse dar. Und zudem würden sie wohl kaum auf die Idee kommen, weit oben in den Bergen nach Löwen zu suchen.

Eddi sah sich alles ganz genau an. Irgendwo musste es eine Wasserstelle geben, ansonsten hätte Ricardo diesen Zufluchtsort ganz gewiss nicht ausgewählt. Während er die Umgebung weiterhin betrachtete, fiel ihm unterhalb der vielen Höhlen, der riesige mit goldfarbenen Sand bedeckte Platz auf. So wie im alten Lager gab es auch hier eine Stelle, von der aus man zum Rudel sprechen konnte. Zwar war es kein Baumstumpf, dafür aber ein kreideweißer

Felsbrocken.

Das gesamte Löwenrudel hatte sich davor versammelt. Alle bis auf Eddi und seine Familie. Noch hatte keiner den Ankömmling bemerkt, denn sie waren viel zu sehr mit der Verteilung ihrer Schlafplätze beschäftigt. Ihre lautstarke Diskussion war nicht zu überhören. Das ist wieder mal typisch, dachte Eddi, ich stecke in riesigen Schwierigkeiten und die haben nichts Besseres im Sinn, als auszuloten, wer in welcher Höhle schläft.

Etwas abseits der Felsen entdeckte er einen kleinen Teich. Da war sie endlich, die langersehnte Wasserquelle. Der Durst ließ Eddi einen Moment lang den schmerzlichen Verlust seiner Liebsten vergessen. Die weißen Schleimfäden vor seinem Maul, hatten sich längst im Fell verfangen und waren eingetrocknet. Er änderte die Richtung und steuerte direkt auf das Gewässer zu. Kaum stillte er sein Verlangen nach erfrischendem Wasser, kamen die Gefühle von Wut und Trauer zurück. Es wurde Zeit, dass er sein Rudel um Hilfe bat. Schnurstracks ging er zu ihnen.

Mätsch war einer der Ersten, der ihn kommen sah und deutete mit der Pfote in dessen Richtung. Als die anderen sich umdrehten und ihren neu gewählten Boss entdeckten, wurde es augenblicklich still.

»Na du Held!«, unterbrach Mätsch gehässig das Schweigen. »Kaum bist du unser Chef, geht es auch schon drunter und drüber.«
Er hatte seinen Satz noch nicht richtig beendet, gab Ricardo ihm von hinten eine kräftige Schelle. Mätsch fauchte ihn taumelnd an.

»Was ist?«, brüllte Ricardo unbeeindruckt. »Willst du dich mit mir anlegen?« Mit vor Wut weit aufgerissenen Augen, sah er sein Gegenüber an.

Einen Moment zögerte Mätsch, doch dann machte er sich vom Acker.

»Ist auch besser so!«, zischte Ricardo ihm nach. Dann richtete er das Wort an Eddi. »Wo ist der Rest von euch? Wo sind Ellen und die Kinder?«, fragte er.

»Ellen, Mimi und Poldi sind tot«, antwortete Eddi traurig. »Die anderen drei sind in Gefangenschaft bei den Menschen.«

Unter den schockierten Blicken seiner Rudelmitglieder, berichtete Eddi, was genau geschehen war. Jeder im Rudel war zutiefst betroffen. Selbst dem eben noch zu dummen Sprüchen aufgelegten Mätsch, verschlug es einen Moment lang die Sprache. Doch lange hielt sein Schock nicht an. Schnell fasste er den Entschluss, dass Eddi selber schuld sei. Hätte dieser Dummkopf sich nicht wählen lassen, wäre es nicht so weit gekommen, da war er sich ziemlich sicher.

Ricardo legte, so wie schon hunderte Male zuvor, eine Pfote auf Eddis Schulter. »Wie hast du denn den weiten Weg hierher gefunden?« wollte er wissen.

»Das habe ich Frida zu verdanken...« Mit verheulten Augen sah Eddi seinen Onkel an. »...Ihr werdet mir doch helfen Lesan, Lord und Pele zu befreien?«

»Was ist das denn für eine Frage?«, flutschte es sofort aus seinem Onkel heraus. »Natürlich helfen wir dir...« Er nahm seine Pfote von Eddis Schulter und stellte sie ab. »...Dafür sind wir ein Rudel. Wenn einer in Gefahr ist, stehen alle anderen für ihn ein. Wir werden erst ruhen, wenn deine drei Kinder wieder bei uns sind, das verspreche ich dir.«

Eddi schöpfte aus den Worten seines Onkels neuen Mut, doch auch der wurde zerstört, als im selben Augenblick Fredi außer

Atem angeflogen kam.

»Zu spät! Sie sind weg!«, krächzte er, während er direkt vor Eddi auf dem Felsbrocken landete.

»Was machst du hier?«, fuhr der ihn an. »Wolltest du nicht bei meinen Kindern bleiben?«

Bevor der Papagei antwortete, musste er mehrmals nach Luft schnappen. Er war den ganzen Weg hierher durchgeflogen. »Sie sind weg!«, wiederholte er noch einmal.

»Wo sind sie hin? Jetzt rück schon mit der Sprache raus!«, brüllte Eddi den Papagei ungeduldig an.

»Beruhige dich!«, mischte sich Ricardo ein.

»Wie bitte? Ich soll mich beruhigen?«, fauchte Eddi zornig. »Ich verrate dir mal etwas, ich wollte meine Kinder sofort befreien, doch dieser nichtsnutzige Vogel und seine Frau haben alles vermasselt.«

Obwohl Ricardo so nicht mit sich reden lassen wollte, versuchte er Ruhe zu bewahren. »Also sag schon, wo haben sie die Kinder hingebracht?«, wollte er vom völlig verängstigten Papagei wissen.

»Weiß leider auch nicht«, stotterte er kaum hörbar.

»Es wird ja immer besser!«, giftete Eddi erneut los und verdrehte ungläubig die Augen.

»Es reicht!«, brüllte Ricardo seinen Jungen an. »Lass Fredi endlich ausreden, ansonsten können wir dir nicht helfen!«

Doch Eddi reichte es jetzt auch. Beleidigt und ohne ein weiteres Wort zu verlieren drehte er sich um, ging zu einer der Höhlen und verschwand darin. Ihm war egal, wer welche zugeteilt bekam. Er hatte diese hier ausgesucht und damit basta. Drinnen angekommen, verspürte er die angenehme Kühle die von den Wänden ausging. Dies ließ seine Wut etwas abflachen. Er sah ein, er hatte Fredi zu unrecht beschuldigt. Einen Augenblick zögerte er, dann ging er wieder nach draußen zu seinem Rudel. Die Löwen tuschelten, doch als sie sahen, dass ihr neu gewählter Boss zurück kam, schwiegen sie.

»Bitte entschuldigt«, sagte Eddi leise und sah Fredi an. »Vor allem du kannst am wenigsten dafür«, ließ er ihn wissen.

Der Papagei hingegen war sich seiner Schuld bewusst, doch behielt er es besser für sich. Erneut wurde er von Ricardo aufgefordert zu berichten.

Fredi legte los: »Gleich nachdem ihr weg ward, luden die Arbeiter den Käfig mit den Kindern auf einen Transporter. Um bei ihnen zu bleiben, landete ich auf dem Fahrzeugdach. Doch irgendwann sind sie auf eine mehrspurige Straße abgebogen, sodass ich auf dem rutschigen Untergrund den Halt verlor.«

»Ich werde sie nie wieder sehen!«, platzte es entsetzt aus Eddi heraus.

»Doch, wirst du! Wir werden sie finden!«, versuchte Ricardo ihn zu trösten, doch alles gute Zureden half nichts. Mit gesenktem Haupt ging Eddi zurück in seine Höhle und legte sich auf die mit Blättern bedeckte Schlafstelle, welche von einigen Pavianen liebevoll hergerichtet wurde. Sein letzter Hoffnungsschimmer war nun erloschen. Der Wunsch seine drei noch lebenden Kinder zu befreien, löste sich unweigerlich in Luft auf. Ihm war zum Sterben zumute und er schwor sich, nie wieder aufzustehen. Er würde hier einfach liegen bleiben und verhungern.

Tatsächlich zog er es durch. Mehrere Tage vergingen und Eddi war nicht ein einziges Mal aufgestanden. Er lag inmitten seiner körperlichen Ausscheidungen und siechte vor sich hin. Der Großteil der anderen Löwen machte sich unterdessen große Sorgen um ihn. Hin und wieder schaute Ricardo oder Luisa vorbei, doch weder er, noch die alte Löwin konnten ihn zum Aufstehen überreden. Eddi bewegte sich keinen Zentimeter. Er stierte einfach nur regungslos die Wand an und schwieg.

Stundenlang wurde im Rudel debattiert, wie man ihm helfen konnte, doch niemand hatte einen brauchbaren Vorschlag. Selbst die alte und erfahrene Luisa, die sonst gegen jede Krankheit und Sorge ein Kraut fand, war Angesichts dieser Tragödie sprachlos. Den einzigen Trost spendete ihre innere Stimme. Sie gab ihr unentwegt zu verstehen, dass in absehbarer Zeit alles wieder gut wird. Auch wenn sie dieser Stimme bisher vertrauen konnte, fiel es ihr diesmal besonders schwer.

Sie beschloss noch einmal nach Eddi zu sehen. Leise schlich sie hinein. Ziemlich dunkel hier, dachte sie, als sie plötzlich mit ihrer Nase direkt an das Hinterteil des Löwen stieß. Erschrocken wich sie zurück. Sie roch den unangenehmen Gestank von Kot und Urin, der nun an ihrer Nase klebte, doch ließ sie sich nichts anmerken. »Du bist ja aufgestanden«, rief sie in die Dunkelheit.

Eddi drehte sich zu ihr. »Was willst du?«, schnauzte er sie unfreundlich an.

»Ich machte mir Sorgen um dich«, antwortete sie mit rauer mütterlicher Stimme. Mittlerweile hatten sich ihre Augen etwas an die Dunkelheit der Höhle gewöhnt. Deutlich sah sie Eddis von Ausscheidungen verklebtes Fell. Auch wenn es sie vor Ekel schüttelte, ließ sie sich weiterhin nichts anmerken.

»Ich hab doch gesagt, ich will meine Ruhe! Könnt ihr mir nicht einmal diesen Wunsch erfüllen?«

»Doch natürlich, können wir. Aber du gehörst nun mal zu unserem Rudel und wir werden bestimmt nicht zuschauen, wie du stirbst.«

»Als ob es euch etwas anginge. Außerdem, wer sagt, dass ich sterben will?«

Eddi fiel ein, dass Luisa auch diesbezüglich längst wusste, was in ihm vorging. Dadurch wurde sein Zorn noch stärker befeuert. Ohne etwas zu sagen ging er nach draußen. Als er an der Löwin vorüber zog, wurde der Gestank so stark, dass sie mehrfach würgen musste.

Eddi ließ sich davon nicht stören. Draußen angekommen kniff er vom Sonnenlicht geblendet seine Augen zusammen. Es dauerte eine Weile, bis er sich an die Helligkeit gewöhnt hatte.

Einige seiner Rudelmitglieder lagen faul in der Gegend herum und musterten ihn von oben bis unten. Obwohl sein Fell verfilzt und verdreckt aussah und man den Gestank meilenweit gegen den Wind riechen konnte, waren sie erleichtert, ihn lebend zu sehen.

Eddi hingegen war genervt. »Was glotzt ihr denn so blöd?«, rief er. Dass die Worte kaum hörbar aus seiner trockenen Kehle krächzten, brachte ihn noch mehr auf die Palme. Stur ging er zur Wasserstelle. Kaum war er dort, geschah etwas, was keiner für möglich hielt. Er nahm Anlauf, sprang hinein und wälzte sich unter den entsetzten Blicken der anderen Löwen hin und her. Seine körperlichen Ausscheidungen schwammen nun deutlich sichtbar auf der Wasseroberfläche. Wer eben noch Durst hatte, dessen Wunsch nach Wasser war nun gestillt.

Die beobachtenden Löwen drehten sich angewidert weg, denn ihnen war bewusst, dass sie irgendwann wieder aus der Quelle trinken mussten. Auch Ricardo blieb das Treiben seines Ziehsohnes nicht unbemerkt. Wie versteinert stand er da und stierte auf die im Wasser schwimmenden Fäkalien. Was war plötzlich mit seinem Jungen los? Von dieser Seite kannte er ihn gar nicht. So etwas hätte er sich vor dem Verlust seiner Familie nie erlaubt. Ricardo musste handeln und ging zu ihm.

»Was ist plötzlich in dich gefahren?«, brüllte er vorwurfsvoll. »Ist dir klar, dass du unsere Trinkstelle versaut hast? Komm sofort da raus!«

Widerwillig kam Eddi der Aufforderung nach. Pitschnass hing das Fell an dem frisch gebadeten Löwen herunter und glänzte schön sauber in der Sonne. Doch die Wut in seinem Bauch war trotz der kühlen Erfrischung immer noch da.

»Ach ja«, keifte er zurück, »und ist es nicht meine Höhle, in die ständig einer rein gelatscht kommt?«

Ricardo glaubte nicht richtig zu hören. Alle machten sich seit Tagen Gedanken um Eddis Wohl und er benahm sich wie die Axt im Walde. Und vor allem dieser Ton, so hatte er ja noch nie mit ihm gesprochen.

»Also erstens«, begann er sichtlich sauer, »es ist niemand einfach so bei dir rein gelatscht gekommen, sondern wir machten uns die ganze Zeit Sorgen um dich und wollten nachschauen wie es dir geht. Und zweitens, ist das noch lange kein Grund unser Wasser mit deinen Ausscheidungen zu versauen. Wo sollen wir denn jetzt unseren Durst stillen?«

Eddi zuckte desinteressiert mit den Schultern. »Ist mir doch egal«, antwortete er höhnisch lachend.

Das brachte sein Onkel richtig in Rage. »Pass mal auf mein Freund«, begann er zu brüllen, »was dir widerfahren ist, ist wirklich tragisch, doch es rechtfertigt noch lange nicht, dass du unser Rudel, welches du eigentlich führen solltest, in den Untergang treibst. Keiner von uns kann etwas dafür, was du gerade durchmachst.« Ricardo deutete hinüber zu den anderen, immer noch sichtlich angewiderten, Löwen. »Jeder von uns hat großes Mitleid mit dir und versteht deinen Schmerz...«

»Ich will kein Mitleid!«, brüllte Eddi laut dazwischen und seine Worte hallten von der Felswand zurück.

Doch Ricardo konnte er mit seinem Gebrüll keine Angst einjagen. Jetzt ging er erst recht noch näher an seinen Jungen heran. »Was willst du dann? Sag, was können wir für dich tun, damit es dir wenigstens etwas besser geht?«

Eddi musste nicht lange darüber nachdenken. »Ich will Rache!«, schoss es aus ihm heraus.

»Rache?«, fragte sein Onkel entgeistert.

»Ja, blutrünstige Rache!«, bekräftigte Eddi noch mal seine Forderung. »Ich will, dass die, die meine Familie auf dem Gewissen haben, dafür bezahlen.« Unweigerlich dachte Eddi dabei vor allem an den hellhäutigen Mann mit Schnurrbart und Lederhut.

»Aber wie stellst du dir das denn vor? Wir sind nicht genügend Löwen, um etwas gegen die vielen Menschen und ihre Waffen auszurichten...«

»Dann lass dir halt etwas einfallen!«, fiel Eddi seinem Onkel ins Wort. »Ich jedenfalls werde mich rächen, mit oder ohne eurer Hilfe!«

»Natürlich helfen wir dir«, beruhigte ihn Ricardo. »Doch zuvor musst du mir versprechen, nie wieder so eine Aktion wie eben zu starten.«

»Geht klar!«

Erleichtert über Eddis Einsicht, ging Ricardo zu den anderen Löwen. Es wurde kurz diskutiert, dann kam er zurück.

»Ich habe mit ihnen über deinen Wunsch gesprochen. Auch sie

sind der Meinung, dass wir zu wenige sind, um etwas gegen die bewaffneten Menschen ausrichten zu können. Ich werde einige andere Rudel um Hilfe bitten müssen und außerdem muss ich Richter Thomsen einen Besuch abstatten. Du weißt doch wer das ist?«

Sein Junge nickte. Natürlich wusste er wer das war. Jeder kannte ihn. Er war der oberste Richter am Gerichtshof der Tiere. Seine strengen Richtersprüche waren bis weit über die Grenzen bekannt. Eddi war jedoch vom Vorschlag seines Onkels alles andere als begeistert. »Was willst du denn mit dem?«, fragte er genervt.

»Ich werde ihn um Erlaubnis für dein Vorhaben bitten müssen. Du weißt, dass jede Art der Vergeltung, auch die, die sich gegen Menschen richtet, vom Gericht genehmigt werden muss.«

»Ach scheiß doch auf das Gesetzbuch! Können wir nicht mal eine Ausnahme machen?«

Ricardo schüttelte ablehnend den Kopf. »Die Sache ist die, wir würden es sicher für dich tun, doch sind wir auf die Hilfe anderer Rudel angewiesen und die werden eine Erlaubnis des Gerichts verlangen. Warum machst du dir überhaupt solche Gedanken? Thomsen wird zustimmen.«

»Wenn du meinst. Aber ich komme mit!«

»Nein, auf keinen Fall«, riegelte Ricardo sofort ab. »Ich kenne den Richter. Wenn er mitbekäme, wie du dich im Moment aufführst, würde er deinen Antrag ohne mit der Wimper zu zucken ablehnen. Lass mich das regeln, okay?«

Eddi sah ein, dass sein Onkel recht hatte. Er benahm sich wirklich ganz schön daneben, doch konnte er nichts dafür. Die Wut und Kälte kam von Innen und ließ sich nicht bändigen. Einsichtig stimmte er dem Vorschlag seines Onkels zu.

Ricardo machte sich sofort auf den Weg. Als er am Gerichtshof vor Thomsen und den anderen, ihm zur Seite stehenden Richtern, sein Anliegen vortrug, hörten sie sehr aufmerksam zu. Auch ihnen blieben die seit Jahren wieder ansteigenden räuberischen Übergriffe der Menschen nicht unbemerkt. Schon oft berieten sie darüber, wie man den Zweibeinern eine unvergessliche Lektion erteilen könnte.

Auch einer der jüngeren Richter verlor vor einigen Jahren seine Kinder bei solch einem Überfall. Daran zerbrach seine Beziehung zu seiner Frau. Immer wieder machte sie ihn für den Tod ihrer Kinder verantwortlich. Natürlich war das Unsinn, er hatte genauso wenig eine Chance, sie vor den Waffen der Menschen zu schützen, wie es bei Eddi der Fall war. Seine Frau jedenfalls verkraftete es nicht und stürzte sich eines Tages einen Abgrund hinunter.

Als der junge Richter die schreckliche Geschichte von Eddis Unglück hörte, wurden in ihm die Bilder von damals wieder wach. Für einen Augenblick war er zwischen Trauer, Mitleid und Wut hin und her gerissen. Er sprang hoch und forderte laut zur Revolte auf. Die anderen sechs Richter schauten ihn überrascht an. Sofort griff Thomsen ein und wies ihn zurecht. Dem jungen Richter stockte erschrocken der Atem. Beschämt über sein unüberlegtes Verhalten setzte er sich wieder auf seine Hinterläufe und entschuldigte sich für seinen unkontrollierten Wutausbruch.

Richter Thomsen nickte zu seiner Erleichterung verständnisvoll mit dem Kopf und begann zu sprechen: »Ich verstehe ihre Reaktion nur zu gut, denn auch ich habe Kinder groß gezogen. Doch im Gegensatz zu Eddi und ihnen, habe ich das große Glück, dass sie noch am Leben sind. Trotzdem ändert es nichts an der Tatsache, dass wir auch in diesem Fall besonnen entscheiden müssen. Sollten sie dazu nicht in der Lage sein, werde ich sie ausnahmsweise von dieser Sitzung freistellen.«

»Nein, nicht nötig, ich werde meine Erfahrungen beiseite schieben«, sagte der junge Richter kleinlaut.

Kurze Zeit später gaben die Juristen ihre Entscheidung bekannt. Ricardo machte sich gleich im Anschluss daran auf den Weg zu einigen Freunden. Er brauchte die Führer anderer Rudel nicht lange um Hilfe bitten. Ohne zu zögern gestanden sie ihm uneingeschränkte Solidarität zu.

Als Ricardo nach einigen Stunden bei seinem Rudel ankam, war die Sonne längst untergegangen. Kaum war sie weg wurde es hier oben in den Bergen merklich kühler. Trotzdem warteten alle geduldig auf seine Rückkehr. Dass Eddi Rache nehmen wollte, hatte sich mittlerweile im ganzen Rudel herumgesprochen. Jeder wollte wissen, wie die Richter entschieden hatten. Der Einzige der wieder einmal fehlte, war Eddi.

»Helene, würdest du bitte unseren Jungen holen?«, forderte Ricardo seine Frau auf.

Eine ältere, sehr gepflegte Löwin mit kurzer Mähne und schlanker Figur erhob sich, lief rüber zu Eddis Höhle und verschwand darin. Es dauerte eine ganze Weile bis sie wieder zurück kam. Zu Ricardos Erleichterung hatte sie Eddi im Schlepptau. Auch wenn der versuchte, es sich nicht anmerken zu lassen, konnte man an seinen stark geröteten Augen deutlich erkennen, dass er bis eben geweint hatte.

»Und geht alles klar?«, rief er schon von weitem aufgesetzt cool.

Sein Onkel nickte ihm zu. »Die Richter haben zugestimmt. Wir dürfen den Überfall auf die Menschen verüben, und auch die Löwen anderer Rudel werden uns dabei helfen.«

Als Eddi diese Worte vernahm, stiegen erneut kaum zu bändigende Rachegelüste in ihm auf. Es sollte Blut fließen und zwar nicht zu wenig. »Dann können wir ja gleich los!«, forderte er ungeduldig.

»Nein, wir müssen bis Morgen auf die anderen Löwen warten«, bremste sein Onkel ihn aus. »Außerdem muss ich dir noch etwas Wichtiges sagen. An den Beschluss der Richter ist noch eine Auflage geknüpft. Sie waren einstimmig der Meinung, bei unserem Rachefeldzug sollte, so wie es das Gesetz verlangt, nur Gleiches mit Gleichem vergolten werden.

»Gleiches mit Gleichem? Was ist denn das für ein Schwachsinn!«

»Es ist kein Schwachsinn, sondern so lautet das Gesetz. Bei dem Überfall darfst nur du die Frau des Chefs und deren Kinder töten.«

»Bedeutet das, dem Boss und seinen Angestellten darf niemand etwas antun?«

»So ist es. Wir und all die anderen Helfer, dürfen dich nur zur Abschreckung und zu deinem Schutz begleiten.«

Eddi war von dem Beschluss der Richter sichtlich enttäuscht. Er empfand es als große Ungerechtigkeit.

»Aber was ist, wenn der Mann gar keine Frau und Kinder hat?«, fragte er.

Ricardo dachte kurz nach. »Dann tötest du einfach die Frau und Kinder von einem seiner Arbeiter.«

»Wie soll ich denn auf die Schnelle fünf Kinder und eine Frau umbringen?«

»Nicht fünf, nur zwei Kinder darfst du töten.«

»Willst du mich verarschen?«

»Nein, ganz gewiss nicht. Die Richter entschieden so, weil ja auch nur zwei deiner Kindern ums Leben kamen.«

Eddi bekam das Gefühl, jeden Moment zu explodieren. Dass die

Richter so einen Unsinn entschieden, konnte er nicht verstehen. Aber was blieb ihm übrig, er war ja auf die Hilfe der anderen Löwen angewiesen. Widerwillig beschloss er, die Entscheidung der Richter zu akzeptieren. Es sollte Blut fließen. Wenn er halt nur zwei Menschenkinder und eine Frau zerfleischte, sollte es ihm auch recht sein. Es würde sicherlich Genugtuung bringen.

Innerlich vollkommen ausgebrannt kehrte er in seine Höhle zurück. Was sollte er auch sonst machen? Lust zum Reden hatte er nicht. Und hier draußen bleiben, um von den anderen Löwen mitleidvolle Blicke zu kassieren, danach stand ihm auch nicht der Sinn. Eigentlich wollte er nur eins, weit weg von hier, irgendwohin, wo er das ganze Dilemma nicht mehr fühlen musste.

Zusammengekauert legte er sich auf sein Schlafgemach und fing erneut an zu weinen. Immer wieder schossen ihm die Bilder seiner blutüberströmten Frau durch den Kopf. Unzählige Male hörte er die Hilfeschreie seiner Kinder.

5. Anders als geplant

XXXXXXX

Wenn du schlecht über das Leben sprichst, dann vergiss nie, es sitzt in dir und belauscht dich.

XXXXXXX

Vierundachtzig - die Zahl des Tages. Als Eddi am nächsten Morgen, nach einer von unzähligen Alpträumen durchdrungenen Nacht, seine Höhle verließ, traute er seinen Augen nicht. In Reihe und Glied standen auf dem Platz vierundachtzig kräftige und kampfbereite Löwen. Der Hass auf die Menschen, hatte sich über die Jahre wie ein Virus über das ganze Land ausgebreitet. Deshalb war jeder der Anwesenden der Meinung, die Zweibeiner hätten eine saftige Abreibung verdient.

Eddi ging auf sie zu. Mit großen Augen betrachtete er jeden Einzelnen von ihnen. Für einen Moment verschwand seine Trauer und sein Herz füllte sich mit Stolz und Dankbarkeit. Er hatte ja schon damit gerechnet, dass ein paar Löwen bereit wären, ihn zu unterstützen. Dass es nun so viele waren, davon hätte er nicht zu träumen gewagt.

Ricardo trat aus der Menge hervor. »Wie du siehst, erfüllen wir dir deinen Wunsch. All unsere Freunde sind bereit, dir zu helfen und wenn es sein muss zu sterben. Sie wollen so wie du blutrünstige Rache.«

Eddi blickte erneut in die kampfbereiten, ihm zustimmend zunickenden, Gesichter der Löwen. »Und was ist mit den Auflagen vom Gericht?«, wollte er von seinem Onkel wissen.

Der machte eine schwungvolle halbe Drehung um die eigene Achse, denn er wollte, dass auch die Löwen in der letzten Reihe hörten, was er zu sagen hatte. »Ach scheiß auf die Auflagen!«, brüllte er laut. »Die Menschen brauchen eine richtige Abreibung, nicht wahr Freunde?«

Die Menge begann zu grölen und wedelte siegessicher mit ihren Pranken in der Luft herum.

Eddi konnte es kaum glauben, doch etwas wehrte sich in ihm

dagegen. Er ging einige Schritte auf die Meute zu. Zwar hatte er Angst vor so vielen Löwen zu sprechen, doch nahm er all seinen Mut zusammen und rief: »Freunde, ich bin sehr froh, dass ihr so zahlreich erschienen seid. Ich bin über eure Anteilnahme zutiefst bewegt und kann meinen Dank für eure todesmutige Einsatzbereitschaft kaum in Worte fassen. Genau wie ihr bin auch ich der Meinung, das alle Menschen es verdient haben zu leiden. Doch so sehr ich auch wollte, ich kann mich dem Beschluss der Richter nicht widersetzen. Auch wenn der Hass in meinem Herzen brodelt, so soll nur die Familie dessen Mannes bezahlen, der für den Tod meiner Frau und meiner Kinder verantwortlich ist.«

Diese Ansprache hatte gesessen. Keiner konnte so recht verstehen, woher Eddis plötzlicher Sinneswandel kam. Nicht einmal er selber verstand es. »Wir sind gekommen um uns zu rächen«, rief einer aus der Menge. Kaum hatte er es ausgesprochen, grölten alle erneut los.

»Das Blut unserer Vorfahren und Kinder klebt an deren Hände«, rief ein anderer.

Eddi ließ sich trotzdem nicht umstimmen. Er hob seine linke Pfote hoch und machte eine besänftigende Geste. Sofort wurde es wieder still.

»Ihr habt vollkommen recht«, begann er verständnisvoll. »Die Menschen haben nicht nur über mich, sondern gewiss auch über einige von euch viel Leid gebracht. Doch in meinen Fall, so bitte ich zu bedenken, geht es nicht um euch, sondern um meine Familie. Wenn ihr Rache für eure Angehörigen wollt, müssen wir dies ein anderes Mal austragen. Dann macht euch auf den Weg und sucht diejenigen, die Schuld an deren Tod sind. Wenn ihr mir trotzdem helfen wollt, bin ich euch dankbar. Falls nicht, dann gehe ich lieber ohne euch.«

Verwundert über seine eigenen Worte, blickte Eddi in die Menge. Wo war nur plötzlich die Würze seines ursprünglichen Racheplanes hin. Wollte er nicht wild um sich schlagen, allen Menschen, die ihm über den Weg liefen, die Augen auskratzen und anschließend die Kehle durchbeißen? War er nicht bis gestern derjenige, der ein unvergesslich blutrünstiges Gemetzel anrichten wollte? Warum zog er jetzt, wo er seinem Ziel so nah war, plötzlich den Schwanz ein?

Seine durcheinander kreisenden Gedanken, wurden abrupt von einem der Anführer unterbrochen.

»Ich spreche im Namen meines Rudels«, rief er laut. »Wir werden trotzdem hinter dir stehen! Wenn es dein Wunsch ist, dass nur du die Mörder deiner Familie zur Strecke bringst, werden wir uns diesem Wunsch unterordnen.«

Nun traten auch die Führer anderer Rudel hervor und bekundeten ihr uneingeschränktes Mitwirken. Eddi nickte ihnen erleichtert zu und bedankte sich für ihr Verständnis.

Sofort setzte sich die Kolonne, Staub aufwirbelnd, in Bewegung. Es war ein weiter Weg bis zur Siedlung und man wollte bis spätestens Mittag dort sein. Eddi und sein Onkel reihten sich ganz vorne an deren Spitze ein.

Es war ein atemberaubender Anblick. Noch nie zuvor hatte man so viele Löwen auf einem Haufen gesehen. Dieser furchteinflößende Mob würde den Menschen bestimmt ihr Herz in die Hose rutschen lassen. Zwar waren die meisten Löwen ziemlich enttäuscht darüber, nicht persönlich am Massaker teilnehmen zu dürfen, doch die Neugierde darauf, was trotzdem noch geschehen würde, war bei allen riesig. Vielleicht durften sie ja aus unmittelbarer

Nähe zuschauen. Allein der Anblick, wie einer der Zweibeiner die Kehle durchgebissen bekam, würde schon Genugtuung verschaffen.

Geplant war, die unliebsamen Menschen bei ihrer mittäglichen Siesta zu überraschen. Jahrelang hatte man beobachtet, dass gerade wenn die Mittagssonne hoch am Himmel stand und ihre ganze Kraft entfaltete, sie müde und unaufmerksam wurden.

Doch nicht nur sie quälte in der Mittagszeit die Trägheit, sondern auch einige der mitgereisten Löwen. Bei der Ankunft in der Nähe der Siedlung, hatte den ein oder anderen schon die Beutelust verlassen. Die Pfoten brannten vom langen Marsch und weit und breit gab es keine Trinkquelle.

Damit Eddi sich voll und ganz seinen Opfern widmen konnte, übernahm sein Onkel das Kommando. Er stellte sich vor die müde gewordene Löwenmeute und peitschte sie mit seinen Worten an. »Freunde, wir sind fast da. Dort drüben hinter den hohen hölzernen Sichtschutzwänden befindet sich unser Ziel. Wir gehen wie folgt vor. Während Eddi sich von hinten an die Siedlung heranschleicht, positionieren wir uns hinter den Büschen, in der Nähe des Haupttores. Die Papageien Fredi und Frida werden Eddi begleiten. Wenn er in Position ist, werden sie zurück fliegen und uns ein Zeichen geben. Dann schleichen wir gemeinsam vors Tor, das tagsüber höchstwahrscheinlich nicht verschlossen ist. Haben wir es erreicht, brüllt auf mein Kommando jeder von euch so laut er kann. Wenn unser Plan aufgeht werden sie ihre Waffen schnappen und uns jagen...« Ricardo unterbrach für einen Augenblick seine Rede und sah die Löwen mit ernster Miene an. »...Freunde, ihr müsst wissen«, fuhr er fort, »sie werden nicht zögern auf euch zu schießen. Also bitte keine waghalsigen Experimente. Sobald die ersten Schüsse fallen, rennt um euer Leben, habt ihr verstanden?« Die meisten Löwen nickten zustimmend. Nur einige waren nun endgültig enttäuscht. Menschen mit durchgebissenen Kehlen zu sehen, daraus wurde nichts.

Eddi bekam von alledem nichts mehr mit. Längst war er zur Rückseite der Siedlung geschlichen, dahin wo sich ein Gartentor befand, dessen Schloss kaputt war. Fredi und Frida hatten auf ihrer Erkundungstour wieder einmal ganze Arbeit geleistet.

xxx

Vor den Hütten der Arbeiter und dem Haus des Bosses, herrschte gähnende Leere. Die Sonne stach brütend heiß auf die staubigen Wege. Auch für die Wachhunde war die Hitze unerträglich. Alle vier Pfoten von sich gestreckt, lagen sie unter Bäumen verteilt im Schatten und hielten so wie die Menschen ihren Mittagsschlaf. Alles was man hörte, war vereinzeltes Zirpen von Grillen.

Eddi öffnete sachte das Gartentor und schlüpfte hindurch. Flugs und unauffällig schlich er über die Straße zum Haus des Siedlungsbosses. Er bewegte sich so leise, dass nicht einmal die dösenden Hunde etwas vom Eindringling mit bekamen. Ganz in der Nähe des Gebäudes legte er sich hinter einem alten Handwagen auf die Lauer. Unweit davon entdeckte er den Käfig, in dem er bis vor Kurzem eingesperrt war. Selbst das von Fredi zerhackte Schloss lag noch im Dreck.

Eddis Blicke wanderten über die gepflasterte Straße zum gemauerten Brunnen. Der Käfig mit seinen Kindern war weg, doch deutlich waren auf dem staubigen Boden noch die Spuren zu sehen. Sofort wurden in ihm die Bilder des schrecklichen Geschehens wieder lebendig und peitschte seine innere Wut an. Mit Adrenalin vollgepumpt, kostete es ihn viel Mühe wieder runter zu fahren. Er musste jetzt unbedingt die Nerven behalten.

In geduckter Haltung schlich er weiter an das weiße Haus heran. Hinter einigen Holzfässern ging er erneut in Deckung und sah sich um. Die Wachhunde lagen immer noch friedlich unter den Bäumen und weiterhin war keine Menschenseele zu sehen. Eddi spürte sein Herz vor Aufregung pochen. Noch hörte er keinen der anderen Löwen brüllen, doch lange konnte es nicht mehr dauern.

Mit wenigen geschickten Sprüngen umrundete er das Gebäude. Auf der Rückseite angekommen, schlich er über eine angrenzende Terrasse zur Hintertür. Sie war nur angelehnt und führte in die Küche. Die Stimmen von spielenden Kindern drangen nach draußen. Er hatte also Glück, der Mann besaß tatsächlich Kinder. Geduckt robbte Eddi zum Fenster gleich neben der Terrassentür, hob seinen Kopf übers Fensterbrett und wagte vorsichtig einen Blick hinein.

Auf dem Boden saß ein kleiner Junge. Er spielte mit seiner etwas älteren Schwester. Der Kleine konnte sich nur krabbelnd voran bewegen, doch das Mädchen lief schon ziemlich sicher auf ihren Beinen. Wieder und wieder baute sie einen Turm aus Bauklötzen, den der Junge, sobald sie damit fertig war, mit lautem Gelächter einriss.

Eine junge Frau mit langen blonden, vornehm zum Zopf gebundenen, Haaren kam herein, schnappte den Jungen, hob ihn auf eine Kommode und wickelte ihn. Ganz sicher war sie die Mutter. Eddi zog seinen Kopf ein, damit sie ihn nicht entdeckte. Wo wohl seine eigenen Kinder jetzt sein mögen? Lebten sie überhaupt noch? Je mehr er darüber nachdachte, umso trauriger wurde er.

Schnell schob er die Gedanken beiseite. Für Trauer blieb jetzt keine Zeit, denn die anderen Löwen griffen an. Ein ohrenbetäubender Lärm schallte durch die Luft. Wie erwartet war das Tor zur Siedlung weit geöffnet. Unter das Löwengebrüll mischte sich das Bellen der Wachhunde, die sofort aufsprangen und nach vorne wetzten. Als sie um die Ecke bogen und die vielen Löwen sahen, machten sie auf der Stelle kehrt und flüchteten winselnd zurück.

Keine zehn Sekunden später, sprangen die ersten bewaffneten Arbeiter aus ihren Unterkünften. Auch sie erschraken, als sie die vielen Löwen auf sich zu kommen sahen. Verängstigt schnappten sie ihre Gewehre und legten an. Um ihre fliehenden Hunde nicht zu treffen, schossen sie vorerst nur in die Luft, doch kaum waren sie aus der Schussbahn ballerten sie auf die Löwen.

Dies war für die Raubtiere das verabredete Zeichen, schleunigst zu verschwinden. Ohne zu zögern machten sie kehrt. Draußen vorm Haupttor verteilten sie sich in unterschiedliche Richtungen. Die Arbeiter bildeten mehrere Gruppen und folgten ihnen.

Keiner ahnte, dass am Haus des Bosses längst ein Löwe auf der Lauer lag und nur darauf wartete, endlich losschlagen zu können. Auch der Siedlungsboss, war sich darüber nicht im Klaren, ansonsten hätte er sich der Verfolgungsjagd seiner Arbeiter nicht angeschlossen. Doch weit kam er nicht. Noch ehe er das Haupttor erreichte, hörte er einen weiblichen Aufschrei. Er kannte diese Stimme nur zu gut. Es war eindeutig seine Frau, die um Hilfe rief.

Sofort eilte er zurück zum Haus und stürmte hinein. Vor der weit geöffneten Wohnzimmertür blieb er wie angewurzelt stehen. Er sah den riesigen brüllenden Löwen, der mit weit aufgerissenem Maul und ausgefahrenen Krallen, auf seinen Hinterläufen stand und seine Frau und Kinder bedrohte.

Der mächtige Löwenkopf berührte die Zimmerdecke. Deutlich schimmerten seitlich die weißen Kuhflecken hervor. Der Mann hatte keinen Zweifel, dass es sich hierbei um den Löwen handelte, dessen Kinder er verkauft hatte. Ihm stockte vor Schreck der Atem. Dass ein Tier Rache ausüben würde, damit hatte er nicht gerechnet. Noch baumelte seine Flinte am Riemen, in seiner rechten Hand, und auch der Löwe schien ihn immer noch nicht bemerkt zu haben.

Gerade wollte Eddi ansetzen um seine Opfer zu töten, da spürte er, wie er von der Seite angestarrt wurde. Er riss seinen Kopf herum und sah dem Mörder seiner Familie direkt in die Augen. So ein Mist, schoss es ihm durch den Kopf. Er hatte sich zu früh der Familie dieses Mannes genähert.

Eddis Blicke streiften die Waffe, deren Lauf immer noch zu Boden zeigte. Viel Zeit blieb nicht mehr. Erneut wandte er seine Blicke den verängstigten Opfern zu. Die Frau versuchte mit den Armen weiterhin ihre Kinder zu schützen.

Eddi zögerte Bruchteile einer Sekunde. Was sollte er nur tun? Zeitlich würde er es nicht mehr schaffen, alle drei zu töten. Sollte er nur die Frau töten und dann verschwinden oder nur eines der beiden Kinder? Dafür würde die Zeit gewiss noch reichen.

Noch während der Löwe sein Handeln abwägte, riss der Mann seine Waffe hoch und legte an. Doch bevor er abdrücken konnte, hatte das Raubtier die Kinder an den Trägern ihrer Kleidung geschnappt und sprang mit ihnen durchs offene Fenster hinaus ins Freie.

Panisch hetzte ihr Vater durch die Küche hinaus auf die Terrasse. Dort sah er gerade noch, wie der Löwe um die Hausecke verschwand. Er rannte zurück durchs Haus zum Vordereingang, riss die Eingangstür auf und entdeckte das Raubtier. Die Kinder baumelten unverletzt und laut schreiend vor seinem Maul. Dem Mann blieb nur eine Chance sie zu retten. Er legte erneut an und zielte auf den Körper des Löwen. Gerade wollte er abdrücken, stürzte seine Frau aus dem Haus und riss ihm die Waffe runter, denn sie befürchtete, er könnte eines ihrer Kinder treffen. Ein Schuss löste sich und schlug in einem der Bretter der Veranda ein.

Eddi konnte wieder einmal entwischen, bevor ihn eine Kugel traf. Er verließ die Siedlung durch das Gartentor, durch das er gekommen war und verschwand im Schutz des Waldes. Er lief und lief, vor seinem Maul die zwei im Takt seiner Schritte baumelnden Menschenkinder. Was mache ich hier eigentlich?, dachte er. Wollte ich nicht die Frau töten? Nun lebt sie noch, und zu allem Übel baumeln die zwei Winzlinge schreiend vor meinem Maul herum.

Nach einigen Kilometern fühlte Eddi sich in Sicherheit und stoppte. Von den anderen Löwen war weit und breit keiner zu sehen. Auch den Vater der Kinder schien er längst abgehängt zu haben.

Den Kopf senkend öffnete er vorsichtig das Maul. Sanft plumpsten die beiden Menschenkinder vor ihm ins Gras. Sofort nahm das Mädchen ihren kleineren Bruder schützend in den Arm. Ganz schön mutig die Kleine, dachte Eddi. Was mach ich jetzt mit ihnen? Ich werde sie an Ort und Stelle töten! Zwar hasse ich den Geschmack von Menschenfleisch, doch ich werde sie mit einem Biss erledigen.

Weit riss Eddi sein Maul auf, sodass die Kinder tief in die gähnende Dunkelheit seines Rachens blicken konnten. Seine weißen langen Eckzähne blitzten wie scharfe Messer im Sonnenlicht. Doch das war es dann auch schon, denn zu seiner eigenen Verwunderung konnte er nicht zubeißen.

Mit offenem Maul sah Eddi die beiden Winzlinge an. Er holte tief Luft und startete einen erneuten Versuch. Fast hätte er zugebissen, da sah er, wie das kleine Mädchen ihren immer noch jämmerlich weinenden Bruder noch fester in ihre Arme schloss. Erneut brachte er es nicht übers Herz. Was ist nur los mit mir?, fragte er sich selbst. Okay, ich werde einfach an die Hinrichtung meiner Frau denken, dann wird es schon klappen.

Ohne Schwierigkeiten rief Eddi die Bilder von Ellens blutiger Hinrichtung wach. Sofort stieg unendliche Wut in ihm auf. Ein weiteres Mal holte er tief Luft und riss sein Maul auf. Doch so sehr er sich auch bemühte, egal wie oft er zum Biss ansetzte, er konnte den Menschenkindern einfach nichts antun. Was soll das?, fragte er sich zum wiederholten Mal. Ihr Vater hat meine Kinder auf dem Gewissen und ich stell mich zu blöd an, seine zu töten?

Eddi verstand sich selbst nicht mehr. Hatte er sich nicht auf diesen Augenblick der Rache gefreut? »Ach egal«, flüsterte er. »Ich werde sie einfach mit zu meinem Rudel nehmen. Sollen die anderen Löwen sich über sie hermachen. Sie werden sicherlich begeistert sein.«

Doch sofort kamen Zweifel in ihm auf. Wie würde er dastehen, wenn er mit den lebenden Kindern zurück käme. Das wäre ja eine Blamage. Am besten lasse ich sie einfach hier, dann werden sie verhungern oder anderen wilden Tieren zum Fraß fallen. Ja, das ist eine gute Idee, stellte er zufrieden fest.

Eddi drehte sich um und lief los. Keine zehn Meter weiter, blieb er wie angewurzelt stehen. Was, wenn ihr Vater sie findet, bevor sie draufgehen. Was wäre es denn für ein Strafe, wenn er seine Kinder lebend und unversehrt zurück bekäme. Nein, auch das konnte er nicht zulassen.

Nach langem hin und her überlegen, beschloss Eddi die Kinder doch mit zu seinem Rudel zu nehmen. Er würde einfach vollkommen abgehetzt ankommen und so tun, als hätten ihn die Menschen verfolgt und keine Möglichkeit gelassen die Kinder zu töten. Die anderen Löwen würden dann gewiss über sie herfallen und für ihn die ganze Drecksarbeit erledigen. Erneut schnappte er die beiden Winzlinge an ihren Trägern und ging auf direktem Weg zurück ins Lager.

xxx

Mittlerweile hatten sich alle am Überfall beteiligten Raubtiere vor den Roten Felsen eingefunden. Obwohl es schon sehr spät war und sie sich von der langen und nervenaufreibenden Reise ausgelaugt fühlten, beschlossen die meisten der auswärtigen Löwen noch da zu bleiben. Jeder wollte wissen, was Eddi zu berichten hatte. Konnte er seinen Wunsch in Erfüllung bringen? Klebte womöglich noch das Blut seiner Opfer an seinem Maul?

Als einer der Löwen Eddi in der Ferne heran eilen sah, wuchs die Spannung ins Unermessliche.

»Schaut mal, was baumelt denn da vor seinem Maul«, rief einer von ihnen. Gespannt starrten alle in Eddis Richtung. Eindeutig hatte er seine Beute mitgebracht.

»Leben die etwa noch?«, rief ein anderer Löwe.

Augenblicklich wurde es still. Tatsächlich war zu erkennen, wie sich Arme und Beine der Kinder bewegten. Einige Löwen setzten zum Sprung an, um Eddi die Beute zu entreißen. Ricardo schmiss sich jedoch dazwischen.

»Was fällt euch ein?«, brüllte er laut los. »Ihr kennt die Anweisung der Richter! Wollt ihr nicht wenigstens abwarten, was Eddi zu sagen hat?«

Die Angreifer stoppten. Ricardo war selbst verblüfft über sein mutiges Handeln. Das war ziemlich knapp, denn die in Blutrausch geratenen Löwen, hätten ihn zweifellos in tausend Stücke zerreißen können. Seinen schnellen Herzschlag spürend, beobachtete er, wie sein Junge näher kam. Sanft setzte Eddi die Kinder vor den anderen Raubtieren auf den Sandboden und blickte in die fragende Runde.

»Was starrt ihr mich so an?«, wollte er wissen, als wäre es das Normalste auf der Welt ein paar lebende Menschenkinder mit sich herum zu schleppen.

»Hast du unser Abendbrot mitgebracht oder willst du sie adoptieren?«, rief einer der angriffslustigen Löwen. Sofort brach lautes Gelächter aus.

Eddi schloss sich ihrem Lachen nicht an, denn noch hoffte er, sein Plan würde aufgehen. Warum um Himmels Willen fiel keiner der Löwen über die Kinder her? Was er vorhatte schien nicht aufzugehen. Also musste er schleunigst eine Erklärung finden. »Ich kann nichts dafür, dass sie noch leben«, rechtfertigte er sich. »Ich hätte sie längst getötet, doch war auf dem Weg hierher keine Zeit.«

»Dann tu es jetzt!«, forderte einer der älteren Löwen ungeduldig und zerstörte damit auch diesen Plan.

Doch so schnell wollte Eddi nicht aufgeben. »Wenn ihr wollt dürft ihr euch die Beute teilen.«, rief er in die Menge. Das ließen sich die anderen Löwen nicht zweimal sagen. Erneut setzten einige von ihnen zum Sprung an, doch auch jetzt stellte sich jemand in den Weg. Diesmal war es jedoch nicht Ricardo.

»Sofort aufhören!«, befahl mit tiefer Stimme ein sehr alter, zotteliger, vom steilen Aufstieg erschöpfter, Löwe.

Die meisten der Anwesenden erschraken. Auch die, die sich soeben auf die Kinder stürzen wollten, blieben wie angewurzelt stehen. Richter Thomsen höchstpersönlich stand vor ihnen.

Ricardo ging zu ihm. »Geehrter Richter«, rief er aufgesetzt freundlich, »welch große Freude sie hier in unserem bescheidenen Lager begrüßen zu dürfen. Was führt sie zu so später Stunde noch zu uns?«

Seine Frage beendet, senkte den er Kopf und machte so etwas wie eine ehrfürchtige Verbeugung. Auch die anderen Löwen folgten seinem Beispiel. Zwar kannten einige den Richter nicht persönlich, doch gesehen hatte ihn fast jeder schon einmal.

Thomsen ging unbeeindruckt ein paar Schritte auf die wartende Meute zu. »Aus irgend einem Grund konnte ich heute Abend nicht einschlafen«, sagte er und musterte die Löwen der Reihe nach. »Mich überkam plötzlich das starke Gefühl, hier mal persönlich nach dem Rechten sehen zu müssen...« Seine umher schweifenden Blicke blieben an den Menschenkindern hängen. Nur um sicher zu gehen, dass sie tatsächlich noch lebten, kniff er seine Augen zusammen. Auch wenn er es nicht gerne zugab, seine Augen waren schon lange nicht mehr die besten. »...Wie ich sehe, hatte dieses Gefühl guten Grund, mich vom Schlafen abzuhalten. Kann mir irgendjemand erklären was hier los ist?« Erneut ließ er seine Blicke umherschweifen. Doch er bekam keine Antwort. »Hat keiner etwas zu sagen?«, hakte er noch einmal nach und sah dabei Ricardo mit scharfen Blicken an.

»Fragen sie Eddi!«, platzte es aus dem nervös heraus.

»Wer von euch ist Eddi?«, wollte der Richter wissen.

Zaghaft hob einer der Löwen seine Pfote. »Ich Euer Ehren.«

Thomsen ging zu ihm und sagte: »Aha, du bist also Eddi. Freut mich sehr dich persönlich kennenzulernen. Mein herzliches Beileid, ist wirklich eine schreckliche Geschichte, die dir widerfahren ist...« Kaum hatte der Richter seine Beileidsbekundung beendet, wurde er wieder unfreundlich. »...Kannst du mir erklären was dieses ganze Theater hier soll?«, fragte er den eingeschüchterten Löwen, während er mit seiner Pfote auf die völlig verängstigten Kinder deutete. »Was machen die hier? Sollten sie nicht längst tot sein? Ricardo hatte es doch so bei uns beantragt...« Fragend sah er rüber zu ihm. Ricardo zuckte jedoch mit den Schultern. »...Also was ist nun? Ich warte auf Antwort!«, wandte der Richter sich wieder Eddi zu.

»Ähm..., also das war so...«, fing dieser planlos an zu stottern. Doch dann erinnerte er sich an seine ursprüngliche Idee. Damit würde er den Richter bestimmt überzeugen. »Ich wollte die Kinder töten, doch ich kam noch nicht dazu«, ließ er ihn wissen.

Nun erzählte Eddi ihm die ganze Geschichte. Er berichtete, wie er sich ins Haus schlich und schon kurz davor war, die Frau und deren Kinder zu töten, als plötzlich und unerwartet ihr bewaffneter Mann zurück kam. Das deshalb nur noch Zeit für die Flucht bestand, leuchtete selbst dem Richter ein.

Bis dahin war die Geschichte ja auch so, wie sie sich zugetragen hatte. Doch nun würde der Teil kommen, bei dem Eddi den Richter wohl oder übel anlügen musste. Er berichtete, dass er mehrfach stoppte, um die Kinder zu töten und wie er dabei immer wieder von den Verfolgern gestört wurde.

Thomsen sah ihn nachdenklich an. »Sie sind dir bis hierher gefolgt?«, fragte er.

Eddi wusste sofort worauf er anspielte. »Nein, sind sie nicht. Nachdem ich von den Menschen mehrfach eingeholt wurde, beschloss ich den Rest des Weges durch zu laufen.«

Der erfahrene Richter nickte verstehend. Glück gehabt, das ist ja noch mal gut gegangen, dachte Eddi. Doch da kannte er den Richter schlecht. Noch ließ der sich nichts anmerken.

»Also gut, wie dem auch sei«, sagte er. »Und was gedenkst du jetzt mit den Kindern zu machen?«

»Weiß ich noch nicht«, antwortete Eddi nervös. »Ich werde sie sicherlich noch töten.« Kaum gesagt, lief ihm ein kalter Schauer über den Rücken, denn er ahnte Schlimmes. Zwar bestand noch Hoffnung, der Richter hätte sein Lügen nicht durchschaut, doch die löste sich binnen Sekunden in Luft auf.

»Gut! Dann tu es jetzt!«, forderte Thomsen ihn auf.

»Was? Sie meinen jetzt? Hier, sofort auf der Stelle?«

Richter Thomsen nickte vollkommen entspannt. Eddi hingegen rang innerlich nach Luft. Ihm war klar, dass er es auch jetzt nicht übers Herz bringen würde. Doch das konnte und wollte er vor all den anderen Löwen nicht zugeben. Sie würden ihn auslachen und nicht mehr ernst nehmen. In seiner Not kam ihm plötzlich eine neue Idee. »Ich habe eben nicht die ganze Wahrheit gesagt«, gab er zu.

Der Richter legte nachdenklich die Stirn in Falten. »Aha, und was ist dann die ganze Wahrheit?«, fragte er neugierig.

»Die Wahrheit ist...«, begann Eddi kaum hörbar zu antworten.

»Ich verstehe dich nicht, du musst etwas lauter sprechen!«, unterbrach ihn der Richter.

Eddi holte tief Luft. »Also gut!«, brüllte er so laut, dass es wirklich alle hören konnten. »Ich hatte von Anfang an nicht vor, sie zu töten.«

»Und dürfen wir auch wissen wieso nicht?«

»Weil..., weil..., weil deren Vater meine Kinder entführt hat und dafür habe ich nun seine entführt. Sie erinnern sich, drei meiner Kinder leben noch irgendwo da draußen in Gefangenschaft. Ich empfand es als sinnvollere Strafe, seine Kinder lebend zu entführen. Meiner Meinung nach ist somit Gleiches mit Gleichem vergolten.«

Ein verständnisvolles „aaah" ging durch die Menge. Auch dem Richter erschien diese Erklärung sehr logisch. »Das hättest du doch gleich sagen können«, ließ er Eddi wissen. »Dann hätte Ricardo es so bei uns beantragt.«

Erneut wandte Thomsen sich ihm zu, doch der zuckte auch diesmal nichts wissend mit den Schultern.

Eddi hingegen war froh nun endlich eine Ausrede gefunden zu haben. Sicherlich, so dachte er, trat der Richter nun gleich wieder seinen Heimweg an, dann könnten die anderen Löwen sich getrost über die Kinder hermachen. Doch auch damit hatte Eddi sich getäuscht.

Thomsen trat an ihn heran. Er kam so nah, dass sein Maul direkt neben Eddis Ohr war. Einige Löwen machten daraufhin lange Hälse, in der Hoffnung einen Brocken des Gesagten aufzuschnappen. Der Richter sprach jedoch so leise, dass es wirklich nur sein Gegenüber verstehen konnte. Er flüsterte: »Eddi, ich werde irgendwie das Gefühl nicht los, dass etwas an deiner Geschichte faul ist. Wenn du mit mir darüber sprechen möchtest, kannst du jeder Zeit zu mir kommen...« Thomsen zog seinen Kopf zurück und sah Eddi tief in die Augen. Dessen erschrockener Blick verriet ihm, dass er mit seiner Vermutung recht hatte. »...Hast du mir etwas zu sagen?«, hakte er noch einmal nach. Wie erwartet schüttelte Eddi mit dem Kopf. Daraufhin wandte der Richter sich von ihm ab. »Nun gut, dann werde ich jetzt heim gehen. Du weißt wo du mich findest, solltest du es dir doch noch anders überlegen.«

Thomsen ging zu Ricardo. »Was wird nun aus den Kindern?« fragte der den herannahenden Richter.

»Das weiß ich ehrlich gesagt auch noch nicht. Auf jeden Fall werde ich sie erst einmal in die Obhut des Gerichts nehmen. Für morgen Mittag setze ich eine Gerichtsverhandlung an. Alle Beteiligten sind hiermit aufgefordert zu erscheinen. Meine Kollegen und ich werden dann entscheiden, was mit den Kindern geschehen soll.«

Noch einmal blickte Thomsen zu Eddi hinüber, doch der stierte teilnahmslos vor sich in den Sand. Es war ihm sichtlich peinlich vom Richter beim Lügen ertappt worden zu sein. Doch so erfuhr wenigstens niemand die Wahrheit. Die anderen Löwen hatte er schließlich mit seiner erfundenen Ausrede überzeugen können.

Als der Richter ging, löste Eddi seinen Blick und sah ihm nach. Zwei der acht kräftigen Gorillas, die als Leibwächter mit gekommen waren, trugen jeder eines der Menschenkinder auf dem Arm. Sie wussten ziemlich genau, was jetzt zu tun war. Bis zum morgigen Gerichtstermin würden sie die Kinder pflegen, schließlich waren sie die einzigen Tiere, die sich auskannten, wie man mit diesen Lebewesen umzugehen hatte. Alles Nötige würden sie besorgen. Kokosmilch zum Trinken und Bananen zum Essen. Gewiss würde ihnen auch einfallen, wo man ein paar Windeln her bekäme. Dies wäre nicht das Erste, was sie aus einer menschlichen Siedlung stahlen.

Eddi quälte unterdes erneut die Frage, warum er die Kinder

nicht töten konnte, schließlich wäre ihm somit der ganze Schlamassel erspart geblieben. Fast hätte er sich zum Gespött des ganzen Tierreichs gemacht. Wut über seine eigene Unfähigkeit, mischte sich unter die erneut einsetzende Trauer. Das hatte er sich alles ganz anders vorgestellt.

Während er in Gedanken versunken war, verabschiedeten sich die Löwen benachbarter Rudel. Sie sicherten Ricardo ihre Teilnahme am morgigen Prozess zu. Dieses Großereignis wollte sich keiner entgehen lassen. Vielleicht würden die Menschenkinder ja direkt vor ihren Augen hingerichtet. Ricardo lies sie in ihrem grausamen Glauben, denn zu groß war sein Dank für die heutige Unterstützung.

Als alle weg waren, betrachtete er seinen Jungen von der Seite. Tiefes Mitgefühl breitete sich erneut in seinem Herzen aus. Er ging zu ihm und tröstete ihn: »Ich verstehe, dass du die Geschichte nicht so erzählt hast, wie sie tatsächlich abgelaufen ist. Ich an deiner Stelle, hätte wahrscheinlich dasselbe getan.«

»Du weißt es auch?«, fragte Eddi sichtlich zermürbt.

»Na klar. Hast du schon vergessen? Ich habe dich groß gezogen, kenne dich seitdem du auf der Welt bist. Du hast ein wirklich gutes Herz.«

Eddi senkte bedrückt seinen Kopf. »Ach Onkel, erspare mir dein Gerede über den guten, liebevollen Jungen mit dem großen Herzen. Ich kann das nicht mehr hören. Was hat mir meine Gutmütigkeit bisher eingebracht? Ich hab Frau und Kinder verloren und meine angeblichen Freunde machen sich wie eh und je über mich lustig. Und ich habe den Richter belogen...«

»Richter Thomsen versteht das«, unterbrach Ricardo. »Und was deine angeblichen Freunde betrifft, so bedenke, du hast etwas geschafft, was sie niemals erreichen werden. Du bist das neue Oberhaupt unseres Rudels.«

Noch während Ricardo es aussprach, verspürte Eddi wie das Fass nun endgültig überzulaufen schien.

»Ich bin nicht euer neues Oberhaupt!«, brüllte er ihn so laut an, dass einige Löwen, die sich mittlerweile in ihre Höhlen zurückgezogen hatten, neugierig ihren Kopf heraus streckten. Eddi juckte es jedoch relativ wenig. Er brüllte einfach weiter: »Ich will von dem ganzen Mist nichts mehr hören. Kaum gewinne ich die Wahl, werden wir überfallen. Ich bin einfach unfähig - unfähig meine Familie zu beschützen und unfähig ein Rudel zu führen. Ich bin nicht einmal in der Lage, die zu bestrafen, die meine Familie zerstört haben.«

Eddi war nun außer sich vor Zorn. All der Frust platzte aus ihm heraus. Als er fertig war, ließ er seinen Onkel einfach stehen, denn er wollte schnellstens in seine Höhle.

»Was willst du jetzt machen?«, rief Ricardo ihm hinterher. »Willst du dich jetzt wieder verkriechen?«

Eddi drehte um und kam zurück. Tränen fluteten seine Augen. »Was ich will, fragst du immer noch? Ich werde dir sagen was ich will! Ich will sterben und dahin gehen, wo meine ermordete Frau und Kinder sind und nie wieder hierher zurück kommen!...« Das Wasser in Eddis Augen suchte sich seinen Weg und lief seine Wangen hinunter. Ricardo wusste nicht, was er antworten sollte. Gerne würde er ihm helfen, doch so sehr er sich auch bemühte, ihm fiel einfach nichts ein, womit er ihn trösten konnte. Traurig sah er zu, wie sein geliebter Junge gesenktem Hauptes davon stapfte. Er folgte ihm wortlos. Kurz vorm Höhleneingang wandte sich Eddi ihm erneut zu. »...Noch etwas, ich kann und werde unser Rudel nicht führen! Ich lege mein Amt mit sofortiger Wirkung nieder! Ihr müsst ein neues Oberhaupt wählen!«

Ricardo wollte etwas darauf sagen, doch sein Patenkind ließ ihn ein weiteres Mal einfach stehen und verschwand in seiner Behausung. Zusammengekauert legte Eddi sich auf sein Schlafgemach und verfluchte den Tag an dem er geboren wurde.

6. Der alte Klapperkasten

xxxxxxx

Wenn du traurig und einsam bist, wenn du an einem dünnen Seil über dem Abgrund deines Lebens hängst, wirst du die Wahrheit verstehen, die in der Lage ist, dich zu befreien.

xxxxxxx

Für den jungen Löwen wurde auch die nächste Nacht eine scheinbar nicht enden wollende Quälerei. An Schlaf war auch diesmal kaum zu denken. Nachdem er wieder einmal schweißgebadet aus einem seiner unzähligen Alpträumen erwachte, beschloss er nie wieder einzuschlafen. Er ging nach draußen und setzte sich vor seiner Höhle auf den Sandboden. Seine Augen brannten vor Müdigkeit. Trotzdem wollte er sich auf gar keinen Fall weiterhin diesen schrecklichen Träumen hingeben, in denen er jedes Mal erneut erlebte wie die Menschen seine Familie zerstörten.

Traurig sah Eddi zum Himmel hinauf. Er dachte an Ellen. »Du hast es gut«, flüsterte er. »Du hast keine Sorgen mehr. Ach wenn ich doch nur zu euch könnte.«

Mit diesen Worten, legte Eddi sich auf den kühlen sandigen Boden, seinen Kopf auf seine Vorderpfoten und betrachtete die unzähligen Sterne am Horizont. Eine Sternschnuppe schnellte mit einem langen goldenen Schweif übers Himmelszelt. Kurze Zeit später verglühte sie. Ob seine Frau und seine beiden Kinder wohl irgendwo da oben waren? Dieser Gedanke schien etwas Trost zu spenden. Vielleicht gibt es ja wirklich den Himmel für Löwen, von dem Luisa schon öfters sprach. Manchmal, wenn etwas Positives geschah, dankte sie Gott. Für sie war er ein guter und gerechter Gott. Nein!, schoss es Eddi sofort durch den Kopf, so etwas gibt es nicht. Wenn es ein Himmelreich und den dazu gehörigen guten Gott gäbe, würde dieser niemals soviel Leid zulassen.

Während Eddi in Gedanken versank, merkte er nicht einmal, wie seine Augen zufielen. Es dauerte nicht lange und er schlief tief und fest ein.

Kaum kam er wieder zu sich, spürte er sofort, dass etwas nicht stimmte. Er riss seine Augen auf und fand sich auf dem kalten Boden eines alten Holzkastens wieder. Verwundert und verängstigt zugleich hob er seinen Kopf. »Wo bin ich?«, fragte er erschrocken und die verdreckten Wände schienen seine Worte mehrfach hin und her zu werfen. Doch niemand war da, der ihm seine Frage beantworten konnte. Langsam erhob er sich und stellte sich auf seine vor Angst zitternden Beine. Es war nicht viel Platz hier drinnen.

An einer der Wände entdeckte er in Höhe seiner Augen unzählige vergilbte Knöpfe. So ähnliche hatte er schon einmal in einer Siedlung gesehen. Immer wenn ein Mensch darauf drückte, passierte etwas Verrücktes. Entweder ging ein Licht an oder es ertönte Musik. Einmal, so erinnerte er sich, steuerte ein Mensch mit solchen Knöpfen eine lange Kette, an der eine große Kiste hing. Sofort musste Eddi daran denken, dass auch der Käfig mit seinen Kindern womöglich mit solch einem Ding verladen wurde.

Lange Zeit zum Grübeln blieb nicht. Kaum stieß der Löwe mit seinem Maul gegen einen dieser Knöpfe, gab es einen ohrenbetäubenden Knall. Mit einem kräftigen Ruck setzte sich der alte Klapperkasten in Bewegung. Reflexartig fuhr Eddi seine langen Krallen aus, denn er rutschte von einer Ecke in die andere. Er musste irgendwie Halt finden, da die Fahrt mit jeder Sekunde schneller wurde und immerzu die Richtung wechselte.

Von Furcht gepackt sah er sich um und entdeckte etwas, was ihm zuvor noch nicht aufgefallen war. Eine der vier Wände schien eine Tür zu sein, in der eine längliche Scheibe verbaut war. Er warf einen Blick durch das verschmierte Glas. Alles was er erkennen konnte, war vorbei schnellender Beton. Wieder fiel ihm der Lastkran in der Siedlung ein. So ähnlich war es hier auch, nur mit dem Unterschied, dass sich dieser in die Jahre gekommene Holzkasten nicht nur nach oben und unten bewegte, sondern auch nach links und nach rechts. Und eindeutig war er sehr viel schneller.

Von den plötzlichen Richtungswechseln wurde Eddi furchtbar schlecht. Er legte sich wieder auf den Boden und schloss die Augen. Das jedoch war keine gute Idee. Fast hätte er sich übergeben, da blieb der Fahrstuhl ruckartig stehen. Sicherheitshalber blieb Eddi auf dem Boden liegen, denn er befürchtete, die wilde Fahrt könnte jeden Augenblick erneut los gehen.

Nachdem einige Zeit verstrich und nichts geschah, nahm er all seinen Mut zusammen und erhob sich langsam, um vorsichtig einen Blick durch die Scheibe zu werfen. Kaum sah er hindurch wurde er von etwas geblendet. Das helle Licht war gewiss die Mittagssonne. Doch es wurde immer greller. Er schloss erneut die Augen und wandte sich Schutz suchend ab. Als hätte sich das Licht in seine Pupillen eingebrannt, wanderten viele winzig leuchtende Punkte vor seinen geschlossenen Augen hin und her. Noch ehe er einen klaren Gedanken fassen konnte, öffnete sich die Schiebetür. Sofort wurde er noch stärker geblendet. Er legte sich zu Boden und versuchte mit seinen Pfoten seine Augen zu schützen. Dieses Licht strahlte um ein Vielfaches heller als die Mittagssonne. Noch nie zuvor hatte er solch starke Leuchtkraft erlebt. Selbst seine schützenden Pranken kamen nur bedingt dagegen an. Er bekam den Eindruck, das Licht wolle mit aller Gewalt in sein Innerstes eindringen. Gerade als Eddi glaubte zu verglühen, wurde es schwächer. Ein paar Atemzüge später verschwand es ganz.

Vorsichtig spreizte er ein wenig seine Pfoten. Was er verschwommen sah, erwärmte augenblicklich sein Herz. Etwa fünfzig Meter entfernt, spielte Ellen mit seinen beiden ermordeten Kindern auf einer Wiese. Eddi schnellte hoch. Mit einem kräftigen Satz sprang er hinaus. Doch er kam nicht zu ihnen. Stattdessen bremste ihn etwas Unsichtbares, was sich beim Aufprall nach außen dehnte und ihn anschließend zurück in den Fahrstuhl warf. Ohne sich davon beeindrucken zu lassen, setzte Eddi erneut zum Sprung an, doch auch jetzt kam er nicht weit. Wie schon zuvor wölbte sich die unsichtbare Gummiwand um seinen Körper und beförderte ihn erneut unsanft zurück. Er versuchte es ein drittes, viertes und fünftes Mal, rief dabei verzweifelt nach seiner Frau und seinen beiden Kindern. Doch so sehr er sich auch abmühte, er konnte aus diesem Gefängnis nicht heraus. Auch sein flehendes Rufen, schien von der unsichtbaren Wand zurückgeworfen zu werden.

Nach mehreren schmerzhaften Versuchen, gab Eddi entmutigt auf. Er weinte bitterlich, doch auch damit konnte er die unsichtbare Kraft nicht dazu bewegen, ihm Einlass zu gewähren. Schluchzend hob er seine rechte Pfote, legte sie vorsichtig auf das unsichtbare Etwas und flüsterte: »Ellen, Poldi, Mimi, ich vermisse euch so sehr. Ich kann ohne euch nicht weiter leben.«

Kaum hatte er es ausgesprochen, wurde er von der unsichtbaren Kraft erneut an die Rückwand geschleudert. Zischend kam die Tür aus der Wand und schloss. Der Fahrstuhl schnellte im freien Fall nach unten, sodass Eddi einen Augenblick schwerelos in der Luft schwebte. Das ist gewiss mein Ende, dachte er. Gleich werde ich aufschlagen und in tausend Stücke zerplatzen. Panik überkam ihn. Immer noch in der Luft schwebend, begann er brüllend um sein Leben zu strampeln. Im selben Moment kam der erwartete Aufschlag, doch war dieser, anders als erwartet, ganz sanft.

Als Eddi seine Augen öffnete, lag er mit dem Rücken nach unten auf seinem Schlafgemach. Immer noch brüllend strampelte er mit seinen Läufen in der Luft herum. Er stellte das Gebrüll ein und dreht sich auf den Bauch. Währenddessen schweiften seine Blicke umher. Wie war er hier rein gekommen? Das Letzte woran er sich erinnerte - er lag draußen vor der Höhle auf dem Boden und beobachtete die Sterne. Eigenartig, dachte Eddi und setzte sich auf seine Hinterläufe. Vielleicht träumte er ja immer noch.

Verschlafen rieb er seine Augen und wenn seine Pfote schon einmal in der Nähe seines Mauls war, biss er, nur um sicher zu gehen, dass er sich nicht doch noch im Traum befand, kräftig hinein. Ein stechender Schmerz durchzog ihn. Eindeutig war er wach. »Was war das denn für ein eigenartiger Traum?«, flüsterte er. »Reicht es nicht, dass ich schon im wahren Leben genug gepeinigt bin? Muss es auch noch in meinen Träumen so weiter gehen? Und was war das eigentlich für ein Licht und für eine unsichtbare Wand, die mich daran hinderte zu meiner Familie zu gelangen?«

Eddi fand keine schlüssigen Antworten auf seine Fragen und ging zum Ausgang seiner Höhle. Draußen war es mittlerweile hell geworden und die vielen Stimmen ließen vermuten, dass die meisten Löwen schon längst auf den Beinen waren. Natürlich, Richter Thomsen hatte ihn ja für heute Mittag zur Verhandlung vorgeladen, fiel es Eddi ein. Doch was sollte er jetzt machen? Raus gehen und sich erneut den mitleidvollen Blicken aussetzen oder besser wieder hinlegen und warten bis ihn irgend jemand zum Gerichtstermin abholt? Er beschloss nach draußen zu gehen.

Als er seinen Kopf durch die Öffnung der Höhle steckte, wurde er wieder einmal von der Morgensonne geblendet. Erneut fiel ihm das grelle Licht aus seinem Traum ein, doch schob er diese Erinnerung genervt beiseite. Kaum hatten sich seine Augen an das Sonnenlicht gewöhnten, entdeckte er etwas vor sich auf dem Boden. Direkt vor seiner Nase lag das ausgerissene Hinterbein eines Zebras. Noch vor einigen Tagen hätte er das Futter dankbar angenommen, ja, er wäre regelrecht darüber hergefallen, doch nun überkam ihn das Gefühl sich jeden Augenblick übergeben zu müssen. Angeekelt stieg er über die Keule hinweg und ging rüber zur Höhle seines Onkels. Auf dem Weg dort hin, musste er an einigen Rudelmitgliedern vorbei und erntete, wie erwartet, gemeinschaftliche Blicke des Mitleids. Auch das nervte ihn wieder gewaltig, doch diesmal sagte er nichts. Vor der Höhle seines Onkels angekommen, rief er nach ihm. Keine zehn Sekunden später steckte Ricardo seinen Kopf durch den schmalen Eingang.

»Hey mein Junge, wie hast du geschlafen?«, fragte er sichtlich überrascht. Kaum gesagt, merkte er, dass dies wohl die dümmste Frage war, die er stellen konnte, denn deutlich stachen aus Eddis Löwengesicht tiefe Augenringe hervor. Doch der erwartete Wutausbruch blieb aus.

»Ich möchte mich bei dir entschuldigen«, sagte Eddi stattdessen kleinlaut. »Ich habe gestern total überreagiert. Mir ist klar geworden, ich kann niemanden von euch die Schuld an meinem Unglück geben.«

Ricardo sah ihn erleichtert an. »Ist schon okay. In Anbetracht der Tatsache, dass deine..., ähm..., « Sofort bemerkte er, wie er Gefahr lief, erneut in ein Fettnäpfchen zu treten. Noch ehe er seinen Kopf aus der selbst gebastelten Schlinge ziehen konnte, reagierte Eddi auf sein unsicheres Gestotter.

»Kannst es ruhig aussprechen«, sagte er trocken. »In Anbetracht der Tatsache, dass meine Familie zerstört wurde.«

Sein Onkel schnaufte tief durch. »Ja, genau das wollte ich sagen.

Tut mir leid...«

»Nein, mir tut es leid«, unterbrach ihn sein Ziehsohn. »Ich hätte dich nicht so anfahren dürfen.«

Überrascht über Eddis plötzlichen Sinneswandel dachte Ricardo nach. »Also bleibst du im Amt als mein Nachfolger?«, fragte er vorsichtig nach.

»Nein, ich will diesen Posten nach wie vor nicht. Ich muss erst einmal lernen, mit meinem eigenen Schicksal zurecht zu kommen. Bitte wählt ein neues Oberhaupt.«

Vielleicht hatte er ja recht, und sie sollten tatsächlich einen neuen Chef wählen. Doch je mehr Ricardo darüber nachdachte, umso stärker sträubte sich sein Innerstes dagegen. Kaum auszudenken, was für katastrophale Konsequenzen es hätte, wenn doch noch Mätsch oder einer der anderen Chaoten die Wahl gewinnen würde. Ricardo fasste einen Entschluss, den er seinem Jungen gleich mitteilte. »Ich werde mit Neuwahlen noch ein paar Wochen warten, in der Hoffnung, dass du es dir vielleicht doch noch anders überlegst.«

Betrübt schüttelte Eddi den Kopf. »Nein Onkel, daraus wird nichts. Außerdem, wer soll unser Rudel solange führen?«

»Ich!«, antwortete sein Onkel ohne zögern. »Ich werde dich vertreten und wenn du in ein paar Wochen immer noch der Meinung bist, nicht der Richtige zu sein, verspreche ich dir, werden wir neu wählen. Ist das okay für dich?«

»Muss es ja wohl. Solange du dich um die Sicherheit unseres Rudels kümmerst, kann es mir eigentlich egal sein, wann ihr einen neuen Nachfolger wählt. Ich jedenfalls bin raus aus dieser Nummer. Dieser Schuh war einfach ein paar Nummern zu groß für mich.«

Ricardo wusste wieder einmal nicht, was er darauf antworten sollte. Jetzt erneut eine Moralpredigt halten zu wollen, würde gewiss nichts bringen.

»Ach ja, fast hätte ich es vergessen«, sagte er stattdessen, »ich soll dich von Richter Thomsen daran erinnern, dass du heute Mittag an den Gerichtstermin denkst. Er hat mich noch einmal ausdrücklich auf deine Anwesenheitspflicht hingewiesen. Wenn du nicht erscheinst, dann...«

»Jaja, ich werde schon da sein«, unterbrach Eddi genervt die Ansage seines Onkels.

Ricardo entspannte sich wieder. Er wollte seinen Jungen sicher nicht stressen, doch aus jahrelanger Erfahrung wusste er nur zu gut, dass es besser wäre, sich mit den Richtern nicht anzulegen.

»Wir werden dich alle begleiten. Ich habe heute Morgen beim Gericht den Antrag gestellt, die Menschenkinder zur Tötung an ein anderes Löwenrudel auszuliefern. Ich bin genau wie du der Meinung, dass dir zur Zeit weiteres Blutvergießen nicht zumutbar ist.«

Als Eddi sah, wie sein Onkel ihm zuzwinkerte nickte er zustimmend mit dem Kopf. Einen erneuten Versuch die Kinder zu töten, wollte er wirklich nicht starten. Er würde es weiterhin nicht übers Herz bringen, diesen kleinen Wesen auch nur ein Haar zu krümmen. Er war halt auch in dieser Hinsicht anders als die anderen Löwen.

»Kannst du mir einen Gefallen tun?«, fragte er seinen Onkel.

»Klar! Was immer du willst.«

»Kannst du es in der Öffentlichkeit bitte so hin biegen, dass ich nicht als Feigling dastehe?«

»Natürlich, versteht sich doch von selbst. Ich habe sehr lange mit

Richter Thomsen gesprochen und an sein gutes Herz appelliert. Ich bin mir ziemlich sicher, er wird unserem Antrag stattgeben.«

»Aber ist das mit dem Gesetzbuch überhaupt vereinbar?«, fragte Eddi nach kurzer Überlegung.

Sein Onkel druckste eine Weile herum, doch dann rückte er mit der Sprache heraus. »Nein, eigentlich nicht, doch wen interessiert es, ob die Auslieferung der Kinder rechtens ist oder nicht? Außer ihnen ist niemand da, der sie verteidigen könnte.«

»Na hoffentlich geht das gut. Falls nicht, habe ich nämlich ein weiteres gewaltiges Problem.«

»Ach Eddi, glaube mir, jeder hier im Land will, dass die Menschen für ihre Verbrechen an der Natur bestraft werden. Es wird sich keiner darum scheren, ob das Urteil der Richter nun gesetzeskonform ist oder nicht.«

»Danke, dass du mich so unterstützt.«

»Brauchst dich nicht zu bedanken. Ich wünsche mir nur, dass du eines Tages wieder glücklich wirst. Ich weiß, du kannst zur Zeit nicht daran glauben. Vielleicht hilft es dir ja, dass ich es tue.«

Traurig schüttelte Eddi den Kopf. »Wie soll ich nur jemals mit diesem Leid umgehen? Das Schlimmste ist, dass die Menschen drei meiner Kinder entführt haben. Wenn ich wenigsten wüsste, wo sie sind, ob es ihnen einigermaßen gut geht, falls sie überhaupt noch leben. Es bricht mir das Herz, wenn ich daran denke.« Kaum hatte Eddi diese Worte ausgesprochen, musste er erneut weinen.

Sein Onkel startete einen weiteren Versuch ihn zu trösten, indem er sagte: »Wie gern würde ich dir wenigstens einen Teil deiner Last abnehmen. Vielleicht findest du ein wenig Genugtuung darin, dass die Eltern der Menschenkinder nun das selbe Leid durchmachen.«

»Aber die werden doch nie vom Tod ihrer Kinder erfahren«, fiel Eddi ihm schluchzend ins Wort.

»Doch, werden sie, verlass dich darauf. Ich habe die Auslieferung ihrer Leichen an ihre Eltern beantragt. Lange habe ich überlegt, ob das gut ist, denn du wolltest ihre Eltern ja eher im Unklaren lassen. Doch ich denke es fügt ihnen mehr Leid zu, wenn sie sehen, was mit ihren Kindern geschehen ist. Oder was meinst du?«

»Ich sehe es genauso«, antwortete Eddi trotzig. Natürlich war er immer noch der Meinung, dass die Eltern der Kleinen bestraft gehörten. Wie dies geschehen sollte, war ihm eigentlich relativ egal. Hauptsache er musste die Kinder nicht selber töten. »Eine Frage hab ich noch«, wandte er sich erneut seinem Onkel zu. »Muss ich denn wirklich bei der Verhandlung dabei sein? Ich meine, wenn ihr sowieso schon alles besprochen habt, besteht dann überhaupt noch Grund für meine Anwesenheit?«

»Das habe auch ich Richter Thomsen gefragt«, ließ Ricardo seinen Jungen wissen. »Da dieser Prozess jedoch öffentlich stattfindet, bestand er weiterhin auf dein Erscheinen.«

Eddi war alles andere als begeistert. Doch was sollte er machen? Sich der Anordnung des Richters widersetzen und damit riskieren, dass er verurteilt wurde, die Kinder selbst umzubringen? Nein, so etwas musste er unbedingt vermeiden, kostete es was es wolle.

7. Ein unerwartetes Urteil

xxxxxxx

Der Neid der anderen, ist ein deutliches Zeichen dafür, wie unglücklich sie mit sich selbst sind.

xxxxxxx

Imposant ragten die alten, mit Moos überzogenen Steinmauern weit in den blauen Himmel. Inmitten des Dschungels thronte ein riesiges Amphibientheater, welches vor einigen Jahren von Richter Thomsen und dessen Kollegen als Gerichtshof in Beschlag genommen wurde. Erzählungen zufolge ließen es Menschen vor mehreren Jahrhunderten errichten, um darin öffentliche Hinrichtungen und grausame Wettkämpfe stattfinden zu lassen, bei denen viel Blut geflossen sein musste. Warum sie heute nicht mehr hier lebten, war ein bisher ungeklärtes Geheimnis. Standhaft hielt sich jedoch das Gerücht, sie wären vor langer Zeit durch einen heimtückischen Virus ausgerottet worden, und deshalb traute sich auch keine Menschenseele mehr hierher.

Vor den riesigen Eingangstoren des Rondells hatten sich mittlerweile mehre hundert Tiere versammelt. Aus allen Teilen des Landes reisten sie an, denn wie ein Lauffeuer hatte sich herumgesprochen, welch seltenes Spektakel heute verhandelt wurde. Dass Menschen von Löwen verurteilt werden sollten, so etwas gab es noch nie. Umso größer war die Anspannung unter denen, die nun ungeduldig auf die Öffnung der Tore warteten.

Auch Eddi und Ricardo waren mittlerweile angekommen und von der mächtigen Kulisse sehr beeindruckt. Zwar kannte Ricardo das Bauwerk aus etlichen früheren Besuchen, doch auch er wurde immer wieder aufs Neue von der furchteinflößenden Kraft, die diese Mauern ausstrahlten, tief beeindruckt. Wer hier als Gefangener hinein musste, bekam es schon im Vorfeld mit der Angst zu tun. Und genau dieser furchteinflößende Eindruck, war der Grund, warum die Richter dieses Gebäude für ihre Rechtsprechung auswählten. Auch die zwei mächtigen in Stein gemeißelten Löwenköpfe, links und rechts oberhalb der riesigen Stahltore, waren maßgeblich mitentscheidend.

Eddi steuerte direkt auf den Eingang zu. Je näher er kam, desto größer wurden nicht nur die beiden Tore, sondern auch seine Augen. Mit jedem Schritt schien das monströse Bauwerk weiter in den Himmel zu wachsen.

»Was die Menschen alles so bauen«, flüsterte er seinem Onkel zu. Für einen Moment vergaß er, warum sie hier waren.

»Wart erst mal ab wenn du drinnen bist«, scherzte Ricardo, obwohl ihm an diesem Ort alles andere als zum Scherzen zumute war. Er hatte schon viele Gerichtsprozesse verfolgt, gesehen wie Tiere in die Verbannung geschickt oder gar hingerichtet wurden. Nur zu gut wusste er, dass dieser Ort nicht nur die Blutschrift der Menschen trug. »Schau mal dort hinten...« Er deutete auf ein Seitentor. »...Da hindurch gelangen die Richter ins Innere des Gerichtsstandes. Siehst du daneben die kleine Tür? Die ist für die Angeklagten. Manch einer ging da schon hinein und kam nicht mehr lebend heraus. Glaube mir, es ist besser, dort niemals hindurch schreiten zu müssen.«

Eddi betrachtete die Eingänge ganz genau. Sie wurden, wie auch das vor ihnen befindliche Haupttor, von unzähligen kräftigen, mit Speeren ausgestatteten, Gorillas bewacht. Von den Menschenkindern und den Richtern war weit und breit noch nichts zu sehen. Genau der richtige Ort, um jemanden zum Tode zu verurteilen, fand Eddi. Er hatte sich schon einige Male erzählen lassen, wie es hier aussah. Nun persönlich ein Teil des stattfindenden Prozesses zu sein, erfüllte ihn trotz seiner Trauer ein wenig mit Stolz. Schade, dass meine Kinder nicht mit hier sind, dachte er. Kaum waren diese Gedanken da, brach sein kleines bisschen Stolz in sich zusammen. Es fehlte nicht viel und er würde laut losheulen. Reiß dich jetzt am Riemen!, ermahnte er sich selbst. Was sollen die anderen denken, wenn sie dich hier heulen sehen.

Um sich abzulenken, beobachtete Eddi die Wachen. Sechs ausgewachsene Gorillas machten sich daran, unter größter Anstrengung, die Stahltore aufzuziehen. Mit lang anhaltendem Quietschen öffneten sie sich. Sofort setzte sich die wartende Meute in Bewegung. Auch Eddi schloss sich ihr mit versteinerter Miene an. Auf jeden Fall wollte er vermeiden, dass eines der anderen Tiere, ein Anzeichen von Schwäche bei ihm erkannte.

Im Gebäudeinneren angelangt, fielen ihm sofort unten in der Arena, sieben aus dem Boden ragende und halb zerfallene Steinsockel auf. Da würden die sieben Richter gewiss Platz nehmen, dies leuchtete Eddi sofort ein. Einige Meter davor stand auf der linken und rechten Seite jeweils eine Steinbank. Da würde dann wohl er und die Angeklagten sitzen. Eddi wunderte sich über die logischen Schlussfolgerungen, die er nur anhand der leeren Plätze zog.

Ricardo gab ihm unterdes von hinten einen leichten Schubser. »Komm mein Junge, wir müssen da runter« Während sie die Stufen nach unten gingen, sah sich Eddi weiterhin genau um. Lieber wäre ihm, er könnte auf den Zuschauerrängen Platz nehmen. Je näher er den richterlichen Plätzen kam, desto weicher wurden seine Knie. Hoffentlich ging die Verhandlung ganz schnell vorüber. Am liebsten würde er wieder verschwinden und sich in seine Höhle verkriechen.

Unten angekommen folgte Eddi seinem Onkel zu einer der Bänke und nahm darauf Platz. Er spürte die Blicke der anderen Tiere im Nacken. Von allen Seiten wurde er gemustert. Es vergingen einige Minuten, bis er sich umzudrehen wagte. Wie er feststellte, waren die meisten Ränge schon gut gefüllt. Trotzdem strömten weiterhin unzählige Tiere ins Gebäude.

Eddi wandte sich wieder seinem Onkel zu. »Warum sitzt du eigentlich auch hier vorne?«

Ricardo grinste ihn an. »Weil ich dein Anwalt bin.«

»Was ist ein Anwalt?«, fragte Eddi.

»Sag bloß du weißt das nicht?«

»Nein, darüber hast du noch nie mit mir gesprochen.«

»Ein Anwalt ist jemand, der seinen Klienten vor Gericht vertritt, damit dieser Recht zugesprochen bekommt«, klärte sein Onkel ihn lachend auf.

Eddi nickte daraufhin mit dem Kopf, als würde er jedes Wort verstehen. In Wahrheit verstand er jedoch nichts. »Und was ist bitte schön ein Klient?«, fragte er erneut nach.

Ricardos Lachen verstummte. Ungläubig verdrehte er seine Augen. »Oh mein Gott, weißt du überhaupt nicht, wie eine Gerichtsverhandlung abläuft? Du bist der Klient«, sagte Ricardo oberlehrerhaft.

»Ich bin doch kein Klient, ich bin ein Löwe«, berichtigte Eddi ihn.

Ricardo musste darüber so laut lachen, dass ihn einige Gerichtsdiener vorwurfsvoll ansahen. Sofort bewahrte er wieder Haltung. Lachen war im Gerichtsstand unerwünscht.

»Natürlich bist du ein Löwe«, klärte er seinen Jungen erneut auf. »Doch für den heutigen Prozess bin ich dein Anwalt und du mein Klient.«

»Ach so«, sagte Eddi, obwohl er weiterhin kein Wort von dem verstand, was sein Onkel da faselte. »Ich bin froh wenn der ganze Spuk vorbei ist«, flüsterte er ihm noch zu.

»Es wird nicht lange dauern. In Nullkommanichts sind die Kinder zum Tode verurteilt und wir wieder zu Hause.«

»Hoffen wir, dass du recht hast«, ließ Eddi seinen Onkel wissen und sah erneut hoch auf die Zuschauerränge. Mittlerweile hatte sich das Rondell so weit gefüllt, dass die Gorillas, unter lautem Protest der noch draußen stehenden Tiere, die Tore schlossen.

Im Inneren herrschte nach wie vor wildes Treiben. Noch hatte nicht jeder einen Platz gefunden. Die Gerichtsdiener forderten die Zuschauer auf, enger zusammen zu rücken. Unten saßen die gefährlichen und gefräßigen Raubtiere. In den oberen Reihen, platzierte man hingegen jene Tiere, die immer auf der Hut sein mussten. Eigentlich wäre diese Trennung nicht nötig, denn keines der Raubtiere würde es im Gerichtsgebäude wagen, ein anderes Tier anzufallen. Die Missachtung des richterlichen Jagdverbotes hätte drastische Folgen für das eigene Rudel. Oft schon bewiesen die Richter, dass sie nicht davor zurückschreckten, ganze Rudel zu bestrafen, sollte einer ihrer Mitglieder meinen, aus der Reihe tanzen zu müssen.

Trotzdem teilte man den Tierrassen ihre Plätze schon im Vorfeld so zu, dass es keine Unruhen gab. Circa sechzig Nashörner bildeten eine schützende Barriere zwischen Räubern und Gejagten. Mit diesen tonnenschweren Tieren würde sich gewiss keiner anlegen.

Weiter oben, da wo sich die letzte Stufe befand, hatten sich auf der Mauer unzählige große und kleine Vögel eingefunden. Sie waren die einzigen Tiere, die sich durch die Schließung des Haupttores nicht davon abhalten ließen, weiterhin an Zuwachs zu gewinnen. Wenn einer von ihnen keinen Platz fand, flog er einfach zu einem Schwächeren und vertrieb ihn. Dies erzeugte jedoch wenig Aufsehen. Deshalb verschwendeten die Gorillas auch keine Zeit daran, diesen Tieren ihre Plätze zuzuweisen. Die Vögel würden sich sowieso nicht daran halten, da sie vor dem Gesetz eine Ausnahme bildeten. Nur schwer konnte man sie bestrafen, denn um dies zu tun, müsste man so wie sie fliegen können.

Noch redeten alle Tiere durcheinander. »RUUUUHHHEEEE!!!«, brüllte einer der Gerichtsdiener. Sofort verstummten alle Tiere. »Bitte erhebt euch für das Hohe Gericht.«

Kaum hatten sich alle von ihren Plätzen erhoben, öffnete sich das Seitentor und die sieben Richter marschierten der Reihe nach herein. Jeder sprang auf einen der Steinsockel und nahm darauf Platz. Es war ein Respekt einflößender Anblick.

In der Mitte saß Richter Thomsen. Er und einige seiner Kollegen waren altersbedingt mit tiefen Falten übersät. Deutlich sah man, welch verantwortungsvolle Aufgabe seit Jahren auf ihren Rücken lastete. Nur zwei von ihnen machten noch einen jungen und frischen Eindruck

Einer der älteren Richter wollte demnächst zurücktreten. Auch dieser Posten war unter den Raubtieren heiß begehrt, und viele junge Löwen stritten schon heute darum. Die Richter juckte das jedoch relativ wenig. Einzig und allein lag ihnen Recht und Ordnung am Herzen.

»Bringt die Angeklagten herein!«, forderte der oberste Richter die Gerichtsdiener auf.

Die kleinere Seitentür, die Eddi vorhin von außen sah, wurde geöffnet. Vier Menschenaffen schleppten einen, an langen Holzstangen befestigten, Käfig herein, in dem die beiden sichtlich verängstigten Menschenkinder saßen. Einigen Raubtieren knurrte sofort der Magen. Längst hatte sich Ricardos Antrag, die Kinder an ein anderes Rudel auszuliefern, herumgesprochen. Der Käfig wurde zum Anklageplatz getragen. Einer der Gorillas öffnete die Tür. Die Kinder kamen jedoch nicht freiwillig heraus. Stattdessen verkrochen sie sich in die äußerste Ecke. Der Gerichtsdiener griff hinein, zerrte erst das Mädchen und dann den Jungen heraus und setzte beide auf die Steinbank, die noch leer war.

Als Eddi zu ihnen rüber sah und das Mädchen ihren kleineren Bruder schützend in den Arm nahm, spürte er erneut einen Hauch von Mitleid in seinem Herzen, doch das wollte und durfte er nicht zulassen. Schnell drehte er sich wieder den Richtern zu.

»Bitte setzt euch!«, forderte Thomsen die Menge auf. Sofort wurde die Anweisung befolgt. »Wir verhandeln heute den Fall des Löwen Eduardo, gegen die beiden Menschenkinder. Ricardo, sie vertreten Eduardo heute hier vor Gericht, ist das richtig?«

„Eduardo", dachte Eddi. Bei meinem vollen Namen nennt mich normalerweise nie jemand. Und warum sagt der Richter „sie" zu meinem Onkel?

»Ja, das ist richtig, Euer Ehren«, antwortete Ricardo ehrfürchtig.

»Dann tragen sie ihre Anklage vor.«

Mit einem etwas übermütigen Sprung von der Bank, kam Ricardo der Aufforderung nach. »Hohes Gericht«, begann er so laut, dass er auch auf den letzten Plätzen deutlich zu hören war. »Meinem Mandanten ist durch den Vater dieser Menschenkinder schwerer Schaden zugefügt worden...«

Was ist nun wieder ein Mandant, dachte Eddi. Kann er nicht einfach in Worten reden, die ich auch verstehe? Flüsternd fragte er seinen Onkel von der Seite, doch der tat so, als würde er ihn nicht hören. Unbeirrbar fuhr er stattdessen mit seiner Anklage fort. Noch einmal musste Eddi sich mit anhören, wie seine Frau und seine Kinder ermordet wurden. Das Publikum wurde zwischen Sensationslust und tiefem Mitgefühl hin und her gerissen. Auch der Bericht über die Verschleppung seiner drei noch lebenden Kinder wurde dem Gericht nicht vorenthalten. So hatte Eddi sich die Verhandlung beim besten Willen nicht vorgestellt. Am liebsten würde er sich die Ohren zuhalten und schreiend raus rennen.

Als Ricardo am Ende ankam, war Eddi heilfroh, dass es nun endlich vorbei war. Kaum gedacht, rief Richter Thomsen die Zeugen Fredi und Frida auf. Auch die Papageien trugen noch einmal detailliert vor, was sie gesehen hatten. Bis ins kleinste Detail packten sie aus, was Eddi nicht mehr hören wollte. In ihm kochte die Wut. Außer sich vor Zorn sprang er auf. »Schluss damit! Sofort aufhören!«, brüllte er los.

»Eddi, setz dich wieder hin!«, zischte Ricardo ihn sauer von der Seite an. Auch die sieben Richter musterten ihn mit bösen Blicken. Erschrocken zuckte Eddi zusammen. Was hatte er getan? Sicher würden sie jetzt nicht zögern, ihn zu bestrafen. Doch er hatte Glück im Unglück.

»Eduardo«, begann Thomsen leise aber bestimmend, »sie sprechen erst, wenn sie dazu aufgefordert werden. Haben wir uns verstanden?«

»Ja, habe ich«, murmelte Eddi einsichtig.

Als der Richter sah, dass er sich wieder beruhigt hatte, richtete er erneut das Wort an ihn: »Ich verstehe, was sie durchgemacht haben und immer noch durchmachen. Ich weiß, der Verlust ihrer Familie ist für sie fast unerträglich, doch muss ich sie trotzdem darauf hinweisen, die Anordnungen des Gericht zu achten. Wenn sie die notwendigen Aussagen der Zeugen nicht ertragen können, dürfen sie gerne so lange draußen warten.«

Jetzt wäre der Moment gekommen zu verschwinden, schoss es Eddi durch den Kopf. Doch anstatt die Chance zu nutzen, schüttelte er beschämt den Kopf. »Nein, Euer Ehren. Ich möchte hier bleiben.«

Thomsen forderte daraufhin die beiden Papageien auf, weiter zu berichten. Auch wenn es für Eddi kaum zu ertragen war, blieb er für den Rest ihrer Zeugenaussage ruhig. Draußen warten wollte er auf gar keinen Fall. Zu groß die Gefahr, dass heraus kam, warum er die Kinder nicht tötete. Wenn die anderen Tiere erfahren würden, dass er zu feige war, wäre er endgültig erledigt. Anfangs würde darüber gewiss niemand Witze machen, doch spätestens wenn Gras über die Sache gewachsen war, würden sie sich über ihn das Maul zerreißen.

Versunken in seinen Grübeleien bemerkte Eddi nicht einmal, wie er erneut von Richter Thomsen angesprochen wurde.

»Eduardo, was ist los mit ihnen? Wollen sie nun, dass die Kinder ihre Strafe bekommen, oder nicht?«, fragte er ihn entgeistert.

»Natürlich möchte ich das«, stammelte Eddi verunsichert.

»Dann beherrschen sie sich gefälligst«, ermahnte ihn Thomsen erneut. »Was sagen sie zur Aussage ihres Verteidigers und der beiden Papageien? Hat es sich so zugetragen?«

Eddi dachte kurz nach. Was hatten Fredi und Frida dem Gericht im Einzelnen erzählt? Ach, es wird schon seine Richtigkeit haben. »Ja, das war alles korrekt, genau so ist es geschehen«, antwortete er schließlich.

»Gut, dann kommen wir nun zum Rachefeldzug gegen den Mörder ihrer Familie. Haben sie dessen Frau und Kinder töten können, wie es vom Gericht genehmigt wurde?«

Alle Blicke im Gebäude waren nun auf Eddi gerichtet.

»Nein, habe ich nicht«, antwortete er zögerlich. Natürlich hatte er sie nicht umgebracht, sonst säßen die beiden Kinder ja nicht hier. »Aber ich habe seine Frau getötet«, fügte er noch hinzu. Lügner!, rief eine Stimme aus seinem Herzen.

Auch wenn klar war, dass Thomsen auch diesmal längst ahnte, dass er erneut log, gab es nun kein Zurück mehr. Besser eine Lüge in Kauf nehmen, als nachher als Depp da zu stehen. Ob die Frau noch lebte oder nicht, würde eh nie herauskommen. Die Einzigen die seine Lüge enttarnen konnten, waren die beiden Menschenkinder. Deren Sprache verstand außer Fredi und Frida niemand und die würden ihn bestimmt nicht ans offene Messer liefern.

»Wie haben sie die Frau getötet?«, riss der Richter Eddi aus seinen Gedanken.

»Ich habe ihr die Kehle durchgebissen.« Lügner!, ertönte erneut die Stimme aus Eddis Inneren.

Leise wurde in den Zuschauerrängen getuschelt. Jeder wusste um die tödliche Kraft eines Löwenbisses.

»Ruhe«, brüllte der oberste Richter. Sofort trat wieder Stille ein, sodass er ungestört fortfahren konnte. »Warum haben sie die Kinder nicht gleich mit getötet?«

»Ich wollte ja, Euer Ehren«, log Eddi erneut. »Ihr Vater erschien jedoch im selben Augenblick und zielte mit seiner Waffe auf mich. Ich schaffte es gerade noch, die Kinder zu packen und mit ihnen zu fliehen. Außer einigen Verschnaufpausen, lief ich die ganze Nacht hindurch, denn die Menschen jagten mich unentwegt.«

»Ich verstehe«, sagte Thomsen nachdenklich. Der Richter zu seiner Linken beugte sich zu ihm und flüsterte etwas in sein Ohr. Daraufhin nickte Thomsen ihm zu und wandte sich wieder dem Kläger zu. »Und es gab keine Möglichkeit sie unterwegs zu töten?«

Mit ernster Miene sah er den Geschädigten an. Zwar hatte er Mitleid mit Eddi, doch wollte er Ricardos Antrag auf Tötung der Kinder durch ein anderes Rudel erst stattgeben, wenn alle Zweifel an der Rechtmäßigkeit eines solchen Urteils ausgeräumt wurden.

»Nein, gab es nicht, Euer Ehren«, antwortete Eddi wie erwartet. Lügner! Lügner! Lügner!, schallte es erneut aus dessen Inneren.

»Aber sie erwähnten doch soeben, sie hatten genügend Zeit, um kurze Verschnaufpausen einzulegen. Wäre da nicht die Möglichkeit gewesen, diesen zwei Winzlingen schnell mal die Kehle durchzubeißen? Das sollte doch nicht so lange dauern, oder?«

Noch bevor der eingeschüchterte Eddi antwortete, sprang Ricardo von seinem Platz. »Hohes Gericht, ich bitte darum, für meinen Mandanten antworten zu dürfen.«

»Nein, dürfen sie nicht«, fuhr Thomsen ihn ungehalten an. »Ich möchte von Eduardo diese Frage beantwortet bekommen, ansonsten ist eine Verurteilung nicht möglich...« Enttäuscht nahm Ricardo wieder Platz. »...Also Eduardo«, fuhr der Richter fort, »ich frage sie jetzt noch einmal, warum haben sie die Kinder nicht auf dem Heimweg getötet?«

Eddi wurde plötzlich ganz schwindelig. Was sollte er nur antworten? Die Ausrede, die Zeit wäre zu knapp gewesen, schien nicht zu fruchten.

»Das Gericht wartet!«, ermahnte ihn einer der anderen Richter.

Kurz darauf meldete sich noch einer der beiden jüngeren Richter ungeduldig zu Wort. »Eduardo, was ist nun? Wollen sie dem Gericht nicht...«

Bevor er seinen Satz beenden konnte, platzte es ungehalten aus Eddi heraus. »Weil ich es nicht übers Herz brachte. Sind sie jetzt zufrieden?«

Eddis Worte hallten laut durch das Gerichtsgebäude. Ein Aufruhr ging durch die Zuschauerränge.

Wieder musste Thomsen laut werden, um für Ruhe zu sorgen. Als sich die Zuschauer wieder beruhigt hatten, richtete er das Wort an Eddi. »Und die Frau? Die Mutter der Menschenkinder, die haben sie auch nicht getötet, nicht wahr?«

Erst schien Eddi nicht mehr antworten zu wollen, doch als er sah, dass der Richter nicht locker ließ, gestand er auch diese Lüge. Was für eine Blamage. Niemand würde ihm jemals wieder etwas glauben. Nicht nur, dass er seine Familie verloren hatte, jetzt machte er sich auch noch zum Gespött des gesamten Tierreichs.

»Am besten stürze ich mich gleich einen Abgrund hinunter«, flüsterte er seinem Onkel zu.

Der saß starr vor Entsetzen da. Warum ließ der Richter seinen Jungen dermaßen auflaufen? Damit hatte er nicht gerechnet. Doch es sollte noch viel schlimmer kommen, als Thomsen das Wort an ihn richtete.

»Ricardo, sie haben den Antrag gestellt, die Kinder durch ein anderes Löwenrudel töten zu lassen. Warum will ihr Rudel es nicht selber erledigen? Sie hätten doch allen Grund dazu.«

Langsam erhob sich der Gefragte. »Das möchte ich ihnen gerne erklären. Mein Mandant ist durch die blutigen Erlebnisse, psychisch so stark angeschlagen, dass er weiteres Blutvergießen in unmittelbarer Nähe nicht verkraften würde. Hiermit stelle ich jedoch einen neuen Antrag. Ich persönlich erkläre mich bereit, die Tötung der Menschenkinder zu übernehmen.«

Eddi erschrak über die Worte seines Onkels. »Nein, das wirst du nicht!«, zischte er ihn von der Seite an.

»Doch mein Junge, einer von uns muss es machen, ansonsten

kommen sie frei.«

Thomsen wandte sich unterdes erneut an Eddi. »Sie haben das letzte Wort, Eduardo. Entspricht dieser Antrag auch ihrem Wunsch? Soll Ricardo für sie die Tötung übernehmen und die Leichen anschließend ihren Eltern ausliefern?«

Nun herrschte Totenstille. Würde jemand eine Stecknadel fallen lassen, es wäre deutlich zu hören. Alle blickten gespannt auf Eddi. Seine Antwort war entscheidend, ob nun erstmals die Hinrichtung von Menschen stattfinden würde. Doch Eddi antwortete wieder einmal nicht. Erst als ihn ein weiterer Richter aufforderte, stimmte er widerwillig zu. Ein freudiger Aufschrei ging durch die Zuschauerränge.

»Schluss jetzt!«, brüllte Thomsen erneut aus voller Kehle. »Wenn nicht sofort Ruhe einkehrt, lasse ich das Gerichtsgebäude räumen!« Diesmal dauerte es etwas länger, bis es wieder still wurde. Als es soweit war fuhr der Richter fort. »Gibt es noch weitere Anträge?«, fragte er in die Runde.

»Ja, von mir Euer Ehren«, rief plötzlich eine weibliche Stimme kaum hörbar aus dem Publikum. Jeder im Gebäude sah sich fragend um.

»Wer hat sich zu Wort gemeldet?«, rief Thomsen hinauf.

In der siebzehnten Reihe, gleich unterhalb der Nashörner, erhob sich eine junge Löwin von ihrem Platz und rief: »Ich, Euer Ehren.«

»Dann kommen sie bitte nach vorne!«, forderte der Richter sie höflich auf.

Unter den verwunderten Blicken der anderen Tiere begab sich die junge Löwin mit adretten Schritten nach unten. Zu Eddis Entsetzen sah sie seiner verstorbenen Frau verdammt ähnlich. Ihre Gangart, ihr Gesicht, ihre zarte, und doch sportliche Figur, alles erinnerte ihn unweigerlich an Ellen. Vielleicht hatte sie eine Zwillingsschwester, von der er nichts wusste? Er jedenfalls fand diese Löwin sofort sehr anziehend, das musste er sich entsetzt eingestehen.

Auf der untersten Stufe angelangt, stolzierte die Löwin selbstbewusst nach vorne und positionierte sich demonstrativ neben den Menschenkindern.

»Wie ist ihr Name?«, wollte Thomsen fürs Protokoll wissen.

»Lana«, antwortete sie mit ruhiger Stimme.

Das gibt es doch nicht, dachte Eddi. Ihre Stimme hat auch noch den gleichen Klang wie die von Ellen. Eindeutig musste sie ihre Zwillingsschwester sein. Doch er durfte sich nicht davon ablenken lassen. Er musste genauestens darauf achten, was sie zu sagen hatte, denn nach all den Überraschungen die er bisher erlebte, befürchtete er, sie könnte ihm noch mehr Schaden zufügen.

»Also Miss Lana, was haben sie uns zu berichten?«, wollte Thomsen von ihr wissen.

»Leider nichts, denn ich war weder beim Überfall der Menschen auf Eduardos Rudel, noch beim anschließenden Rachefeldzug dabei.«

Thomsen runzelte genau wie die anderen sechs Richter die Stirn. »Wenn sie nicht dabei waren, warum melden sie sich dann zu Wort?«

»Das möchte ich ihnen gerne erklären. Ich will die Rechte der Kinder vor diesem Gericht vertreten dürfen.«

Kaum hatte sie es ausgesprochen, entstand erneut ein lautes Durcheinander auf den Rängen.

»Die Menschen haben keine Rechte«, rief ein Nashorn.

»Was bist denn du für eine?«, brüllte eine Löwin.

»Stehst du etwa auf der Seite der Menschen?«, meldete sich nun auch ein Zebra zu Wort.

»Hast dich wohl mit ihnen verbündet?«, fügte ein Pavian lauthals hinzu.

Gerade wollte ein Elefant seinen Senf dazu geben, schaltete sich Thomsen ein. »Ruhe!«, brüllte er laut hinauf. Wütend sah er in Richtung der Zuschauer. »Das ist jetzt wirklich die letzte Warnung. Wer als nächstes meint seine Meinung kundtun zu müssen, bekommt eine saftige Strafe auferlegt.«

Thomsens Ansage zeigte Wirkung. Keiner traute sich mehr etwas zu sagen, sodass er sich endlich seiner eigentlichen Aufgabe wieder zuwenden konnte. »Verstehe ich sie richtig«, wandte er sich erneut Lana zu, »sie glauben die Menschenkinder hätten ein angemessenes Recht auf Verteidigung?«

»Ja, Euer Ehren, das glaube ich nicht nur, sondern ich bin davon überzeugt. Der Kläger Eduardo hat schließlich auch einen Verteidiger an seiner Seite.«

Lana sah zu den beiden hinüber, doch weder Ricardo noch Eddi schenkten ihr Beachtung. Sie blieb jedoch standhaft und stierte sie weiterhin an. Es dauerte nicht lange und Ricardo gab ihren nervenden Blicken nach.

»Das ist ja auch etwas anderes«, fauchte er sie an.

»Ricardo!«, bremste ihn Richter Thomsen sofort aus. »Die selben Worte die ich eben an die Zuschauer richtete, gelten auch für sie. Haben wir uns verstanden?«

Ricardo war überrascht über die Strenge, mit der der Richter ihm entgegen trat. »Ja, Euer Ehren, ich habe verstanden«, antwortete er kleinlaut und setzte sich wieder auf seinen Platz.

Thomsen richtete seine Aufmerksamkeit erneut der jungen Lady zu. »Ich bin mir nicht sicher, ob ich den Menschenkindern eine gesetzliche Vertretung an die Seite stellen soll. Schließlich ist deren Vater nachweislich für das Sterben von Eduardos Frau und seinen Kindern verantwortlich. Nennen sie dem Gericht nur einen triftigen Grund, warum wir sie als Anwältin zulassen sollten?«

»Genau genommen gibt es nicht nur einen, sondern insgesamt drei gute Gründe«, legte Lana los. »Erstens sprechen die Menschenkinder nicht unsere Sprache und können sich aus diesem Grund nicht selbst verteidigen. Zweitens steht ihnen laut Gesetzbuch der Tiere eine rechtliche Vertretung zu. Sie wollen die Kinder doch nach unserem Gesetzbuch verurteilen, oder habe ich da irgendetwas falsch verstanden?«

Das hatte gesessen. Zum ersten Mal in seiner langen Karriere fehlten Richter Thomsen für ein paar Augenblicke die Worte. Doch schnell fing er sich wieder.

»Na schön, Miss Lana - und was ist der dritte Grund?«, lenkte er gekonnt von seiner Verunsicherung ab. »Sie wissen schon, sie sprachen soeben von insgesamt drei Gründen.«

»Ja richtig, und der dritte Grund ist eigentlich auch der Wichtigste. Ich bin der Auffassung, dass der Antrag, welcher vom Kläger gestellt wurde, nicht rechtmäßig ist.«

»Weshalb glauben sie das?«, wollte Thomsen etwas genervt wissen.

»Sie müssen schon etwas genauer werden«, fügte einer der anderen Richter hinzu.

»Bitte entschuldigen sie, ehrenwerte Richter«, antwortete Lana. »Die Gründe hierfür möchte ich erst darlegen, wenn sie mir gestattet haben, die Kinder zu vertreten.«

Thomsen und die anderen sechs Richter, sprangen auf dessen

Aufforderung von ihren Sockeln herunter und steckten die Köpfe zusammen. Dass eine Löwin solch einen Antrag stellte, so etwas hatten sie noch nie erlebt. Nach einigen Minuten nahmen sie wieder ihre Plätze ein.

»Also gut, Miss Lana«, begann Thomsen, »wir genehmigen ihnen, die Kinder zu verteidigen. Dies tun wir jedoch nur unter einer Bedingung. Sie werden strickt bei der Sachlage bleiben. Jegliche weibliche Gefühlsduseleien werden sie außen vor lassen. Habe ich mich deutlich genug ausgedrückt?«

Sichtlich erleichtert nickte die Löwin mit dem Kopf. »Ja, Euer Ehren, ich hatte auch nicht vor, meine weiblichen Reize einzusetzen.«

»Wenn das so ist, dann tragen sie bitte dem Gericht ihre Gründe vor, warum der Antrag des Klägers rechtswidrig ist.«

Lana sortierte einen Moment lang ihre Gedanken. Die ganze Nacht war sie wach gelegen und hatte überlegt, wie sie die Hinrichtung der Kinder verhindern könnte. Im Morgengrauen war ihr schließlich eine gute Idee gekommen. Zwar war sie sich nicht sicher, ob ihr Vorhaben funktionierte, doch sie war fest entschlossen alles einzusetzen, um das Leben der Kleinen zu retten. In ihren Augen waren sie die Letzten, die für das Gewaltverbrechen ihres Vaters verantwortlich gemacht werden durften.

»Was ist jetzt? Wir warten!«, riss Richter Thomsen sie aus ihren Gedanken.

Nun legte Lana sofort los. »Hohes Gericht, ich möchte gleich zu Beginn betonen, dass das schwere Schicksal, welches den Kläger traf, mich zutiefst berührt und ich seine Rachegedanken gegenüber den Menschen nur allzu gut...«

»Miss Lana«, unterbrach Thomsen sie genervt, »wollten sie solche Gefühlsduseleien nicht außen vorlassen?«

»Ich wollte doch nur, dass Eduardo weiß, dass ich tiefes Mitgefühl für seine Lage empfinde.«

»So etwas interessiert das Gericht aber nicht«, fuhr Thomsen sie ungehalten an. »Wir wollen nur hören, was zur Klärung der Sachlage und für die Urteilsfindung von Nutzen ist. Entweder kommen sie jetzt zur Sache oder wir entziehen ihnen ihre Lizenz.«

»Ja, Euer Ehren.« Blöder arroganter Schnösel, schoss es Lana durch den Kopf. Erneut holte sie tief Luft und fuhr fort. »Ist es nicht so, dass von ihnen vor Jahren ein Gesetz erlassen wurde, in dem es in Paragraph 1, Absatz 1 heißt: „Alle Lebewesen sind vor dem Gesetz gleich zu behandeln?«

Thomsen nickte ihr zu. »Weiter, Miss Lana. Worauf wollen sie hinaus?«

»Und ist es nicht so, dass im Paragraph 7, Absatz 2 des Gesetzbuches geschrieben steht, dass bei einer Verurteilung der Grundsatz, ich zitiere: „Gleiches darf ausschließlich mit Gleichem vergolten werden“ - anzuwenden ist?«

»Erzählen sie dem Gericht mal etwas, was es noch nicht weiß«, fuhr Thomsen sie erneut schroff an.

»Das ist keine Antwort auf meine Frage, die eigentlich an die Kläger gerichtet war.« Abwartend sah sie erneut Ricardo an.

»Ja, natürlich steht es so im Gesetzbuch«, motzte er sie an.

Lana blieb unbeeindruckt. Stattdessen fragte sie Ricardo: »Wurden die Kinder und die Frau ihres Mandanten im selben Moment getötet als ihr Rudel überfallen wurde?« Ricardo reagierte nicht auf diese Frage.

»Wollen sie nicht antworten?«, rügte Thomsen ihn und man konnte in seinen Worten deutlich hören, dass sein Nervenkostüm mittlerweile stark angekratzt war. »Oder glauben sie, das Gericht hat den ganzen Tag Zeit?«

»Nein, natürlich nicht«, antwortete Ricardo sichtlich nervös. »Und um Miss Lanas Frage zu beantworten: Ja, Eddis Frau und Kinder wurden noch im selben Moment getötet.« Abwertend grinste er die Anwältin an.

»Danke für die schnelle Antwort«, sagte sie zynisch und grinste aufgesetzt freundlich zurück. Dann wandte sie sich den Richtern zu. »Es stellt sich die Frage, warum sollen diese Kinder dann jetzt noch getötet werden?«

»Wir verstehen immer noch nicht, worauf sie hinaus wollen«, sagte einer der jüngeren Richter.

»Ganz einfach«, antwortete Lana. »Eduardo hätte die Frau und ihre Kinder sofort töten müssen. Somit wäre Gleiches mit Gleichem vergolten. Schließlich wurde seine Familie auch sofort getötet und nicht erst Tage später.«

»Einspruch!«, brüllte Ricardo dazwischen und sprang wutentbrannt auf. »Wir legen ausdrücklich Einspruch ein«, forderte er erneut lauthals.

»Wir haben ihren Einspruch zur Kenntnis genommen«, erwiderte Richter Thomsen gereizt. »Jetzt beruhigen sie sich wieder und begründen sie ihn.«

Ricardo warf Lana böse Blicke zu. »Das werde ich gern tun. Natürlich hätte mein Mandant die Kinder gleich töten müssen. Doch wie vorhin schon dargelegt, konnte er dies nicht. Sein schlechter psychischer Zustand, bedingt durch die grauenvollen Taten der Menschen, machte es ihm unmöglich, weiteres Blut zu...«

»Ja und genau hierin liegt doch das Problem«, rief Lana dazwischen. »Hohes Gericht, der Kläger Eduardo kann diese Kreaturen nicht zum Tode verurteilen lassen und dann auch noch die Tötung durch andere Löwen beantragen, nur weil er dazu psychisch nicht...«

»Aber er wollte sie doch töten«, wurde die Anwältin von Ricardo unterbrochen. Eddi legte währenddessen seinen Kopf auf den Boden und hielt sich mit beiden Pfoten die Ohren zu. Dieser Streit war nun wirklich zu viel für ihn. Doch die Streithähne juckte das nicht weiter.

Lana kam jetzt so richtig in Fahrt. »In Wahrheit wollte er den Tod der Kinder doch überhaupt nicht«, schoss sie erneut schroff zurück.

»Doch, natürlich«, rechtfertigte sich Eddis Onkel. »Mein Mandant will, dass die Kinder für die Tat ihres Vaters bestraft werden.«

»Ja klar«, erwiderte Lana besserwisserisch. »Dann hätte er es längst tun können.«

»Wie hätten sie denn in seiner Lage gehandelt? Sie haben doch keine Ahnung, was...«

»Schluss jetzt! Alle beide!«, brüllte Thomsen dazwischen. »Gibt es noch weitere Anträge oder Zeugen, oder irgendetwas, was für den Fall von Bedeutung sein könnte?« Mit genervten Blicken musterte er die Zankhähne, doch weder Lana noch Ricardo sagten etwas. Kopfschüttelnd setzten sie sich auf ihre Plätze zurück.

Einer der Richter beugte sich zu Thomsen und flüsterte ihm etwas ins Ohr. Anschließend zogen sie sich zur Beratung zurück. Es dauerte eine ganze Weile, bis sie wieder kamen. Der oberste Richter begann sofort mit der Urteilsverkündung; »Im Namen aller Tiere ergeht folgendes Urteil. Erstens, die Menschenkinder sind einzig und allein durch den geschädigten Eduardo zu töten. Zweitens, sollte dieser binnen vier Wochen nicht in der Lage sein, die Hinrichtung zu vollziehen, werden sie unversehrt an ihre leiblichen Eltern ausgeliefert. Und nun zur Urteilsbegründung. Es ist dem Gericht nicht leicht gefallen eine richtige Entscheidung zu treffen. Allein die Tatsache, dass es sich bei den Angeklagten nicht um Tiere, sondern um Menschen handelt, erschwerte die Urteilsfindung ungemein. Zu guter Letzt haben wir uns jedoch dazu durchgerungen, das Gesetzbuch der Tiere auch bei der Verurteilung von Menschen für rechtskräftig zu erklären. Demnach hat der Kläger Eduardo ein Anrecht darauf, die Kinder zu töten, um somit den Tod seiner eigenen Kinder zu sühnen. Eine zeitliche Bindung bis wann dies spätestens zu geschehen hat, gibt es im Gesetzbuch jedoch nicht. Hier werden wir zu einem späteren Zeitpunkt noch nachbessern. Trotzdem möchte das Gericht der Ausübung des Urteils einen zeitlichen Rahmen setzen, da nach unserer Auffassung, den Menschenkindern ein längerer Aufenthalt in der Wildnis, nicht zumutbar wäre. Darüber hinaus hat das Gericht beschlossen, für die Verwahrung der Kinder einige Auflagen zu verteilen. Erstens, die Kinder werden, bis der Kläger eine Entscheidung getroffen hat, bei ihm, und wir betonen ausdrücklich, nur bei ihm, untergebracht...«

»Wie bitte? Das könnt ihr vergessen!«, unterbrach Eddi den Richter. Von einer Sekunde auf die andere, schien er aus seiner Teilnahmslosigkeit zu erwachen. »Auf gar keinen Fall werden die bei mir wohnen!«

Richter Thomsen schlug wütend mit seiner Pfote vor sich auf das Podest, sodass davon einige Stücke abbröckelten. »Eduardo, darf ich sie daran erinnern, dass sie sich hier vor Gericht inmitten einer Urteilsverkündung befinden? Solch ein respektloses Verhalten werde ich nicht noch einmal dulden! Habe ich mich deutlich genug ausgedrückt?«

Ohne zu antworten, drehte sich Eddi beleidigt weg. Er verstand die Welt nicht mehr. Wie konnte das Gericht ihm zumuten, die Kinder des Mörders, bei sich wohnen zu lassen. Schlimmer konnte es wirklich nicht mehr kommen. Doch auch da irrte er sich gewaltig. Es kam noch schlimmer.

Der Richter fuhr fort. »Weiterhin erachtet das Gericht es als notwendig, eine würdige Behandlung der Kinder zu garantieren. Diese Auflage legen wir in die Hände von Miss Lana. Auch sie wird für diese Zeit beim Kläger Eduardo leben, um für den Schutz der Kinder zu sorgen. Sie hat uns regelmäßig über den Stand der Dinge zu unterrichten. Sollte sich jemand gegen dieses Urteil widersetzen, wird er in die Verbannung geschickt. Damit ist die Verhandlung geschlossen.«

Kaum verschwanden die Richter, brach lauter Tumult aus. Alle Tiere redeten durcheinander, sodass man sein eigenes Wort kaum noch verstand. Solch ein eigenartiges Urteil hatte nun wirklich niemand erwartet.

Als nach einigen Minuten die Zuschauer das Gerichtsgebäude verließen, stand Eddi immer noch erstarrt an seinem Platz. Er hoffte nur zu träumen. Sicherlich würde er jeden Moment schweißgebadet aus diesem Alptraum aufwachen. Doch als Mätsch ihm fest auf die Schulter schlug, wusste er, dass dies kein Traum wahr, sondern bittere Realität.

»Was willst du?«, fuhr Eddi ihn gereizt an.

»Wollt nur mal schauen wie es unserem neuen Häuptling so geht«, antwortete er sarkastisch.

Sofort eilte Ricardo zu Hilfe und baute sich vor Mätsch auf. »Lass ihn gefälligst in Ruhe! Mach lieber, dass du Land gewinnst, bevor ich mich vergesse.« Drohend hob er seine Pfote in die Luft.

»Na los!«, forderte Mätsch ihn grinsend auf, während er seinen Kopf auf die Seite drehte und mit der Pfote auf seine Wange deutete. »Mach doch! Schlag zu! Schon vergessen? Wir befinden uns hier in einem Gerichtsgebäude. Die Richter werden begeistert sein, wenn du hier drinnen eine Rauferei anfängst.«

Davon ließ sich Ricardo jedoch nicht einschüchtern. »Es ist mir vollkommen egal, wo wir uns befinden«, antwortete er und wollte gerade zuschlagen, da stellte sich Eddi in den Weg.

»Tu es nicht, der ist es nicht wert«, versuchte er seinen Onkel zu beruhigen. Ricardo fuhr tatsächlich runter.

Mätsch hingegen provozierte ihn weiter. »Was ist alter Löwe, hast du etwa Angst vor mir? Oder was ist mit dir, Eddi? Komm und kämpfe gegen mich! Zeig, dass du in der Lage bist ein Rudel zu führen! Ich hab dich längst durchschaut. In meinen Augen bist du seit eh und je ein Versager.«

Schockiert sah Eddi den Herausforderer an. Hatte er ihn eben einen Versager genannt? Doch es kam noch heftiger.

»Also, was ist nun, Eduardo del Loser?«, stänkerte sein Gegenüber erneut. »Hat es dem großen Führer etwa die Sprache verschlagen?« Mit seiner Pfote tätschelte er, wie einem Kleinkind, das getröstet werden wollte, in Eddis Gesicht herum.

Dem reichte es jetzt. Er verlor die Beherrschung, holte aus und verpasste ihm eine. Mätsch fiel um und landete auf dem staubigen Boden. »Schämst du dich denn gar nicht?«, brüllte Eddi ihn zornig an. »Ich habe gerade erst meine Familie verloren und muss zudem solch ein ungerechtes Urteil über mich ergehen lassen und du hast nichts besseres im Sinn, als deine kindischen Spielereien auszutragen. Ich dachte immer du wärst mein Freund...« Eddi ging auf ihn zu. »...Wenn du es wirklich so haben willst, dann lass uns kämpfen! Ich werde dich in tausend Stücke zerreißen, noch bevor du bis drei zählen kannst!«

Überrascht und verängstigt zugleich sah der in die Ecke getriebene Mätsch seinen aufgebrachten Gegner an. Mit so einer Gegenwehr hatte er nicht gerechnet. Doch er hatte Glück im Unglück. Ein Gerichtsdiener eilte herbei.

»Schluss jetzt! Ihr wisst genau, dass ihr euch in einem Gerichtsgebäude befindet!«, schrie er die Streitenden an. »Wenn ihr euch prügeln wollt, dann tut dies woanders, ansonsten lasse ich euch verhaften! Und was dich angeht«, wandte er sich Mätsch zu, »ich will dich nur noch einmal daran erinnern, dass wir seit vielen Jahren in einer Demokratie leben. Eddi ist von eurem Rudel gewählt worden. Solltest du versuchen, ihm diesen Posten durch Kampfhandlungen streitig zu machen, werde ich das Gespräch von eben an die Richter weiterleiten. Haben wir uns da verstanden?«

Fest entschlossen, seine Worte in die Tat umzusetzen, sah er den Löwen an. Mätsch raffte sich daraufhin auf und verließ wortlos das Gebäude. Er wusste, dass es keinen Sinn machte, sich mit dem Gerichtsdiener anzulegen.

Kaum war er fort, atmete Eddi mit einem tiefen Schnaufer aus. »Danke, wärst du nicht dazwischen gegangen, hätte ich mich gewiss ganz vergessen.«

Verständnisvoll sah ihn der Gorilla an. »Wahrscheinlich würde ich an deiner Stelle genauso reagieren. Ich verstehe deine Wut, und du brauchst dir so etwas auch nicht gefallen zu lassen, nur bitte nicht hier im Gerichtsgebäude!«

Der dem Gericht dienende Menschenaffe wandte sich Ricardo zu. »Kann ich mit dir unter vier Augen reden?«

Der nickte und bat seinen Jungen draußen auf ihn zu warten. »Was kann ich für dich tun?«, wollte er wissen, nachdem Eddi sie alleine gelassen hatte.

»Für mich kannst du nichts tun, ich wollte dich nur warnen«, flüsterte der Gorilla sorgenvoll.

Ricardo sah ihn überrascht an. »Warnen? Vor was?«

Der Gerichtsdiener winkte ihn näher heran und flüsterte in sein Ohr: »Genau vor dem Löwen, der eben diesen Streit anzettelte. Mätsch und seine Freunde haben einen Putschversuch geplant.«

»Okay, und woher weißt du das so genau?«

»Ich habe da so meine Quellen. Leider kann ich diese nicht Preis geben. Jedenfalls werden sie nichts unversucht lassen, dich und Eddi zu beseitigen.«

»Das sollen sie mal versuchen«, platzte es aus Ricardo höhnisch lachend heraus. Mit weit ausgestreckter Brust baute er sich vor dem Affen auf. Dieser ließ sich davon jedoch nicht beeindrucken.

»Nehmt euch in acht!«, ermahnte er ihn erneut sorgenvoll. »Du solltest in nächster Zeit sehr wachsam sein! Sobald ich etwas Neues erfahre, werde ich es dir unverzüglich mitteilen.«

Ricardo zog seine Brust wieder ein und überlegte. »Können die Richter nicht etwas unternehmen?«, fragte er nach.

»Leider nein, ein Verdacht allein reicht noch nicht aus. Die müssen schon nachweislich handeln, um bestraft zu werden. Doch ich bin mir sicher, dir wird gewiss etwas einfallen, du bist doch ein schlauer Kerl«

Ricardo fühlte sich geschmeichelt und nickte. »Oh ja, das wird mir gewiss«, gab er ihm recht.

Daraufhin verabschiedeten sie sich und der Gorilla ging zurück zu seinen Kollegen. Nachdenklich blickte Ricardo ihm hinterher.

Sollte es wirklich wahr sein? Planten Mätsch und seine dämlichen Freunde tatsächlich einen Putschversuch? Gut möglich wäre es ja. Nach der Aktion von eben, ließ sich dies ja nur schwer bezweifeln.

In Gedanken versunken verließ Ricardo den Gerichtsstand. Draußen angekommen stellte er fest, dass Eddi nicht mehr da war. Nervös sah er sich um. Hoffentlich war ihm nichts zugestoßen. Würde mich nicht wundern, wenn Mätsch und seine Freunde hier draußen auf ihn gewartet hatten, um ihm eine Lektion zu erteilen.

Frida kam angeflogen und landete direkt vor ihm auf dem steinigen Boden. »Hast du Eddi gesehen?«, wollte Ricardo sofort von ihr wissen.

»Ja, habe ich«, beruhigte sie ihn. »Ich soll dir ausrichten, du brauchst dir um ihn keine Sorgen machen. Er benötigt etwas Zeit für sich, um das Geschehen von heute zu verarbeiten.«

Erleichtert schnaufte Ricardo durch und machte sich auf den Heimweg. Unterwegs ging ihm immer wieder das unmögliche Verhalten von Mätsch durch den Kopf. Er fasste den Entschluss bei Gericht einen Antrag auf dessen Verbannung zu stellen, auch wenn dies im Moment wenig erfolgversprechend erschien.

8. In den Abgrund gerissen

xxxxxxx

Wie leicht ist es jemand anderen die Schuld am eigenen Schicksal zu geben. Wenn man jedoch den Mut findet, etwas genauer hin zu schauen, wird man schnell erkennen, nicht die anderen, sondern man selbst trägt die Schuld daran. Diese Einsicht ist der Beginn einer wundersamen Heilung.

xxxxxxx

Obwohl Ricardo noch einige hundert Meter vom vorübergehenden Lager entfernt war, vernahm er schon von hier aus, eine lautstarke Diskussion. Er befürchtete, dass Mätsch einen erneuten Versuch startete, die Führung des Rudels an sich zu reißen. Sofort legte er einen Zahn zu. Am Lagerplatz angekommen, stellte er erleichtert fest, die Versammlung hatte einen ganz anderen Grund. Lana und die Menschenkinder waren mittlerweile eingetroffen und weckten das Interesse des gesamten Rudels. Von Eddi und Mätsch hingegen fehlte jede Spur.

Ohne den Kindern oder der Anwältin seine Aufmerksamkeit zu schenken, steuerte Ricardo auf Luisa zu. »Hast du Eddi gesehen?«, fragte er beunruhigt.

Luisa nickte. »Ja, er ist kurz vor dir gekommen. Als er Lana und die beiden Menschenkinder sah, hat er sich jedoch gleich in seine Höhle verkrümelt. Vielleicht solltest du mal mit ihm reden.«

Ricardo dachte kurz über Luisas Vorschlag nach. »Nein«, sagte er schließlich. »Ich denke es ist besser, wir lassen ihm jetzt erst einmal ein wenig Zeit, um den Schock von heute Mittag zu verarbeiten.«

»Wahrscheinlich hast du recht. Auch wenn ich weiß, dass Eddi schon lange kein kleines Kind mehr ist, kommt bei mir immer wieder der Mutterinstinkt durch...« Luisa deutete mit ihrer Pfote in die Mitte des versammelten Rudels. »...Hast du schon dort drüben die Menschenkinder gesehen?«

Erst jetzt fiel Ricardo auf, dass er den aufgezwungenen Gästen, aus lauter Angst und Sorge um seinen Jungen, überhaupt keine Aufmerksamkeit schenkte. »Haben sie den weiten Weg hierher allein gefunden?«, wollte er von Luisa wissen.

»Nein, mehrere Gerichtsdiener brachten sie. Sie gaben uns noch einige Ratschläge, was die Verpflegung und Hygiene der Kinder anbelangt. Anschließend sind sie gleich wieder verschwunden.«

»Was für Ratschläge?«

»Täglich bringen sie uns Nahrung vorbei und wir sollen darauf achten, dass die Kleinen davon genügend essen und trinken.«

Ricardo betrachtete die Kinder nachdenklich. »Was essen die Menschen denn so?« Erst jetzt wurde ihm bewusst, dass er so gut wie gar nichts über die Zweibeiner wusste.

»Sie bekommen Bananen gegen den Hunger und Wasser sowie Kokosmilch gegen den Durst. Das haben zumindest die Gorillas so festgelegt.«

Ricardo sah die alte Löwendame verwundert an. »Bananen? So was fressen doch nur Affen. Na, wenn das mal gut geht.«

Luisa schenkte ihm ein beruhigendes Lächeln. Dabei sah man, dass ihr in der unteren Reihe zwei Zähne fehlten. »Ach, das wird schon gut gehen«, sagte sie entspannt. »Schließlich glauben die Menschen doch, dass sie vom Affen abstammen.«

Beide mussten darüber herzlich lachen.

»Und was müssen wir bei der Hygiene beachten?«, wollte Ricardo immer noch sichtlich amüsiert wissen.

Luisa verfinsterte ihre Miene. »Sie sagten, wir müssen sie täglich zweimal sauber lecken, so wie wir es bei unserem eigenen Nachwuchs machen.«

»Wie bitte?«, rief Ricardo entsetzt. »Wir lecken doch nicht an unseren Feinden herum.« Der alte Boss geriet vollkommen außer sich. In seinen Augen ging das nun wirklich zu weit.

Die alte Löwin beobachtete den aufgebrachten Löwen eine ganze Weile. Sie grinste ihn schelmisch an. »Ricardo«, sagte sie mit einem gewissen Unterton. Mehr brauchte sie nicht zu sagen, denn ihrem Gegenüber wurde sofort klar, dass sie ihn wieder einmal auf die Schippe nahm. Sofort entspannte er sich und schloss sich Luisas Lachen an. Er war froh, dass sie ihn angesichts der vielen Tragödien etwas aufmunterte.

»Hoffentlich kann auch Eddi eines Tages wieder so lachen«, sagte er.

»Das wird er ganz gewiss«, antwortete Luisa selbstsicher.

»Wenn du meinst, aber jetzt mal ehrlich, was genau sollen wir wegen der Sauberkeit der Kinder beachten? Und erzähle mir bitte nicht erneut, dass wir sie ablecken sollen. Gewiss werde ich nicht wieder darüber lachen.«

Verschmitzt sah die grauhaarige Löwin ihren alten Boss an und sagte: »Wir brauchen nichts weiter zu tun. Auch darum werden sich die Affen kümmern...«

»Wieso das denn?«, unterbrach Ricardo sie. »Trauen sie uns so etwas nicht zu?«

»Doch schon, nur sind wir nicht in der Lage sie zu wickeln.«

»Bitte was?«

Luisa verdrehte lächelnd die Augen. »Ach du weißt ja wirklich gar nichts über die Menschen. Sie packen ihre Kinder untenrum in Tücher ein, damit sie dort hinein ihr Geschäft erledigen können.«

»Ah, ich verstehe«, sagte Ricardo nachdenklich, doch sogleich rümpfte er vor Ekel die Nase. »Igitt ist das widerlich. Das bedeutet ja, sie tragen ihre Ausscheidungen am Körper bis sie..., ähm, wie nanntest du es nochmal?«

»Wickeln.«

»Genau, bis sie gewickelt werden.« Angewidert schüttelte Ricardo den Kopf.

»Wir finden das vielleicht ekelhaft, doch für die Menschen ist es ganz normal«, klärte Luisa ihn auf. »Sie sind auf dieser Welt so zahlreich vertreten, wenn jeder von ihnen, wie ein Tier irgendwo hin machen würde, dann hätten sie bald kein sauberes Fleckchen mehr. Außerdem tragen sie nur solange Windeln, bis sie richtig laufen können...« Luisa zeigte in Richtung der Kinder. »...Schau, das kleine Mädchen trägt keine Windeln mehr. Sie wird ihr Geschäft, zumindest so lange sie hier ist, irgendwo in der Natur verrichten.«

Ricardo musste grinsen. »Geschäft verrichten, wie sich das anhört«, brummelte er.

Auch Luisa musste darüber schmunzeln. »Jetzt geh aber mal und begrüß unsere Neuankömmlinge!«, forderte sie ihn auf. »Und bitte versuche etwas freundlich zu ihnen zu sein, schließlich sind es unsere Gäste.«

Ohne zu murren, kam Ricardo ihrer Aufforderung nach. Eigentlich war er ja derjenige, der bisher Anweisungen an Mitglieder seines Rudels verteilte, doch bei Luisa war es schon immer etwas anders. Über die Jahre hatte er gelernt, dass es besser war auf sie zu hören. Zügig ging er rüber zum Rest des Rudels. Luisa folgte ihm humpelnd. Sofort machten die anderen Löwen Platz.

»So so, das sind sie also, diese grausamen Menschen«, flüsterte Ricardo witzelnd in die Runde. Er musterte die Kinder ganz genau. Vorsichtig roch er an ihnen, doch zu seiner Überraschung fiel ihm kein unangenehmer Geruch auf. Eher dufteten sie angenehm süßlich, ähnlich dem Geruch ihrer eigenen Kinder. Die sehen gar nicht so böse aus, wie es immer behauptet wird, dachte er. Verwundert zog er seinen Kopf zurück. Schwer vorstellbar, dass aus diesen Winzlingen einmal Kreaturen werden, die meinen, die ganze Welt gehöre nur ihnen alleine.

Erst jetzt bemerkte Ricardo, dass Lana jede seiner Handlungen akribisch beobachtete. Sie stand etwas abseits, jedoch nah genug, um einschreiten zu können, sollte einer der Anwesenden es wagen, den Kindern auch nur ein Haar zu krümmen.

Ricardo ging auf sie zu. »Hallo, wir hatten vorhin noch gar nicht die Möglichkeit uns richtig vorzustellen.«

Was für ein schleimiger Typ, dachte sie, doch ließ sie sich nichts anmerken. »Wo werden wir wohnen?«, fragte sie schnippisch.

Ricardo deutete auf eine der vielen Höhleneingänge. »So wie es das Gericht entschieden hat, werdet ihr dort drüben in Eddis Höhle unterkommen.«

»Ist er da?«

»Ich denke er hat sich hingelegt. War die letzten Tage ziemlich viel für ihn.«

»Nicht nur für ihn«, brummelte die Löwin sichtlich sauer. Es fiel ihr schwer, ihre Abneigung gegenüber Ricardo zu verbergen. »Eurer Aktion sei Dank, machen auch diese unschuldigen Kinder ziemlich viel durch«, wies sie ihn zurecht.

Na die ist ja geladen, dachte Ricardo, während er zusah, wie sie sich daran machte, die Kinder vorsichtig an den Trägern ihrer Bekleidung zu packen. Behutsam hob sie ihr kostbares Gut hoch und schleppte es in Richtung Eddis Höhle. Kurze Zeit später verschwand sie darin.

»Hoffentlich flippt er jetzt nicht vollkommen aus«, sagte Ricardo zu den anderen Löwen und er hatte es noch nicht richtig ausgesprochen, hörte er Eddi auch schon brüllen. Sofort wetzte er rüber zur Höhle seines Jungen. Dort angekommen, kam die kreidebleiche Anwältin, mit den vor ihrem Maul baumelnden Kindern, heraus. Ohne etwas zu ihr zu sagen, ging er hinein. Eddi lag mit dem

Rücken zum Eingang in der Mitte der Höhle auf dem felsigen Boden. »Alles klar bei dir?«, rief sein Onkel ihm zu.

»Verschwinde!«, fuhr Eddi ihn gereizt an, ohne sich dabei auch nur einen Millimeter zu bewegen.

»Du weißt, dass kann ich nicht. Du kennst die Auflagen der Richter. Lana und die Kinder sollen...«

»Ich gebe einen Dreck auf die Richter...« Eddi drehte sich um und warf seinem Onkel wütende Blicke zu. Deutlich sah man dabei seine blutunterlaufenen Augen. »...Weißt du was die mich mal können? Die können mich da lecken, wo es am bittersten schmeckt.«

Ricardo schnaufte auf diese Bemerkung tief durch. »Ich wollt, ich könnte dir irgendwie helfen, doch...«

»Helfen? Du und deine Hilfe! Man hat ja vor Gericht gesehen, was dabei raus kommt!« Gekränkt drehte Eddi sich wieder weg und legte seinen Kopf auf den kalten, harten Boden.

»Dir ist klar was geschieht, solltest du das richterliche Urteil missachten?«, ermahnte ihn sein Onkel, doch er gab ihm keine Antwort mehr. »Also gut, ich deute dein Schweigen als ein Ja. Ich werde jetzt raus gehen und Miss Lana mit den Kindern wieder rein schicken. Du musst dich ja nicht mit ihnen anfreunden.«

Erneut kam keine Reaktion. Noch einen Moment lang zögerte sein Onkel. Als jedoch fest stand, dass weiterhin keine Antwort zu erwarten war, ging er hinaus. Am liebsten würde er die drei Neuankömmlinge nicht hinein schicken, doch was gab es für eine Alternative?

»Also ich denke ihr könnt jetzt einen neuen Versuch wagen«, ließ er die immer noch geschockte Löwin wissen. »Aber bitte tun sie mir einen Gefallen und lassen sie Eddi in Ruhe.«

Lana nickte verstehend. Einen Moment lang überlegte sie, doch dann schnappte sie die beiden Kinder und verschwand erneut in der Höhle. Ihr Mitbewohner lag immer noch am selben Fleck auf dem Boden. Sie sah sich etwas genauer um. Auf der linken Seite entdeckte sie auf einem flachen Felsvorsprung ein weiteres hergerichtetes Schlafgemach. Dies musste für sie und die Kinder sein, denn es war um einiges breiter, als das andere. Um dort hin zu gelangen, war es nötig über Eddis leblos daliegenden Körper zu steigen. Mit ihrem Hinterlauf blieb sie an ihm hängen und wäre beinahe gestürzt.

»Pass doch besser auf!«, fauchte er sie an.

»Oh Verzeihung!«, flüsterte sie höflich. Ihr war klar, sie musste auf der Hut sein. Schließlich hatte Eddi die Erlaubnis, die Kinder jederzeit zu töten. Konflikte mit ihm musste sie unbedingt vermeiden. Auch all den anderen Löwen traute sie nicht über den Weg. Zu oft hatte sie schon gehört, dass manch einer sich nicht an die Anweisung des Gerichts hielt. So etwas durfte in ihrem Fall nicht passieren. Wäre wirklich schade, wenn sie so hart für die Kleinen kämpfte und sie dann doch noch ums Leben kämen.

Vorsichtig setzte sie die Kinder auf ihrem Schlafgemach ab und legte sich daneben. Zu ihrer Überraschung kuschelten sie sich sofort an ihren warmen Körper und schmusten mit ihrem Fell. Wenige Augenblicke später waren sie eingeschlafen.

Vorsichtig legte Lana ihren Kopf auf die Blätter und sah zu Eddi hinunter. Er tut mit total leid, dachte sie. Wenn er nicht so verzweifelt wäre, würde er bestimmt gar nicht so eine schlechter Kerl sein. Irgend etwas gefiel ihr an dem Löwen. Er hatte so schöne muskulöse Beine und einen kräftigen und schlanken Körper. Hör auf damit!, flüsterte sie sich selbst zu und hoffte, dass Eddi es nicht gehört hatte. Als der jedoch nicht reagierte, schloss sie ihre Augen. Nach diesem anstrengenden Tag, war auch sie nun froh, etwas Ruhe zu finden. Sie schlief durch bis zum Morgengrauen.

Kaum ging die Sonne auf, wurde sie unsanft geweckt. Jemand zog an ihrem Schwanz. Erschrocken sah sie nach unten, doch sofort entspannte sie sich wieder. Es war nur der kleine Junge, der versuchte auf ihren Rücken zu klettern. Er hatte gar keine Angst mehr.

Lanas Blicke wanderten durch die Höhle und blieben an Eddi hängen. Zwar lag er weiterhin an der selben Stelle wie gestern Abend, doch er war schon lange wach. Hin und wieder schlief er die Nacht hindurch ein, jedoch war die Ruhe nicht von langer Dauer. Immer wieder spielten sich in seinen Träumen die gleichen Dramen ab. Kaum war er eingeschlafen, wachte er gefangen in dem alten klapprigen Fahrstuhl auf und sah seine verstorbene Frau mit ihren spielenden Kindern. So sehr er sich auch verzweifelt bemühte, er fand keinen Zugang zu ihrer Welt. Mittlerweile wusste er nicht einmal mehr, wie oft er schweißgebadet erwachte. Irgendwann, nach dem sechsten oder siebten Alptraum, hörte er auf zu zählen. Stattdessen nahm er sich vor, im nächsten Traum daran zu denken, dass er sich nur in seiner Fantasiewelt befand. Doch kaum erwachte er im alten Klapperkasten, wusste er nichts mehr davon. Es wirkte alles so real. Ein Wunder, dass Lana und die Menschenkinder von seinen herzzerreißenden Schreien nicht wach wurden. Hatte er überhaupt geschrien? Nun war Eddi sich auch dessen nicht mehr so sicher.

Erneut fasste er den Entschluss seine Höhle nie wieder zu verlassen. Egal wie ich stinke, egal wie hungrig oder durstig ich bin, ich bleibe hier liegen. Spätestens wenn die Anwältin und Kinder es vor Gestank nicht mehr aushalten, werden sie schon freiwillig gehen.

Versunken in seinen Gedanken bemerkte Eddi nicht, wie er von der jungen Löwin gemustert wurde. Sie überlegte, ob sie etwas zu ihm sagen sollte. Noch bevor sie dazu kam, krabbelte der kleine Junge zum am Boden liegenden Löwen und schnappte sich einen Zipfel von dessen Fell. Ruckartig drehte Eddi seinen Kopf herum und sah das Kind zornig an. Er startete jedoch erst gar nicht den Versuch, dem kleinen Wurm etwas anzutun, denn er würde es sowieso nicht übers Herz bringen.

»Können sie nicht besser aufpassen?«, motzte er die zum Sprung bereite Löwin an.« Dann drehte er sich wieder weg.

Als Lana sah, dass keine Gefahr für den Jungen bestand, setzte sie sich neben das immer noch schlafende Mädchen. »Tut mir leid, ich konnte ja nicht ahnen, dass er zu dir wollte«, ließ sie Eddi wissen.

»Ich wusste gar nicht, dass wir per du sind«, brummelte der leise vor sich hin und glaubte, die Löwin hätte es nicht gehört. Doch da irrte er sich. Lana hatte es sehr wohl gehört, doch verkniff sie sich etwas zu erwidern. Dieses schnöselhafte „Sie“, war ihr schon immer zuwider und sie würde es auch weiterhin nicht benutzen, nur weil dieser Löwe es verlangte. Vor Gericht war das ja etwas anderes, dort hätte man sie wahrscheinlich bestraft, wenn sie einen der Richter geduzt hätte.

»Was wollt ihr überhaupt hier?«, frage Eddi plötzlich wie aus dem Nichts. »Wollt ihr mich noch mehr demütigen?« Aus Angst, die Löwin könnte bemerken, dass er wieder weinte, wagte er es nicht in ihre Richtung zu schauen.

»Das weißt du doch, wir sind hier, weil die Richter es so entschieden haben.« Auf eine Reaktion wartend, saß Lana wie angewurzelt da und starrte auf Eddis regungslosen Körper.

Es dauerte eine ganze Weile, dann erhob er sich. »Ihr könnt hier bleiben. Ich suche mir eine andere Bleibe...« Schwermütig stapfte er zum Ausgang. »...Lieber schlafe ich unter freiem Himmel, als weiterhin meine Höhle mit euch zu teilen.« Ohne sich noch einmal nach der Löwin und den Kindern umzudrehen, ging er nach draußen.

Lana entspannte sich. Vielleicht bin ich doch etwas zu weit gegangen, ging es ihr durch den Kopf. Wäre es nicht besser, ich hätte mich vor Gericht raus gehalten? Zu oft hat mir mein Gerechtigkeitssinn schon Ärger eingebrockt. Während sie darüber nachsann, beobachtete sie das langsam erwachende Mädchen. Als die Kleine ihre Augen öffnete und merkte, dass ihr Bruder nicht mehr neben ihr lag, sprang sie auf und lief suchend umher. Sie entdeckte ihn spielend in einer Ecke und beruhigte sich wieder. Als Lana den Schutzinstinkt des Mädchens beobachtete, wurde ihr klar, warum sie vor Gericht nicht ihre Klappe halten konnte. Es war ihre gottgegebene Pflicht, diese unschuldigen Wesen zu beschützen. Sie hatte absolut richtig gehandelt.

Doch jetzt blieb keine Zeit mehr, sich weiter Gedanken darüber zu machen, denn sie sah den Kindern an, dass sie Hunger hatten und dem Geruch nach zu urteilen, musste der Kleine dringend gewickelt werden. Bestimmt warten die Gorillas schon auf sie. Lana sprang von ihrem Schlafgemach und schnappte die beiden und verließ mit ihnen die Höhle. Überrascht stellte sie fest, dass die Kinder ihr mittlerweile vertrauten. Kein Anzeichen von Angst war mehr zu entdecken. Fröhlich kichernd baumelten sie vor ihrem Maul herum. Sie schienen es tatsächlich zu genießen.

Wie vermutet warteten draußen schon zwei Gorillas. Sie übernahmen die Kinder und kümmerten sich um ihr leibliches Wohl.

Von Eddi war weit und breit nichts zu sehen. Gleich nachdem der vor Trauer erschöpfte Löwe seine Höhle verlassen hatte, ging er rüber zur Quelle. Mittlerweile war das Wasser wieder sauber, doch trinken wollte trotzdem kaum jemand daraus.

Während Eddis Augen über die glatte Wasseroberfläche streiften, entdeckte er auf der anderen Seite einen kleinen abfließenden Rinnsal. Wie eine Ader grub sich von dort aus ein kleines Bächlein seinen Weg bergab. Wohin der wohl führt?, fragte sich Eddi und beschloss ihm zu folgen. Warum er dies tat, wusste er selbst nicht so genau, da war ganz plötzlich einfach der innere Drang los zu laufen.

Nach einigen hundert Metern mündete das Bächlein in einem anderen. Daraus bildete sich ein deutlich größeres Gewässer. Eddi folgte ihm weiter und kurze Zeit später floss auch dieser Bach in ein, aus einer anderen Richtung kommendes, Gewässer. Dies wiederholte sich noch einige Male. Je weiter er dem fließenden Wasser folgte, umso breiter wurde es, bis schließlich ein reißender Strom daraus entstand. Unweigerlich musste Eddi an die Höhle mit dem Wasserfall denken, die er vor einigen Tagen Ellen und seinen Kindern zeigte.

Plötzlich verspürte er starken Durst. Mit gekonnten Sprüngen bewegte er sich den Abhang hinunter, tauchte sein Maul ins Wasser und stillte sein Verlangen nach einer kühlen Erfrischung. Anschließend legte er sich am Ufer auf einen Felsen in den Schatten und lauschte dem Rauschen des Wassers. Sofort wurde er müde und musste gähnen. Auf keinen Fall wollte er einschlafen, denn er hatte keine Lust auf den alten Klapperkasten. Doch egal, wie sehr er gegen die Müdigkeit ankämpfte, immer wieder fielen ihm die Augen zu. Nach einigen Minuten verlor er den Kampf und schlief ein.

Auch als er diesmal wieder zu sich kam, wusste er nicht, dass er sich in seiner Traumwelt befand. Etwas war jedoch anders, als in den Träumen zuvor. Nichts ahnend öffnete er seine Augen. Sofort stieg ihm der hölzerner Duft des Bretterbodens, auf dem er lag, in die Nase. Wie war er hierher gekommen? So sehr er sich auch bemühte, eine sinnvolle Antwort auf diese Frage zu finden, die Zeit davor ließ sich nicht rekonstruieren.

Vorsichtig schaute er über den ihn umgebenden hölzernen Rand. Er erschrak fürchterlich und zog instinktiv seinen Kopf ein. Hatte er eben richtig gesehen? Befand er sich auf einem Boot inmitten der reißenden Strömung? Nur um sicher zu gehen, dass dies keine Täuschung seiner Sinne war, streckte er seinen Kopf erneut in die Höhe. Ein weiterer Blick aufs offene Wasser, ließ jedoch keinen Zweifel an der Wahrhaftigkeit des Erlebten. Vor Angst zitternd erhob er sich langsam. Das Boot schwankte mit jeder Bewegung mit. Seine Blicke wanderten hinüber zum sicheren Ufer. Schön war es hier, das musste er zugeben, doch noch schöner fände er es, festen Boden unter den Füssen zu haben.

Da ihm von der Schaukelei schlecht wurde, legte er sich zurück auf den feuchten Bootsboden und schloss die Augen. Er stellte sich vor, wie er von der Kraft des Flusses mitgerissen wurde, direkt auf einen, in eine Schlucht stürzenden, Wasserfall zu. Wenn der mich mit in die Tiefe reist, ist alles vorbei. All mein Leid, all meine Verzweiflung hätten ein Ende. Dann werden die Richter schon sehen, was sie von ihrem herzlosen Urteil haben. Erschrocken über seine eigenen Gedanken öffnete Eddi wieder die Augen. Das tosende

Geräusch blieb jedoch erhalten. Hörte er richtig - wurde es tatsächlich immer lauter? Erneut hob er seinen Kopf über den Bootsrand. Was er in der Ferne entdeckte, versteinerte ihn. Tatsächlich näherte er sich einem Abgrund. Deutlich war zu sehen, wie sich an dessen Rand das Wasser ein winziges Stück in die Höhe wölbte, bevor es tosend in die unsichtbare Tiefe stürzte.

Von Todesangst geplagt, sah er erneut hinüber zum Ufer. Dort war eine riesige Wiese auf der ein Meer verschiedenfarbiger Blumen wuchs. So etwas Schönes hatte Eddi zuvor noch nie gesehen. Na ja, versuchte er sich zu beruhigen, wenigstens habe ich noch eine schöne Aussicht, bevor ich sterbe. War es nicht sein Wunsch zu sterben? Was wäre so schlimm daran, wenn dieser Wunsch nun auf unerklärliche Weise in Erfüllung ging?

Eddi versuchte sich zu entspannen. Wenn er schon gehen musste, dann würdevoll und erhobenen Hauptes. Während er weiterhin die Blumenwiese betrachtete, entdeckte er etwas, was ihm zuvor nicht aufgefallen war. Der wirbelnde Trichter eines Tornados begann sich zu erheben. Einmal hatte er solch ein Phänomen in der ebenen Savanne beobachtet, nur war dieser Wirbel hier um ein Vielfaches kleiner. Immer rasanter drehten sich die weißen leicht durchsichtigen Streifen um die eigene Achse. Jetzt gewann er an Größe und nahm richtig Fahrt auf. Grasbüschel samt Erde wurden aus dem Boden gerissen und durch die Luft geschleudert.

Mit der Pfote rieb Eddi sich ungläubig die Augen und sah erneut hin. Den Wasserfall hatte er mittlerweile ganz vergessen. Je schneller der Wirbel sich drehte, umso deutlicher war zu erkennen, wie sich daraus etwas formte. Erst sah es aus wie ein Mensch, doch dann bildeten sich deutlich die Umrisse eines Löwen hervor. Er hatte auf seinem Rücken zwei riesige Flügel und war um Einiges größer, als ein normales Raubtier. Ein heller Lichtschein umschloss diese Gestalt. Obwohl die Sonne hoch am Himmel stand, verblasste sie im Angesicht dieser Leuchtkraft. Der Löwenengel bewegte sich flussabwärts mit dem Boot mit.

Plötzlich fiel Eddi der Wasserfall wieder ein. Er warf einen Blick nach vorne. Keine fünfundzwanzig Meter trennten ihn vom Scheitelpunkt. Links und rechts ragten die ersten spitzen Felsen aus dem Wasser, an denen Blut klebte. Der rot glänzenden Farbe nach zu urteilen, schien es noch ganz frisch zu sein. Wenigstens bin ich nicht der Einzige, der hier sein Leben verliert, versuchte sich Eddi erneut zu beruhigen. Dieser Gedanke spendete ihm tatsächlich etwas Trost.

Er wandte seinen Blick wieder der Lichtgestalt am Ufer zu und erstarrte. Der Löwenengel war eindeutig seine verstorbene Frau.

»Eddi, nein!«, rief sie ihm laut zu und der Nachhall ihrer Stimme wurde von den umliegenden Bergen hin und her geworfen.

Einen Augenblick lang konnte Eddi nicht antworten, denn es fühlte sich an, als hätte ihm jemand den Mund zugeklebt. Doch es dauerte nicht lange und er löste sich aus seiner Sprachlosigkeit. So laut er konnte, begann er zu brüllen: »Ellen, hilf mir! Ich werde sterben!«

Erneut wanderten seine Blicke zum Abgrund. Es waren höchstens noch zehn Meter. Am Ufer entdeckte er einen Holzsteg. Was ein Glück, dachte er, eine Möglichkeit anzulegen. Ohne zu zögern steckte er seine Pfoten ins Wasser und begann zu paddeln. Mit all seiner Kraft bemühte er sich das Boot vom Kurs abzubringen, doch so sehr er sich auch anstrengte, sein Boot steuerte weiterhin Richtung Abgrund. Noch einmal sah er hinüber zu seiner Frau. Sie stand weiterhin am Steg und streckte ihre riesigen Pfoten nach ihm aus.

Er startete einen neuen Versuch - lehnte sich weit über den Bootsrand und ruderte verzweifelt mit seinen Tatzen im Wasser, sodass es in alle Richtungen weg spritzte. Doch es war zu spät, höchstens fünf Meter trennten ihn vom Scheitelpunkt. Entmutigt und erschöpft gab er auf. Ein letztes Mal sah er zum Steg hinüber. Ellen stand immer noch da, doch ihre Pfote hatte sie nicht mehr ausgestreckt.

Traurig wandte Eddi sich ab, legte sich auf den nassen Bretterboden und sah zum blauen Himmel hinauf. Dann kippte das Boot. Dies war nun das langersehnte Ende. Kaum stürzte es in die Tiefe, trennte sich der Bretterboden vom Körper des Löwen. Eddi sah, wie die Felsen am unteren Ende des Wasserfalls unaufhaltsam auf ihn zu rasten. Niemals würde er diesen Aufprall überleben.

Nervös schaute er sich um. Da musste doch etwas sein, woran er sich festkrallen konnte. Vielleicht ein von den Felswänden abstehender Baumstumpf, oder wenigsten ein Ast. Doch egal wohin seine Blicke auch wanderten, er war einzig und allein von in die Tiefe stürzenden Wassermassen umgeben.

Erneut ging ihm sein Wunsch, sterben zu wollen, durch den Kopf, doch jetzt war es anders. Nun wo er sterben würde, wollte er es nicht mehr. Er hatte plötzlich furchtbare Angst, ins große unbekannte Nichts zu tauchen. Was, wenn danach nur kalte Dunkelheit auf ihn wartet? Weiterhin brüllte er laut um Hilfe, doch niemand schien es zu hören. Wer sollte ihn jetzt noch retten? Noch circa fünfzig Meter trennten ihn von den spitzen Felsbrocken. Eddi schloss die Augen und zählte mit, vierzig, dreißig, zwanzig, zehn. Dann schlug er mit einem dumpfen Geräusch auf.

Zu seiner Überraschung tat der Aufprall nicht weh. Auch schien er noch zu leben, denn er hörte immer noch das Rauschen von fließendem Wasser. Langsam öffnete er seine Augen. Das Erste was er sah, war jener Fluss, von dem aus er soeben in die Tiefe stürzte. Wo bin ich, bin ich nicht tot? Plötzlich fiel ihm alles wieder ein. Natürlich, er hatte sich in den Schatten gelegt und war eingeschlafen. Dies alles fand wieder einmal nur in einem seiner komischen Träume statt.

Eddi erhob sich und um sicher zu gehen, dass er wirklich nicht verletzt war, betrachtete er seinen Körper. Ganz genau musterte er seine Pranken und drehte sie mehrmals hin und her. Auch seinen Bauch und seine Hinterläufe untersuchte er. Da war kein Blut zu sehen, stellte er erleichtert fest. Wie lange hatte er hier gelegen? Am tiefen Stand der Sonne zu erkennen, musste es eine ganze Weile gewesen sein. Was soll ich jetzt nur machen?, dachte er, während seine Blicke flussabwärts wanderten. Zurück gehen in meine vom Feind belagerte Höhle? Nein, darauf habe ich keine Lust. Lieber übernachte ich im Freien.

Erneut legte er sich auf den Platz, wo er bis eben geschlafen hatte. Als er den Felsen mit seinem Bauch berührte, spürte er die darin gespeicherte Wärme seines geträumten Todeskampfes. Zwar wusste Eddi nicht warum, aber er musste plötzlich über diesen Traum schmunzeln. Der Gedanke, dass seine Frau tatsächlich ein Engel sein könnte, beflügelte ihn für einen kurzen Moment und ein Gefühl der Freude und des Friedens stieg in ihm empor. Doch es dauerte nicht lange, und sein altes, dumpfes Gefühlsleben stellte sich wieder ein. Versunken in Gedanken fiel ihm nicht einmal auf, dass er unerwarteten Besuch bekommen hatte.

»Hier steckst du ja«, rief eine raue Stimme. »Das ganze Rudel sucht dich.«

Eddi wusste sofort, dass es die alte Luisa war, die sich humpelnden Schrittes näherte. Es bereitete ihr große Mühe die Böschung hinunter zu steigen.

»Was willst du?«, fragte Eddi mit einem ablehnenden Unterton. Er war über ihren Besuch alles andere als begeistert. »Kann man nicht einmal für ein paar Stunden seine Ruhe haben?« Sofort fiel ihm auf, wie respektlos er mit ihr sprach.

Luisa hingegen tat so, als hätte sie seine genervte Ausdrucksweise überhört. »Für ein paar Stunden?«, fragte sie kopfschüttelnd. »Du bist seit heute Morgen verschwunden, und jetzt haben wir es mittlerweile Abend. Jeder im Rudel macht sich Sorgen um dich. Bitte komm nach Hause!«

Eddi verzog abwertend seine Miene. »Nach Hause? Dorthin wo die Menschen, gemeinsam mit dieser neunmalklugen und selbstgerechten Anwältin, meine Unterkunft in Beschlag genommen haben? Nein danke, dahin kehre ich nie wieder zurück! Das ist nicht mehr mein Zuhause!«

Luisa spürte wie sich ihr Herz verkrampfte. Plötzlich fühlte es sich an, wie ein kalter Stein. Eindeutig nahm sie wieder einmal wahr, was Eddi fühlte.

»Mir ist bewusst, dass du zutiefst gekränkt bist.«, sagte sie leise. »Und ich spüre auch wie wütend du auf mich bist. Ich verstehe deinen...«

Von Wut gepackt sprang Eddi auf, sodass es die alte Löwin einen Moment lang mit der Angst zu tun bekam. »Was hast du eben gesagt?«, giftete er. »Du verstehst gar nichts von dem, was in mir vor geht!« Vorwurfsvoll sah er sie an.

Luisa nickte. »Du hast vollkommen recht. Ich sollte so etwas nicht sagen.«

Eddi versuchte sich daraufhin etwas zu beruhigen, doch das sollte nicht lange anhalten.

»Weißt du«, begann Luisa erneut neunmalklug, »ich glaube, alles was im Leben geschieht hat einen tieferen Sinn.«

Das hätte sie besser nicht gesagt. Sie hatte es noch nicht richtig ausgesprochen, schien Eddi komplett auszuflippen. »Glaubst du eigentlich den Mist, den du von dir gibst?«, brüllte er sie ungehalten an. »Dass meine Frau und zwei meiner Kinder nicht mehr leben, dass drei von ihnen auf Nimmerwiedersehen verschwunden sind, soll einen tieferen Sinn haben? Zum Teufel mit deinem dummen Gerede...« In Eddi tobte ein Vulkan. Wieder versuchte er, etwas runter zu fahren, doch auch jetzt gelang es ihm nicht. »...Erkläre mir doch mal den tieferen Sinn der dahinter steckt, dass ich Poldi, Mimi und Ellen nie wieder sehen werde? Hilf mir zu verstehen, warum Lord, Pele und Lesan irgendwo da draußen in Gefangenschaft leben müssen, vorausgesetzt sie leben überhaupt noch?...« Eddi schnappte einige Male nach Luft. Er hatte das Gefühl, dass sein Herz mehrfach stehen blieb und wieder zu schlagen begann. Enttäuscht drehte er sich von Luisa weg und stierte aufs Wasser. Tränen füllten seine Augen. Das Weinen half zumindest, dass sein Inneres etwas zur Ruhe kam. Mit leiser Stimme sprach er weiter. »...Und vor allem erkläre mir eins - wieso hast du mich nicht gewarnt? Du wusstest doch sonst alles im Voraus. Warum diesmal nicht?«

Eddi drehte sich wieder zu ihr und sah fragend in ihre demütigen, von tiefen Falten umrandeten Augen. Natürlich konnte sie ihm diese Frage nicht beantworten. Sie verstand ihre geistigen Aussetzer ja selbst nicht. Wortlos und traurig schüttelte sie den Kopf. Eddi richtete seine Blicke wieder auf die reißende Strömung des Flusses. »Willst du wissen, was ich eben geträumt habe?«, fragte er. Sein Blick löste sich vom Wasser und richtete sich erneut auf die Löwin. Sie nickte wortlos. »Ich träumte, Ellen wäre ein Engel.«

Eddi hatte es noch nicht richtig ausgesprochen, verschwand die Niedergeschlagenheit von Luisas Gesicht. »Echt?«, rief sie erfreut. »Das hast du geträumt? Komm erzähl mir mehr davon.«

Erwartungsvoll nahm Luisa neben ihm Platz. Obwohl er nicht verstehen konnte, weshalb sie sich so freute, erzählte er ihr was er im Traum erlebte.

Am Ende angelangt, bekam die alte Löwin vor Staunen das Maul nicht mehr zu. »Aber Eddi, das ist ja wundervoll«, ließ sie ihn begeistert wissen.

»Was bitteschön ist so toll daran, im Traum zu sterben?«

»Nicht, dass du gestorben bist. Der Engel, den du gesehen hast begeistert mich. Es war eindeutig ein Zeichen unseres Schöpfers.«

Eddi sah die alte Löwendame entgeistert an. »Willst du mich für dumm verkaufen?«

Auch Luisa musste zugeben, dass sich dies ziemlich verrückt anhörte, doch sie wollte Eddi unbedingt vermitteln, was sie schon vor Jahren erlebt hatte. »Gott spricht durch Träume zu uns«, begann sie zu berichten. »Auch ich hatte solche Träume. Damals, als mein Mann starb, war er kurze Zeit später wieder präsent. Er tauchte in meinen Träumen auf und sprach mit mir. Genau wie Ellen in deinem Traum, war auch er manchmal mit riesigen Flügeln ausgestattet.«

Eddi wirkte sichtlich verwirrt. Er überlegte. »Solange ich dich kenne, hattest du nie einen Mann an deiner Seite«, sagte er nachdenklich, doch es klang eher wie eine Frage. Luisa schwieg, was ihn noch mehr verwirrte. Plötzlich kam ihm die Erleuchtung.

»Dies würde ja bedeuten, dass auch du in jungen Jahren...« Ihm blieben die Worte im Hals stecken. Wie sollte er es nur ausdrücken?

»Ja mein Junge, auch ich habe meine große Liebe in jungen Jahren verloren«, kam Luisa ihm zuvor. »Wusstest du das nicht?«

Sichtlich überrascht schüttelte er den Kopf. »Warum hast du nie über deine Trauer gesprochen?«, wollte er wissen.

»Weil mein Mann seit diesen Träumen nicht wirklich tot für mich war. Er war seitdem mein persönlicher Schutzengel und immer wenn es mir nicht gut ging, erschien er mir im Traum und sprach mit mir.«

»Du veräppelst mich doch, oder?«, fragte Eddi etwas misstrauisch.

»Nein, sicher nicht, du müsstest mich eigentlich gut genug kennen, dass ich diesbezüglich keine Witze reiße.«

Erneut musste er nachdenken. Zwar hörte sich die Theorie der alten Löwin verdammt gut an, doch so richtig glauben konnte er ihr trotzdem nicht. Bestimmt sagte sie es nur, um ihn zu trösten.

»Und triffst du deinen Mann heute immer noch?«, hakte er nach. Luisa schüttelte mit dem Kopf, sodass Eddi sicher war, sie beim Lügen ertappt zu haben. »Ich glaube dir nicht!«, ließ er sie wissen. »Nehmen wir an, dein Mann wäre wirklich dein Schutzengel und gehen wir davon aus, du konntest ihn tatsächlich sehen, dann frage ich mich nur eins, wieso siehst du ihn heute nicht mehr?« Mit hochgezogenen Augenbrauen sah er die alte Löwin an. »Und außerdem gibt es so einen Quatsch nicht«, fügte er noch hinzu.

»Oh doch, so etwas gibt es gewiss«, sagte Luisa selbstsicher. »Und um deine Frage zu beantworten, ich entschied eines Tages ihm nicht mehr begegnen zu wollen. Glaube mir, wenn ich gewollt hätte, wäre ich ihm für den Rest meines irdischen Lebens begegnet. Mit der Zeit wurden diese Träume jedoch eher eine Belastung, als eine Hilfe. Zu Beginn fand ich es natürlich wunderbar, mit einem Wesen aus der anderen Welt sprechen zu dürfen. Je öfter ich dies jedoch tat, umso weiter entfernte ich mich von meinem Leben hier auf der Erde.«

Eddi verstand immer noch nicht richtig, worauf sie hinaus wollte, denn es hörte sich irgendwie zu kompliziert für ihn an. Deshalb wollte er diesbezüglich vorerst keine weiteren Fragen stellen.

»Woran ist denn dein Mann gestorben?«, lenkte er vom Thema ab. »Ist er auch ermordet worden?«

»Nein, er starb eines natürlichen Todes. Zuvor quälte er sich jedoch lange Zeit mit einer schweren Krankheit herum, die ihn von Innen her auffraß und ihm jegliche Freude am Leben raubte. Im Gegensatz zu dir, war ich damals froh, als er endlich sterben durfte. Es wurde höchste Zeit, dass Gott ihn von seinen unsäglichen Qualen erlöste...« Luisa stoppte ihre Erzählung und starrte aufs Wasser. »...Wirst du wieder mit zurück zu unserem Rudel kommen?«, fragte sie nach einer Weile.

»Ich kann nicht zurück in meine Höhle und werde deshalb noch etwas hier bleiben.«

Auch wenn Luisa etwas anderes gehofft hatte, verstand sie seine Entscheidung und wollte ihn deshalb nicht weiter nerven. Sie verabschiedete sich und humpelte schwerfällig die Böschung hinauf.

Eddi sah ihr hinterher, bis sie schließlich hinter einem Busch verschwand.

Mittlerweile hatte die Abenddämmerung eingesetzt. Ein weiterer Tag neigte sich zu Ende, ohne dass Eddi wusste, wie es weiter gehen sollte. Kaum hatte Luisa ihn verlassen, ereilten ihn erneut

Gedanken, seinem jämmerlichen Leben ein Ende zu setzen. Deprimiert stierte er vor sich hin. Auch jetzt musste er an Ellen und seine Kinder denken. Ach, wenn sie doch nur hier wären. Eddi legte sich hin und schloss seine Augen.

Ein greller Blitz zischte über den dunklen Himmel, gefolgt von einem ohrenbetäubenden Knall, der sich sogleich in ein lang anhaltendes Grummeln verwandelte. Erschrocken sprang Eddi auf. Noch während er damit beschäftigt war, zu begreifen wo er sich befand, fielen die ersten großen Regentropfen herab.

Mittlerweile war es finstere Nacht. Nur der Mond, der zwischen den dicken Quellwolken hindurch schimmerte, spiegelte sich auf dem Fluss und spendete etwas Licht. Die Stelle, auf der Eddi bis eben gelegen war, eroberte binnen weniger Sekunden der niederprasselnde Regen. Solch ein kräftiger Regenguss war für diese Jahreszeit sehr untypisch.

Wie lange habe ich hier geschlafen?, fragte sich Eddi. Bin ich überhaupt wach, oder ist das wieder nur einer meiner verrückten Träume? Um alle Zweifel auszuräumen, biss er auch diesmal in seine rechte Pfote. Nein, es tat eindeutig weh. Wenigstens hatte er nicht erneut vom reißenden Wasserfall oder dem alten Klapperkasten geträumt.

Weil sein Fell vom Regen langsam durchweichte, lief er zügig die Böschung hinauf und suchte Schutz unter einem Baum. Kaum angekommen, zuckte erneut ein Blitz über den Himmel. Wenn es etwas gab vor dem er fürchterliche Angst hatte, dann solch ein Gewitter. Panisch vergrub er seinen Kopf unter seinen beiden Vorderpranken.

Der nächste Blitz zuckte durch die Wolken und schlug direkt

über Eddis Kopf in der Baumkrone ein. Ein riesiger funkensprühender Lichtbogen entstand und ein großer Ast landete wenige Meter neben dem Löwen. Erschrocken fauchte er ihn an. Er war froh darüber, dass er ihn nicht auf den Kopf bekommen hatte und sprang unter dem Baum hervor. Der Regen prasselte in Strömen auf ihn nieder, sodass sein Fell schon nach wenigen Augenblicken triefend nass an ihm herunter hing.

Erneut suchte er unter einem anderen Baum Schutz. Sollte er doch besser in seine Höhle gehen? »Auf gar keinen Fall«!, murmelte er vor sich hin. »Lieber sterbe ich hier draußen, als mir diese Blöße zu geben!«

Er hatte es noch nicht richtig ausgesprochen, schlug keine zehn Meter entfernt ein weiterer Blitz ein. Das war nun endgültig zu viel. Ohne zu zögern schmiss Eddi all seine Vorsätze über den Haufen und hetzte los. So schnell, wie er jetzt vor Angst rannte, war er noch nie zuvor gelaufen. Immer wenn ihm der Gedanke kam, erneut Schutz unter einem Baum zu suchen, schlug unweit davon ein weiterer Blitz ein. Langsam bekam er das Gefühl vom Gewitter verfolgt zu werden.

Am Ende seiner Kräfte kam er im Lager an und steuerte direkt auf seine Unterkunft zu. Gerade wollte er hinein schlüpfen, hörte es auf zu regnen. »Das glaube ich jetzt nicht«, flüsterte Eddi vor sich hin. Einen Moment lang überlegte er, ob es möglich wäre, doch hier draußen zu übernachten, schließlich schien das Unwetter ja vorbei zu sein. Der nasse und mit kleineren Pfützen übersäte Sandboden lud jedoch nicht gerade zum schlafen ein.

Auf leisen Tatzen betrat er die Höhle. Er vernahm kaum hörbares Schnarchen, wusste aber nicht, ob es von Lana oder einem der Kinder kam. Vom Unwetter schienen sie seltsamerweise nichts mitbekommen zu haben. Dabei war das Gewitter doch nicht zu überhören. Komisch, dachte Eddi, während er zu seinem Schlafgemach schlich. Noch eine Nacht auf dem kalten Steinboden wollte er nicht verbringen. Er legte sich auf die vielen weichen Blätter und sah rüber zu Lana. Eindeutig starrte sie ihn an, ihre funkelnden Augen ließen keinen Zweifel daran.

»Was ist?«, fragte Eddi erschrocken und genervt zugleich.

Ebenfalls sichtlich erschrocken wandte Lana sich ab. »Ich hörte dich kommen und wollte nur wissen ob alles okay ist«, flüsterte sie.

Von einem in der Ferne über den Himmel zischenden Blitz, wurde das Innere der Höhle für einen Augenblick erhellt. Jeder der beiden nutzte den kurzen Moment, um den anderen erneut anzuschauen. Lange genug, dass Eddi ihre wunderschönen braunen Augen sah. Auch sie konnte seine verweinten Fenster zur Seele erkennen. Auch wenn ihr vor Mitgefühl das Herz stockte, versuchte sie sich nichts anmerken zu lassen. In ihren früheren, immer nur kurz andauernden Beziehungen, hatte sie gelernt - Mitleid konnte einen Löwen sehr schnell in seiner Männlichkeit verletzen. Warum das so war, konnte sie bis heute nicht verstehen.

»Du bist ja vollkommen durchnässt«, unterbrach sie die Stille und sofort wurde ihr klar, dies war wohl die dämlichste Frage, die sie von sich geben konnte. Zu ihrer Überraschung blieb er jedoch ruhig. Außer einem tiefen Schnaufen, kam nichts zurück.

Eddi drehte sich zur Wand und versuchte zu schlafen, seine Gedanken hinderten ihn jedoch daran. Wenn ich jetzt da rüber gehe und die Kinder töte, wäre der ganze Spuk vorbei. Die Anwältin müsste dann gehen und alle anderen würden mich für diese Tat bewundern.

Noch einmal drehte er sich um und sah hinüber. Lana musterte ihn immer noch. Wusste sie etwa was er dachte? Sicherlich, sonst würde sie ihn gewiss nicht so anstarren. Eins musste er ja zugeben, es war ganz schön mutig von ihr, die Kinder zu beschützen. Ich weiß nicht, ob ich solchen Mut aufbringen würde. Ist schon ein komisches Gefühl mit einer Löwin in einer Höhle zu übernachten, die ich bis heute Morgen nicht einmal kannte. Eddi musste über seine eigenen Gedanken schmunzeln. Auch dieser kurze Moment der Heiterkeit tat ihm gut, doch das durfte nicht sein. Lächeln, wo er erst vor einigen Tagen seine geliebte Familie verloren hatte, war das Letzte was er zulassen konnte. Sofort ging er wieder in seine alte trostlose Gefühlsform über, legte seinen Kopf aufs Laub und stierte die Wand an. Trotz der Dunkelheit konnte er die vielen kleinen und großen Risse erkennen, die sich von oben nach unten einen Weg durchs Gestein bahnten. Genau solche Risse gehen durch mein Herz, dachte er und schlief ein.

Das Brummen des Motors und ein plötzlicher Ruck, waren das Erste was Eddi vernahm. Wieder einmal erwachte er im Inneren des scheinbar schon jahrelang ausgedienten Fahrstuhls. Es dauerte nicht lange und er setzte sich in Bewegung. Wieder schnellte er nach oben, dann nach links und gleich wieder nach rechts. Im Anschluss ging es im freien Fall wieder nach unten.

Auch jetzt dauerte es nicht lange und ihm wurde schlecht. Reflexartig fuhr er seine Krallen aus, was nichts nutzte, denn wie in den Träumen zuvor fand er keinen Halt.

Doch etwas war diesmal anders - jetzt konnte er sich daran erinnern, dass er träumte. Er versuchte sich zu beruhigen. Um dem Traum zu entfliehen, musste er sich nur noch fest in seine Tatze beißen. Er hob sie vors Maul und schnappte fest zu. Sofort wurde seine Hoffnung zerstört. Zwar spürte er den stechenden Schmerz, doch wachte er zu seiner Überraschung nicht aus dem Traum auf. Ungläubig betrachtete er den Abdruck auf seiner Pfote.

Plötzlich blieb der Fahrstuhl stehen und sofort strahlte durch die verdreckte Scheibe das helle Licht herein. Nur zu gut wusste Eddi was jetzt geschah. Die Tür würde sich öffnen und er wäre wieder der unendlichen Qual ausgesetzt, seine Liebsten zwar sehen zu dürfen, doch nicht zu ihnen zu können. Und genau so geschah es dann auch. Die Tür schnellte auf und deutlich zu erkennen spielten in der Ferne Poldi und Mimi neben ihrer Mutter. In ihren fröhlichen Gesichtern sah man deutlich, wie glücklich sie waren.

Diesmal startete Eddi erst gar nicht den Versuch den Fahrstuhl zu verlassen. Noch einmal würde er sich nicht zum Narren halten lassen. In der Hoffnung die Tür würde sich wieder schließen, prügelte er mit seiner Pranke immer wieder auf die unzähligen Knöpfe ein.

Noch während er damit beschäftigt war, drehte sich Ellen um und deutete mit ihrer Pfote genau in seine Richtung. Nun sahen auch seine Kinder zu ihm rüber. Sofort hörte Eddi mit dem Getrommel auf. Konnten sie ihn tatsächlich sehen? Noch war er sich dessen nicht sicher. Als sie ihm jedoch zuwinkten, schöpfte er neue Hoffnung. Trotzdem wollte er vorerst hier im Fahrstuhl bleiben, denn zu tief waren die Enttäuschungen der letzten Träume in seinem Unterbewusstsein verankert. Noch einmal würde er sich nicht hinreißen lassen, voreilig den Hirngespinsten seiner Fantasie nachzugeben.

Er beobachtete wie seine Frau Poldi und Mimi weg schickte.

Ihre kleinen Körper verwandelten sich in bunte Lichter, die davon schwebten, bis sie am Horizont verschwanden. Kaum waren sie weg, steuerte Ellen zügigen Schrittes direkt auf Eddi zu.

Nun wagte ihr Mann doch einen Schritt vor den Fahrstuhl. Zu seiner Überraschung wurde er nicht daran gehindert. Nichts war von der unsichtbaren Kraft zu spüren, die ihn sonst im Fahrstuhl gefangen hielt. Ohne weiter darüber nachzudenken, sprang er hinaus und lief voller Freude seiner Frau entgegen. All die Lasten schienen mit einem Mal von ihm abzufallen. Er bekam nicht einmal mit, dass sein Körper sich plötzlich schmerzfrei und schwerelos anfühlte. Wie sollte er es auch bemerken - er hatte ja nur noch seine Ellen im Blick. Zwar registrierte sein Unterbewusstsein das weiche Gras unter seinen Löwentatzen und auch der unglaubliche Duft der unzähligen Blumen stieg ihm unaufhörlich in die Nase, doch all dies war jetzt nicht so wichtig. Bei seiner Frau angekommen, schmiegte er seinen Kopf an ihren. Während er ihr weiches Fell spürte und den ihm wohlbekannten Duft ihrer zarten Weiblichkeit einatmete, schnurrte er wie ein Kätzchen.

»Du lebst«, sagte er immer noch nicht glauben könnend, was gerade geschah. »Ich hab dich so sehr vermisst!« Seine euphorische Freude ließ ihn längst vergessen, dass er sich nur in einem seiner Träume befand.

So wie Ellen es früher schon hunderte Male getan hatte, strich sie ihm sanft über die Wange. Nach einer Weile nahm sie mit ihrer Pfote sein Kinn, sah in seine verweinten Augen und sagte mit engelhafter Stimme: »Auch ich freue mich riesig dich zu sehen, auch wenn es nur in deinem Traum ist.«

Eddi stockte der Atem. Sie hatte ausgesprochen, was er jetzt absolut nicht hören wollte. Seiner Frau blieb dies nicht verborgen und tröstete ihn: »Auch wenn es nur in deinem Traum stattfindet, ist doch alles was du gerade erlebst, vollkommen real. Erinnerst du dich an den echten Schmerz, als du vorhin in deine Pfote gebissen hast?«

»Ja schon, aber du bist doch tot.« Verwundert sah Eddi in ihre leuchtend blauen Augen. Die hatten ja schon zu Lebzeiten einen einzigartigen Glanz, doch war der nichts dagegen, wie sie nun funkelten.

»Du hast recht!«, antwortete sie. »Ich bin tatsächlich gestorben. Jedoch nur auf der Erde.«

Eddi schaute sich um und entdeckte die vielen in Herzform geschnittenen Bäume und das unendlich bunte Blumenmeer um sich herum. In der Ferne hörte er das Rauschen eines Wasserfalls. »Wo sind wir hier?«, wollte er von seiner Frau wissen.

Sie lächelte und sagte: »Komm, lass uns ein Stück laufen, sicherlich hast du viele Fragen an mich...« Ellen steuerte auf eine Baumgruppe zu, die in rosaroter Blütenpracht erstrahlte. Deutlich ertönte von dort wunderschönes Vogelgezwitscher. Ihr Mann folgte ihr wortlos. Im Geäst der vielen Bäume entdeckte er unzählig verschiedene Vogelarten. Viele von ihnen hatte er noch nie zuvor gesehen. »...Komm schon!«, forderte Ellen ihn erneut auf.

Eddi legte einen Zahn zu. Natürlich hatte er viele Fragen an sie. Doch im Augenblick schienen ihm die Glücksgefühle, die er an diesem Ort spürte, regelrecht die Kehle zuzuschnüren. Alles um ihn herum drehte sich langsam, doch wurde ihm weder schwindelig, noch verlor er das Gleichgewicht. Jeder weitere Schritt ins Innere dieses magischen Naturparks, fühlte sich an, als würde er auf weichen Federn schweben.

»Da bist du ja endlich«, sagte Ellen freundlich, als ihr Mann sie endlich eingeholt hatte.

Er sah sich weiterhin verwundert um. »Ich weiß nur nicht, ob ich wahrhaftig hier bin«, gab er zu. »Ehrlich gesagt bin ich ziemlich durcheinander. Wie kann ich hier sein, wenn ich doch eigentlich gar nicht hier bin? Was ist das für ein Ort und warum lebst du noch? Wo sind eigentlich unsere Kinder und was habe...?«

Ellen hielt eine Pfote vor sein Maul und sprach: »Langsam Schatz, wir haben genügend Zeit. Glaube mir, du wirst jede Einzelne deiner Fragen beantwortet bekommen. Zuvor möchte ich dir noch etwas sagen. Dass du hier sein darfst, gleicht einem Wunder. Warum, werde ich dir später noch erklären. Jetzt nur soviel dazu, an unser Treffen sind zwei wichtige Bedingungen geknüpft. Erstens, darf ich dir nicht sagen, wie du dich verhalten sollst, wenn du wieder auf der Erde bist, und zweitens, werde ich dir keine, deine Zukunft betreffenden, Fragen beantworten.«

Ihr Mann verzog das Gesicht, als hätte er in eine Zitrone gebissen. Er brauchte eine ganze Weile bis er das Gesagte verdaut hatte. »Werde ich dich wieder sehen, oder ist dies unser einziges Treffen?«, wollte er von ihr wissen.

Seine Frau musste über diese Bemerkung lachen. »Du brauchst keine Angst zu haben, es gibt keinen zeitlichen Rahmen. Du darfst mich so oft treffen, wie du möchtest.«

»Wow, echt?«, platzte es aus Eddi heraus. Er konnte es nicht glauben. Das würde ja bedeuten, keine einsamen Nächte mehr, kein Klagen und keine seelischen Schmerzen. Und vor allem bräuchte er nicht mehr trauern, weil er Ellen vermisste. »Und wie lange darf ich heute hier bleiben?«, fragte er sichtlich begeistert.

»So lange du willst.«

»Wirklich?«

Ellen nickte mit dem Kopf. »Du hast schon richtig verstanden.«

»Okay, dann bleibe ich für immer hier«, antwortete Eddi, obwohl ihm die Aussage seiner Frau etwas suspekt erschien.

»Oh nein Liebling, wirst du ganz gewiss nicht«, gab seine Frau zu bedenken, und schaffte es wieder einmal ihn zu verwirren.

»Wie jetzt, ich denke ich kann bleiben solange ich will?«

»Ja, dies sagte ich und es entspricht auch der Wahrheit. Doch glaube mir, du wirst dich ziemlich bald entscheiden, zurück in deine Welt zu dürfen.«

»Niemals!«, platzte es selbstsicher aus ihrem Mann heraus. Durchdringenden Blickes sah er sie an, versuchte irgendetwas zu entdecken, was verriet, dass sie Unsinn erzählte. Doch da war nichts dergleichen zu sehen.

»Liebling«, sagte sie sanft, »ich weiß, wie schwer du dir vorstellen kannst, mich wieder freiwillig zu verlassen. Doch jede Frage die du von jetzt an beantwortet bekommst, hat eine unendliche Last in sich, die dein weltlicher Rücken nur schwer zu tragen vermag...« Noch bevor Eddi den tiefen Sinn dieser Worte verstand, merkte er, wie sich unsichtbare Gewichte über ihn ausbreiteten. Es fühlte sich an, als würde jemand zum Reiten auf seinen Rücken steigen. »...Siehst du, genau das meinte ich«, sagte Ellen grinsend, »selbst diese simple Antwort ist nicht so leicht für dich zu ertragen. Warte nur erst mal ab, wie es sein wird, wenn ich dir andere, noch viel schwerwiegendere Fragen beantworte.«

Eddi verstand immer noch nicht, worauf sie hinaus wollte, beschloss aber vorerst, nicht weiter nachzuhaken.

»Laß uns dort unter den Baum in den Schatten legen«, forderte Ellen ihn auf. Mit wenigen Sprüngen war sie dort.

Auch ihr Partner wollte los springen, doch die Last auf seinem

Rücken hinderte ihn daran. Irgendwie fühlte sich dieser Brocken ähnlich dem an, was er seit Tagen auf der Erde mit sich herumschleppte. Schweren Schrittes folgte er ihr und legte sich neben sie ins weiche Gras.

»Es ist so schön hier, man könnte fast glauben, es wäre das Paradies«, ließ er sie wissen, während seine Blicke in der Gegend umherschweiften. Dass sie nichts sagte, machte ihn stutzig. Er wandte sich ihr wieder zu. »Bin ich hier etwa im...?« Das letzte Wort brauchte er nicht erneut auszusprechen, denn Ellen nickte zustimmend. Ein weiteres Mal betrachtete Eddi alles ganz genau. Tatsächlich hatte er noch nie zuvor so einen schönen Ort gesehen. Doch seine Freude darüber wurde durch weitere Lasten auf seinem Rücken getrübt. Doch noch war es auszuhalten. Bedingt durch die Geschehnisse der letzten Tage, war er viel Schlimmeres gewöhnt.

»Schatz, weißt du eigentlich wie schön das Leben auf der Erde ist?«, unterbrach Ellen die Stille.

»Das glaubst du doch selber nicht? »Hier ist es doch viel schöner. Schau dich mal um...« Eddis Blicke streiften noch einmal über die traumhaft farbenfrohe Landschaft. »...Alles ist so perfekt«, flüsterte er dabei.

»Du hast vollkommen recht, hier ist es tatsächlich traumhaft schön und fehlerfrei. Doch genau das ist ja das Problem.«

Eddi sah seine Frau ungläubig an. »Warum sollte es ein Problem sein?«

»Erinnere dich, bevor du deine erste Frage stelltest, wie hast du dich da gefühlt?«

Ihr Mann brauchte nicht lange zu überlegen. »Unbeschreiblich gut«, antwortete er. »Ich fühlte mich tausend Mal besser als auf der Erde. All mein Kummer, all die Schmerzen waren spurlos verschwunden.«

»Siehst du, und genauso fühlen sich hier im Paradies alle Wesen immerzu glücklich und zufrieden.«

»Aber was ist so schlimm daran? Ist doch super wenn man sich immerzu gut fühlt, oder etwa nicht?« Oh nein!, schoss es Eddi sofort durch den Kopf, jetzt habe ich schon wieder eine Frage gestellt. Doch der Ärger darüber verflog schnell, denn nach wie vor war seine Neugier größer, als die Lasten auf seinem Rücken.

Mit einfühlsamer Stimme war Ellen sichtlich bemüht ihm auch diese Frage zu beantworten. »Liebling, du kannst dir gar nicht vorstellen, wie belastend es mit der Zeit wird, sich immerzu gut zu fühlen. Ich stimme dir zu, am Anfang, wenn man nach dem Leben auf der Erde hierher zurück kommt, ist es wirklich super, doch mit der Zeit vermisst man das Gegenteil davon.«

Kaum hatte Ellen diesen Satz ausgesprochen, wurde der Druck auf Eddis Rücken so groß, dass er nur noch schwer atmen konnte.

»Oh Gott«, stöhnte er mit schmerzverzerrtem Gesicht. »Du hattest recht, ich will nur noch so schnell wie möglich weg von hier. Die Antworten überfordern mich tatsächlich - sie bringen mich fast um den Verstand.«

Nun traute Eddi sich nicht einmal mehr nachzufragen, ob diese Schmerzen noch da wären, wenn er wieder auf der Erde ist. Zu groß war seine Befürchtung, noch mehr leiden zu müssen. Schwerfällig erhob er sich aus dem Gras und lief in gebückter Haltung hinüber zum Hügel, in dem die offene Tür des Fahrstuhls auf ihn wartete. Kaum war er drinnen, spürte er, wie die Lasten auf seinem Rücken etwas abnahmen.

»Auch wenn dieses Treffen sehr kurz war und schmerzhaft endet, bin ich doch unendlich dankbar dafür«, ließ er seine Frau wissen.

Die griff mit ihrer Pfote ins Innere des Fahrstuhls. Kleine Lichtblitze entstanden um sie herum. Deutlich sah man die Grenze zwischen ihrer und Eddis Welt, die schon hier im Fahrstuhl zu beginnen schien. Sanft strich sie über seine samtweiche Nase und sagte: »Tschüss, bis bald mein Süßer.« Gleich darauf zog sie ihre Pfote zurück, sodass die Blitze verschwanden. Kaum schloss die Tür, lösten sich Eddis Rückenschmerzen in Luft auf. Er hoffte, dass dies auch noch so sein würde, wenn er in seiner Höhle erwachte.

Mit einem sanften Ruck setzte sich der Fahrstuhl in Bewegung. Reflexartig wollte er seine Krallen ausfahren, doch zu seiner Überraschung war es diesmal nicht nötig. Langsam und gleichmäßig bewegte sich das Gefährt abwärts, ohne dass etwas geschah. Irgendwann legte sich Eddi müde auf den Boden, schloss seine Augen und schlief sofort ein.

Als er wieder zu sich kam, lag er zusammengekauert auf seinem Schlafgemach. Die Menschenkinder und die junge Löwin waren nicht da. Draußen war es mittlerweile hell und an den vielen Stimmen, konnte er erkennen, dass der Großteil seines Rudels wieder einmal längst auf den Beinen war.

Immer noch müde, erhob er sich. Mit seiner Pfote und Zunge versuchte er sein Fell herzurichten, doch so sehr er sich auch bemühte, es stand weiterhin in alle Himmelsrichtungen. Schließlich gab er auf. Auf dem Weg zum Ausgang, hörte er die Stimmen der spielenden Menschenkinder. Während er ihrem Klang lauschte, fiel ihm sein Traum ein. Ein kleiner Teil der Lasten schien immer noch auf seinem Rücken zu liegen. War er wirklich im Himmel oder war es nur eine weitere verrückte Fantasie seines Unterbewusstseins? Je mehr er darüber nach dachte, umso deutlicher entstand in ihm die Tatsache, dass es eindeutig eine Einbildung seines

Gehirns sein musste. Zwar konnte er einen Moment lang Ellens Duft riechen, doch je mehr er versuchte diesen Geruch einzufangen, umso stärker entglitt er ihm, bis er schließlich ganz verschwand. Also war sein Traum doch nur eine Fata Morgana. Spätestens in der nächsten Nacht würde er erfahren, ob er seiner Frau erneut begegnet.

9. Freunde die keine sind

xxxxxxx

Nur wer freiwillig bereit ist, dir ein Süppchen ans Bett zu bringen, wenn du krank bist, ist auch wirklich dein Freund.

xxxxxxx

Auch an diesem Tag entfaltete die hoch am Himmel stehende Mittagssonne ihre volle Kraft. Faul lagen einige Löwen im Schatten der Bäume, unweit der Wasserquelle herum. Eddi nahm sich vor, heute mal etwas freundlicher zu den anderen Mitgliedern seines Rudels zu sein. Lange hielt sein guter Vorsatz jedoch nicht an, denn kaum steckte er seinen Kopf aus der Höhle, entdeckte er die im Sand spielenden Menschenkinder. Lana saß daneben und schaute ihnen zu. Als sie Eddi sah lächelte sie ihn an. Sofort machte sich Verärgerung in ihm breit. Nachdem sie ihm auch noch höflich einen schönen Tag wünschte, lief das Fass endgültig über, sodass er all seine guten Vorsätze über Bord schmiss. Barsch fuhr er sie an: »Mein Tag wird erst wieder gut, wenn du mit den Kindern verschwunden bist!...« Erschrocken über seine trotzige Reaktion drehte sie sich wieder weg. »...Ist auch besser so«, murmelte Eddi grimmig vor sich hin. Er ging zu Ricardos Höhle und rief nach ihm.

»Hallo mein Junge«, krächzte eine heisere Stimme zurück, doch es war nicht Ricardos Stimme.

»Luisa, bist du es?«

»Ja, komm doch rein. Schön dich zu sehen«, antwortete die alte Löwin während sie aus der Dunkelheit hervor kam.

Eddi beobachtete sie und bekam den Eindruck, ihr Fell wäre seit ihrer letzten Begegnung noch viel stärker ergraut. Richtig mehlig sah es mittlerweile aus und deutlicher als je zuvor, traten aus ihrem großmütterlichen Löwengesicht die tiefen, durch schwere Schicksalsschläge entstandenen, Falten hervor. Vielleicht wirkte es aber auch nur in der Dämmerung der Höhle so, dachte er und achtete nicht weiter darauf.

»Ist das nicht Ricardos Höhle?«, wollte er wissen.

»Richtig, doch seit heute Morgen wohne ich hier, denn Ricardo und seine Frau haben freundlicherweise mit mir getauscht...« Luisa humpelte noch ein paar Schritte auf Eddi zu und deutete auf den Eingang. »...Durch das herein scheinende Sonnenlicht, ist diese Unterkunft viel wärmer, als meine vorherige. Der Unterschied ist auch in der Nacht, wenn das Gestein die gespeicherte Restwärme abgibt, deutlich zu spüren. Ich kann mit meinen müden, von Rheuma geplagten, Knochen nicht mehr in einer zu kalten Höhle schlafen. Da diese hier die wärmste von allen ist, blieb deinem Onkel, auch auf mehrfaches Bitten seiner Frau, nichts anderes übrig, als das Feld zu räumen.«

Angestrengt lächelnd blieb Luisa vor Eddi stehen. Deutlich stach das geheimnisvolle Innere ihrer Augen hervor. Sofort fielen ihm die vielen winzigen roten Adern auf, die das weiße Innere durchzogen und auch sah er jenes Leuchten, welches er im letzten Traum in Ellens Augen bewunderte. Er überlegte, sollte er Luisa davon erzählen? Nein, besser nicht. Gewiss würde sie ihm nicht glauben. Sie würde denken, er wolle sich nur wichtig machen, das Gleiche erlebt zu haben wie sie.

»Eddi, möchtest du mit mir über irgend etwas sprechen?«, unterbrach sie seine Grübeleien. Sanft legte sie ihre Pfote auf seine Schultern. Erschrocken ging er einen Schritt zurück, sodass sie abrutschte und zu Boden plumpste.

»Über was sollte ich denn mit dir reden wollen?«, fragte er so als wäre nichts gewesen. Er wusste selbst nicht warum er log.

»Mhh, ich weiß nicht«, sagte Luisa nachdenklich. »Irgendwie überfiel mich das starke Gefühl, dir würde etwas auf dem Herzen liegen. Wäre aber auch gut möglich, dass ich mich irre. Schließlich bin ich nicht mehr die Jüngste.« Mit einem ächzenden Lacher, drehte sie sich um und ging zurück ins finstere Innere der Höhle.

Eddi erkannte nur noch Umrisse von ihr und ging zum Ausgang. Nach wenigen Schritten stoppte er und kam zurück. »Also gut, ich möchte dich etwas fragen«, begann er zaghaft. »Du erwähntest doch schon öfter etwas von einem Paradies. Du weißt schon, jener Ort an dem es kein Leid, kein Weinen und keine Schmerzen gibt.«

Eddi hatte diesen Satz noch nicht richtig beendet, kam Luisa aus dem Dunkeln zurück. Erneut konnte er in ihre glänzenden Augen sehen, doch diesmal leuchteten sie noch um ein Vielfaches stärker.

»Wieso fragst du danach?«, erkundigte sie sich neugierig.

»Ach weißt du, ich hatte heute Nacht erneut so einen merkwürdigen Traum. Ellen kam wieder darin vor, nur konnte ich diesmal mit ihr sprechen.« Eddi erzählte Luisa die ganze Geschichte. Neugierig verfolgte sie jedes seiner Worte. Als er fertig war, liefen ihr vor Rührung Tränen die Wangen hinunter. »Wieso weinst du?«, fragte Eddi verwundert. »Es war wohl doch keine so gute Idee, dir von diesem Traum zu berichten. Sicherlich erinnert es dich zu sehr an deinen verstorbenen Mann. Bitte verzeih mir, das hab ich nicht gewollt.« Er drehte sich um und wollte gehen.

Luisa versperrte ihm den Weg. »Bleib da! Ich weine nicht, weil ich traurig bin, sondern vor Freude...« Sie wischte sich ihre Tränen weg. »...Natürlich war deine Geschichte so real wie meine eigenen Erlebnisse vor vielen Jahren. Dies ist jedoch nicht der Grund warum ich weine. Es ist vielmehr, weil Gott auch dich so eine wundervolle Erfahrung machen lässt. Einfach unglaublich!«

»Und du glaubst, diese Begegnung war wirklich echt?«

»Das glaube ich nicht nur, sondern ich weiß es. Gott ist einfach großartig!«

Kaum hatte Luisa zum zweiten Mal das Wort Gott ausgesprochen, sah Eddi enttäuscht zu Boden.

»Pfff, Gott«, zischte er abwertend. »Meinst du den Gott, der meine Familie zerstören ließ? Was für ein Gott ist das, der so viel Leid zulässt? Bitte entschuldige, an einen guten Gott, der deiner Meinung nach alles in seinen Händen hält, kann ich nicht glauben.«

Luisa sah ihn einfühlsam an. »Ich verstehe dich sehr gut, denn genauso dachte ich damals auch. Doch mein Mann erwähnte in meinen Träumen immer wieder, dass die Treffen mit ihm ein Geschenk unseres Schöpfers seien. Er sagte: „Gott hat meinen unendlichen Schmerz erkannt und deshalb die Entscheidung getroffen, dass ich diese Begegnungen benötige, um weiter leben zu können."«

Eddi dachte über ihre Worte nach. »Hat es dir geholfen?«, fragte er nach einer Weile.

»So wie ich es am Fluss schon erwähnte, anfangs ja. Schließlich konnte ich meinem Mann jederzeit im Traum begegnen. Als ich jedoch bemerkte, wie ich mich dadurch immer weiter vom weltlichen Geschehen zurückzog, wollte ich diese Treffen nicht mehr.«

»Und ging es dir danach besser?«

»Nein, im Gegenteil, mir ging es erst einmal richtig dreckig. Wieder mit Leib und Seele im weltlichen Geschehen angekommen zu sein, fühlte sich zu Beginn ganz furchtbar an. Doch mit der Zeit heilte der Schmerz in meinem Herz, und heute, viele Jahre später, bin ich sehr dankbar für die Erfahrungen die mich Gott machen ließ.«

Da war es wieder dieses schreckliche Wort. Immer wenn Luisa „Gott" sagte, zog sich etwas in Eddis Brust zusammen. Schweigend sah er sie an. Zwar lächelte sie ihm vertrauensvoll zu, doch er konnte es nicht erwidern. Zu frisch und schmerzhaft waren noch

immer die Erinnerungen an das tragische Unglück.
»Hast du all die Jahre danach, an den Wahrheitsgehalt dieser Treffen glauben können?«, fragte er nach längerer Schweigepause.

Luisa hörte auf zu lächeln und sah bedrückt zu Boden. »Ach mein Junge, wenn das so einfach wäre. Natürlich glaube ich tief in meinem Herzen an die Offenbarungen, die mir mein Mann schenkte. Trotzdem gab es genügend Tage, an denen der Zweifel stärker war, als mein Glaube. Erst in den letzten Jahren festigte sich mein Vertrauen und heute, am Ende meines Lebens, kann ich behaupten, fest vom Reich Gottes überzeugt zu sein.«

Entsetzt sah Eddi in ihre ehrlichen Augen. Dass sie so locker über das Ende ihres Lebens sprach, empfand er als sehr unangenehm. Vor dem Tod seiner Liebsten, hatte er sich noch nie Gedanken übers Sterben gemacht. Er war immer der Meinung, noch viel zu jung zu sein, um sich darüber den Kopf zu zerbrechen. Mittlerweile sah er es anders.
»So schnell stirbst du schon nicht!«, versuchte er die alte Löwin zu trösten.

Darüber konnte sie nur herzlich lachen. »Du musst mich nicht aufmuntern, nur weil ich bald sterben werde. Ich bin froh wenn es endlich soweit ist. Ich habe in meinem langen Leben so viel erlebt, dass ich langsam aber sicher müde davon bin. Ich hoffe, Gott hat Erbarmen und holt mich bald zu sich.«
Während Luisa über ihren bevorstehenden Tod sprach, wich kein einziges Mal ihr Lächeln aus dem Gesicht.

Nachdenklich und verwundert zugleich, sah Eddi die Löwin an. Tatsächlich schien es ihr nichts auszumachen, über ihr baldiges Ende zu sprechen.
»Irgendwie kann ich deinen Wunsch sterben zu dürfen, sogar ein

wenig verstehen«, gab Eddi schweren Herzens zu. »Ich weiß nicht, wie viele Schicksalsschläge ich in meinem weiteren Leben noch ertragen kann. Die Erlebnisse der letzten Tage, bringen mich schon fast um den Verstand. Sobald ich an meine Zukunft denke, überkommt mich schreckliche Angst. Was, wenn das alles nur der Anfang war? Wie soll ich jemals wieder lieben können?« Zum ersten Mal, seit dem Verlust seiner Familie, sprach Eddi unter Tränen ehrlich aus, was ihn bedrückte.

Auch Luisa musste nun weinen. Dass sie ihren geliebten Jungen so leiden sah, schnürte ihr die Kehle zu.

»Bitte glaube mir«, flüsterte sie tröstend, »du brauchst dich nicht zu fürchten. In meinem langen Leben habe ich gelernt, dass Gott seinen Kindern nie mehr Lasten auferlegt, als sie tragen können.«

Unweigerlich musste Eddi an die schweren, unsichtbaren Gewichte denken, die er im Paradies auf den Rücken gepackt bekam. Doch darüber sprechen wollte er jetzt jedoch nicht. »Bitte verzeih«, sagte er stattdessen, »ich brauch jetzt erst einmal etwas Zeit für mich. Vielleicht komme ich später noch mal wieder.«

Von tiefer Trauer gezeichnet, verließ er die Höhle. Obwohl er die stechende Mittagssonne auf seinem Fell spürte, fror er innerlich. Zügig, um nicht von den anderen voll gequatscht zu werden, lief er um die Roten Felsen herum und suchte sich ein schattiges Plätzchen, wo er sich zum Ausruhen hin legte. Von hier aus konnte er weit ins Tal hinunter blicken. Wie schön es hier war. Zwar war dieser Ort nicht mit dem magischen Naturpark seines Traumes zu vergleichen, aber trotzdem irgendwie einzigartig und wundervoll.

Eddi beobachtete die vielen unterschiedlichen Tierarten, die in der Savanne ihr Leben in vollen Zügen genossen und spürte die angenehme Kühle des Bodens auf dem er lag. Mittlerweile hatte sich sein Inneres wieder etwas beruhigt, doch lange Zeit, die Ruhe zu genießen, blieb ihm nicht vergönnt. Kaum schloss er seine Augen, schlich Ned von hinten heran und zog an seinem Fell. Erschrocken sprang Eddi auf, als er jedoch sah, dass es nur Ned war, der sich wieder mal einen dummen Scherz erlaubte, legte er sich wieder auf den erfrischenden Boden. »Was willst du?«, fragte er genervt.

Ned legte sich neben ihn. »Jetzt sei doch nicht gleich so angekratzt. Ich wollte dich nur etwas aufmuntern.« Verunsichert feixte er seinen Gegenüber an, doch als er dafür böse Blicke kassierte, hörte er sofort auf zu grinsen. Er erhob sich wieder, ging um Eddi herum, und sah genau wie er hinab ins Tal.

»Wir, also Mätsch, Kalim und ich, haben dir einen Vorschlag zu machen«, ließ er ihn wissen.

»Ach ja, und was für ein Unsinn ist euch diesmal eingefallen? Soll ich mein Amt als Oberhaupt niederlegen, damit Mätsch sich diesen Posten schnappen kann? Wenn du darüber mit mir sprechen willst, kannst du gleich wieder ab zischen.«

»Nein, das ist es nicht.« versuchte Ned ihn zu besänftigen. »Wir möchten dir lediglich dabei helfen, dein Problem mit den Menschenkindern zu lösen.«

Eddi musterte ihn entgeistert. »Wie kommt ihr darauf, dass ich Hilfe brauche? Ich komme ganz gut ohne euch zurecht!«

Ned musste über diese Bemerkung ironisch lachen, doch sofort wurde er wieder ernst und sagte ermahnend: »Dass in unserem Rudel Menschen wohnen, ist für uns alle eine Schande.«

Kaum hatte er es ausgesprochen, sprang Eddi auf und fuhr ihn an: »Hör mir mal gut zu, denn was ich dir jetzt sage, sage ich nur einmal! Dass die Kinder bei uns wohnen müssen, ist eine Anordnung des Gerichts. Wenn ihr euch dadurch in eurer Löwenehre verletzt fühlt, wendet euch an die Richter. Ihr könnt euch ja ein anderes Rudel suchen, wenn es euch nicht passt.« Völlig aufgebracht ging Eddi ein paar Schritte auf den sichtlich eingeschüchterten Löwen zu, der nun Gefahr lief den Abhang hinunter zu stürzen.

Ned machte mit seiner Pfote eine besänftigende Geste. »Langsam, langsam, alter Freund...«

»Und nenne mich nicht Freund! Ich bin nicht dein Freund! Freunde stehen zu einem, in guten wie in schlechten Zeiten. Wahre Freunde gieren nicht nach dem Posten des anderen. Was hattet ihr denn vor? Wolltet ihr euch über die Anweisungen des Gerichts hinwegsetzen, nur um vor den anderen Tieren gut dazustehen? War es euer Plan die Kinder zu entführen, um sie anschließend heimlich zu töten?...« Eddi war nun vollkommen außer sich vor Rage. Verängstigt stand Ned vor ihm und suchte nach passenden Worten, doch dies tat er vergebens. Letztendlich musste er ihm recht geben, genau so sah ihr Plan aus. Verlegen wie ein Kind, das man beim Schokolade stehlen erwischt hatte, sah er Eddi an. Der ließ sich jedoch nicht in die Irre führen. Stattdessen legte er noch einmal nach. »...Was würdet ihr sagen, wenn ich meine Probleme überhaupt nicht los werden will? Vielleicht stören mich die Kinder ja gar nicht.«

Ned atmete auf diese Bemerkung tief ein. Kopfschüttelnd blies er die aufgesogene Luft zischend zwischen seine gespitzten Lippen hindurch. »Das glaubst du wohl selber nicht«, sagte er besserwisserisch. »Aber wie du willst. Falls du es dir doch noch anders überlegst, weißt du ja wo du uns findest.«

Mit etwas Sicherheitsabstand schlich er um Eddi herum. Eiligen

Schrittes lief er zur Höhle zurück, die er sich als WG mit Mätsch und Kalim teilte.

»Darauf kannst du bis an dein Lebensende warten!«, brüllte Eddi ihm hinterher. »Zum Glück ist diese Nervensäge endlich weg«, murmelte er anschließend vor sich hin. »Was bilden die sich überhaupt ein? Die denken wohl, sie könnten sich alles erlauben.« Immer noch vom Zorn gepackt drehte er sich auf die Seite und streckte seine Pranken aus. Er schloss die Augen und lauschte dem Klang der Grillen. Hin und wieder mischte sich leises Summen von vorbeifliegenden Insekten darunter, doch davon bekam Eddi nichts mehr mit. Kaum hatte er seine Augen geschlossen, schlief er erneut tief und fest ein.

xxx

Ein unendliches Meer knallroter Mohnblumen erstreckte sich weit übers Land. Wohin man auch sah, überall reihten sich diese wunderschönen Gewächse eng aneinander. Eddi erhob sich und sah sich verwundert um. Er fragte sich: Wo bin ich und wie bin ich hier her gekommen? Noch einmal drehte er seine Blicke in alle Himmelsrichtungen, doch egal wohin er sah, da war nichts außer der blaue Himmel, die Sonne und diese unendlich vielen roten Blumen.

Ohne weiter nachzudenken, lief Eddi los. Erst ganz langsam, denn er befürchtete zu viele der schönen Blumen zu zertrampeln. Doch nach wenigen hundert Metern packte es ihn. Mit riesigen Sprüngen begann er sich fort zu bewegen. Zu seiner Verwunderung konnte er mit jedem einzelnen Sprung zwanzig, fünfundzwanzig Meter zurück legen. Auch nach mehreren Kilometern verspürte er keine Anzeichen von Erschöpfung. Deshalb machte es ihm auch nichts aus, dass das Blumenfeld scheinbar nicht enden wollte. Er legte noch einen Zahn zu. Nun bewegte er sich mit so hohem Tempo voran, dass die Blumen in Form von roten Strichen an ihm vorüber schnellten. Es fühlte sich schwerelos und befreiend für Eddi an.

Gerade als er glaubte, es würde ewig so weiter gehen, verließen ihn mit einem Mal seine Kräfte. Mehrfach überschlug er sich, doch tat es zu seiner Verwunderung nicht weh. Unverletzt stand er auf und sah sich um. Als er in der Ferne die herzförmigen in rosaroter Blütenpracht stehenden Bäume entdeckte, wusste er wo er war. Eindeutig handelte es sich um jenen Ort, an dem er seine Ellen erneut treffen würde. Um einen besseren Rundblick zu haben lief Eddi einen Hügel hinauf. Einige Kilometer landeinwärts sah er einen Fluss. Eindeutig handelte es sich hierbei um jenes Gewässer aus seinem Alptraum, sodass er sofort an die Gefangenschaft im Holzboot denken musste. In Gedanken versunken entdeckte er seine Frau am Ufer. Schnell schob er seine Grübeleien beiseite und machte sich auf den Weg zu ihr.

Bei ihr angekommen, schien sie ihn immer noch nicht bemerkt zu haben. Eddi nutzte die Gelegenheit, um seine Blicke noch einmal umherschweifen zu lassen. Flussabwärts entdeckte er den Steg und einige Meter weiter auch den in die Tiefe stürzenden Wasserfall. Selbst die aus dem Wasser ragenden Felsen konnte er deutlich erkennen, doch klebte kein Blut mehr daran. Und noch etwas war anders. Am Rücken seiner Frau fehlten die riesigen Engelsflügel.

Kaum gedacht, drehte sie sich zu ihm um und lief ihm freudestrahlend entgegen. Wie schon beim letzten Treffen gab es eine langanhaltende zärtliche Begrüßung.

»Ich bin tatsächlich wieder hier bei dir«, sagte Eddi, sich immer noch an sie kuschelnd.

»Habe ich es dir nicht versprochen? Du kannst mir ruhig glauben! Wenn Gott etwas verspricht, hält er es auch!...« Sanft strich Ellen mit ihrer Pfote über sein Gesicht. »...Komm, lass uns ein Stück flussabwärts laufen.« Kaum gesagt, lief sie los.

Eddi folgte ihr dahin wo der Wasserfall in die Tiefe stürzte. »Hast du die vielen roten Mohnblumen gesehen?«, wollte er von ihr wissen.

Kurz vor dem Abgrund blieb Ellen stehen und wandte sich ihm zu. »Natürlich habe ich die gesehen. Hab sie selber gepflanzt. Mein Boss, der große Schöpfer wollte es so.«

»Gott wollte es so?«

»Ja, rot ist doch die Farbe der Liebe. Mit diesen Blumen wollte er dir zeigen, wie sehr er dich liebt, und ich natürlich auch.«

Eddi lächelte verlegen, wusste jedoch eine Weile nicht, was er darauf sagen sollte. Doch es dauerte nicht lange, und ihm kam eine weitere Frage.

»Wer hatte eigentlich die Idee, dass ich dich genau hier, am Ort meines Alptraums treffe...?« Eddi stockte. »...Ach ja natürlich, wie dumm von mir, du kannst ja gar nicht wissen, wovon ich spreche.«

»Oh doch, kann ich sehr wohl, da ich mit dabei war. Erinnerst du dich nicht mehr daran? Ich musste traurig mit anschauen, wie du in den Abgrund gerissen wurdest.«

Beschämt wandte ihr Mann seinen Blick ab. Auch spürte er längst die Last der ersten Antworten auf seinem Rücken. Ihm war klar, auch dieses Treffen würde nicht lange zu ertragen sein.

»Ja, leider bin ich in diesem Traum gestorben«, gab er zu. »Doch glaub mir, es fühlte sich unsäglich grausam an.«

Ellen sah ihn verständnisvoll an. »Ich weiß mein Schatz. Willst du auch wissen, woher?«

»Ja, auch wenn mir bewusst ist, dass mir jede neue Antwort Schmerzen verschafft.«

Seine Frau musste auf diese Bemerkung loslachen und steckte auch ihn damit an. »Es ist schön dich endlich wieder einmal lachen zu sehen, nachdem du vorhin bei Luisa so kläglich geweint hast.«

»Du hast mich bei ihr gesehen?«, fragte er. »Wie geht denn das? Du bist doch hier, an einem ganz anderen Ort.«

»Langsam Liebling«, beruhigte Ellen ihn. »Eins nach dem anderen. Jetzt beantworte ich dir erst einmal deine erste Frage. Du wolltest wissen, woher ich weiß, was du fühltest. Es ist etwas schwierig, es so zu erklären, dass du es mit deinem weltlichen Denken verstehst. Alles was in eurer Welt geschieht, hat eine Auswirkung auf unsere Welt. Jedes auch noch so kleine Gefühl, welches du oder ein anderes Lebewesen entwickelt, fühlen auch die ihm zugeteilten Wesen...«

Ihr Mann unterbrach sie indem er eine Pfote in die Luft hob. »Mal langsam, von was für zugeteilten Wesen sprichst du?«

»Na von Engeln -von Wesen aus reinem Licht.«

»Engel?«, wiederholte er überrascht. »So was gibt es wirklich?« Eddis Augen wurden immer größer. Zwar erwähnte Luisa hin und wieder etwas von einem Paradies und den dort herrschenden Engeln, dass sie tatsächlich existierten, konnte er jedoch nie glauben. Warum auch, sein Leben war ja bis zu dem schrecklichen Unglück und der dadurch einsetzenden großen Traurigkeit in Ordnung. Nun schämte er sich ein wenig für seinen Unglauben.

Auch Ellen wusste längst, was in seinem Kopf vor sich ging und sprach: »Oh ja, genau von diesen Engeln rede ich. Luisa ist übrigens eine sehr kluge und weise Löwin, aber auch sie musste für diese Weisheit viel Leid ertragen.«

Zwar wunderte sich Eddi, woher seine Frau wusste, was er über Luisa dachte, doch nickte er ohne sie darauf anzusprechen mit dem Kopf.

»Und wieso kannst du nun fühlen was ich fühle?«, wollte er stattdessen wissen.

Ellen lächelte ihn an. »Weil ich jetzt so ein Engel bin. Ich habe Gott gebeten, er möge mir erlauben, dir zu helfen wieder ins Leben zurück zu finden. Und nun bin ich für immer und ewig dein Schutzengel. Der Preis den ich dafür zahlen muss, ist jedoch sehr hoch. Bis an dein Lebensende werde ich fühlen müssen, was du fühlst, und glaub mir, es fühlt sich im Moment alles andere als gut an.«

»Dies ist mir bewusst«, gestand ihr Mann beschämt. »Ich kann ja auch nichts dafür. Seit ihr nicht mehr da seid, ist alles so trostlos.« Traurig senkte er seinen Kopf, doch Ellen drückte ihn, so wie sie es früher oft tat, mit ihrer Pfote sanft nach oben.

»Du musst dich nicht dafür schämen«, tröstete sie ihn. »Du brauchst dich auch nicht zu besseren Gefühlen zu zwingen, nur damit es mir gut geht. Dies wäre nämlich ein Schritt in die falsche Richtung. Stattdessen solltest du dir von mir helfen lassen, wieder glücklich zu werden.«

»Aber wie soll das gehen?«

»Lass das mal meine Sorge sein. Ich weiß welche Erfahrungen und Begegnungen du in nächster Zeit brauchst, damit du geheilt wirst.«

»Und was muss ich dabei tun?« wollte Eddi wissen. Vor allem

hätte er gerne einen Ratschlag was seine Unentschlossenheit wegen der Menschenkinder betraf.

»Nichts«, antwortete Ellen, und verwirrte ihn damit sichtlich.

»Nichts?«

Ellen nickte ihm zu. »Obwohl, da wäre doch etwas, was du tun könntest...« Wieder hoffte Eddi für einen Augenblick, sie würde ihm einen Tipp geben, wie er mit den Menschenkindern verfahren sollte. Doch Ellen wollte auf etwas ganz anderes hinaus. »...Du könntest mir etwas Vertrauen zukommen lassen, egal was auch geschehen mag. Dies wäre das größte Geschenk für mich.«

Enttäuscht sah Eddi sie an und senkte erneut deprimiert den Kopf. »Ich weiß nicht, ob es mir gelingen wird. Hier im Paradies hört sich alles so schlüssig an, doch auf der Erde ist es halt nicht so einfach.

»Ich weiß, doch glaube mir, die Tage an denen du mir voll und ganz vertrauen wirst, werden kommen. Dies wird dann eine Zeit sein, die mich beflügelt dir Türen zum Glück zu öffnen, die vorher fest verschlossen waren. Mir ist bewusst, es klingt ziemlich verrückt. Gib dir etwas Zeit, es besser zu verstehen.«

Eddi spürte, wie die Last auf seinem Rücken allmählich ins Unermessliche stieg. Viel Zeit würde auch jetzt nicht mehr bleiben, doch er wollte noch etwas durchhalten. Wortlos folgte er seiner Frau zum Wasserfall und warf vorsichtig einen Blick in die Tiefe. Einige hundert Meter weiter unten, prallte das Wasser auf die schroffen Felsen und zerteilte sich in Millionen feine Tröpfchen. Eddi sah das Bild seines Aufschlags vor sich. Erschrocken zog er seinen Kopf zurück. »Warum hast du mir nicht geholfen, als ich nach dir rief?«, fragte er seine Frau anklagend.

»Ganz einfach, weil Gott es nicht wollte.«

»Wie bitte, Gott wollte es nicht? Ich dachte er, vorausgesetzt es gibt ihn tatsächlich, ist ein guter Gott...« Nun verschärfte Eddi seinen Ton. »...Warum lässt Gott so etwas geschehen? Weißt du wie sehr ich in diesem Alptraum gelitten habe?« Mit Tränen in den Augen sah er seine Frau an.

Sie erwiderte seine vorwurfsvollen Blicke mit einem verständnisvollen Nicken. »Ich bin bewusst wie sehr du gelitten hast. Erinnerst du dich noch, was ich dir eben sagte? Ich kann jederzeit fühlen, was du fühlst. Gerne will ich dir erklären, warum ich dir nicht helfen konnte. Erstens, Gott ist kein guter oder lieber Gott, sondern ein gerechter Gott...« Als Eddi die Worte „gerechter Gott" vernahm, stieg Hass in ihm auf, doch ohne sich etwas anmerken zu lassen, schluckte er ihn wieder runter. Ellen fuhr unterdes fort. »...Wie schon angedeutet, war auch dein Alptraum mit dem Wasserfall Gottes Idee. Er wollte dir vor unserem ersten Treffen eine für dein weiteres Leben sehr wichtige Lektion erteilen.«

»Pfff, eine Lektion, dass ich nicht lache«, fiel Eddi ihr ins Wort. »Habe ich nicht schon genug zu leiden?«

»Ja mein Liebling, in der Tat und auch gabst du mir dies jetzt schon mehrfach zu verstehen...« Ellens Blicke verfinsterten sich, sodass Eddi wusste, es wurde höchste Zeit, sie endlich mal aussprechen zu lassen. Daraufhin fuhr sie fort. »...Die Lektion dieses Traumes war nicht dazu da, um dir weitere Lasten aufzuladen, sondern um sie dir zu nehmen. Du erinnerst dich doch noch, als ich dir als Licht durchdrungene Gestalt von der Wiese aus zuwinkte? Du konntest mir anfangs jedoch nicht vertrauen, weil du nicht erkanntest, dass ich es bin. Erst als du sahst, wie ich mich in deine Frau verwandelte, wolltest du meine Hilfe. Doch so funktioniert es auf der Erde leider nicht. In deiner Welt besitze ich kein Löwenkostüm mehr. Dort kann ich dir nur als unsichtbares Lichtwesen helfen.«

»Und was sollte ich Gottes Meinung nach daraus lernen?«, fragte Eddi nachdenklich.

»Wie ich schon einmal sagte, zu vertrauen.«

Eddi schüttelte ungläubig mit dem Kopf, sodass seine lange Löwenmähne mit jeder seiner Bewegungen umher wirbelte. »Vertrauen, das ist alles?«, fragte er.

Ellen beobachtete ihn ganz genau. Obwohl sie ihn durch und durch kannte, schien sie jede seiner Gesten zu genießen.

»Ja Eddi«, antwortete sie. »Dies hört sich einfach an, doch wie du im Traum erfahren durftest, ist das mit dem Vertrauen gar nicht so einfach. Obwohl du mich im Traum anfangs in Form von umherwirbelndem Licht sahst, schafftest du es nicht, mir zu vertrauen. Wie schwer wird es dir dann erst fallen, wenn du wieder auf der Erde bist, wo du nicht einmal den Lichtwirbel zu Gesicht bekommst?«

»Aber ich habe doch aus dem Boot um Hilfe geschrien.«

»In der Tat, es war schließlich nicht zu überhören. Doch erinnere dich, du tatest es erst, als du mich so sahst, wie du mich von der Erde kanntest, abgesehen von den Engelsflügeln.«

»Und deshalb hast du mir die Hilfe verwehrt«, stellte er enttäuscht fest.

»Nein, so einfach ist das leider nicht. Glaube mir, mir blutete mein Herz, dich so leiden zu sehen. Doch auch wenn ich wollte, ich konnte dir nicht mehr helfen, weil Gott es in diesem Augenblick nicht zu ließ. Auch hier im Paradies gibt es trotz aller Freiheiten einige Regeln, an die wir Engel uns halten müssen.«

Eddi nickte mit dem Kopf und sagte: »Du halfst mir nicht, damit ich lerne auf etwas zu vertrauen, was ich nicht sehen kann.«

Ellen strahlte ihn an. »Na endlich hast du es verstanden«, flunkerte sie und für einen kurzen Moment konnte Eddi sehen, wie ihr Fell von kleinen Lichtblitzen durchzogen wurde. Sie war jedoch noch nicht fertig und fuhr fort: »Wir Engel können nur helfen, wenn im tiefen Glauben und von ganzem Herzen nach uns gerufen wird. Und wir wollen nicht nur in der Not einbezogen werden, sondern auch, wenn alles gut läuft. Selbst wenn du mich nicht siehst, so bin ich doch jederzeit bei dir. Sobald du nach mir fragst, stehe ich dir als Helfer zur Seite, ich gebe dir mein Wort!«

Eddi standen vor Rührung aber auch vor Schmerzen Tränen in den Augen. Auch diesmal hatte er das Gefühl an den Lasten der Antworten zusammen zu brechen. Es waren ja wirklich eine Menge Fragen die er beantwortet bekam. »Ich denke, es wird Zeit zu gehen«, ließ er seine Frau in gebeugter Haltung wissen.

»Ich weiß, aber wir sehen uns ja wieder«, sagte sie spitzbübisch grinsend und verabschiedete sich mit einem langen Kuss.

Noch im gleichen Augenblick wurde ihr Mann sanft von einem Lichtwirbel gepackt und in die Höhe gehoben. In der Luft schwebend, konnte er weit über das rote Blumenmeer blicken. Noch einmal winkte er seiner Frau zu, dann trug ihn die unsichtbare Kraft davon. Ellen behielt ihn weiterhin im Blick. Er wurde immer kleiner und kleiner, bis er schließlich gänzlich am Horizont verschwand. Kaum war er weg, verwandelte sie sich in einen unbeschreiblich grellen Feuerball.

Obwohl Eddi sie nicht mehr sehen konnte, vernahm er die Kraft ihres hellen Lichtkostüms. Seine Rückenschmerzen verschwanden und er wurde unglaublich müde. Mehrfach musste er gähnen und es dauerte nicht lange, bis er friedlich seine Augen schloss.

xxx

Mittlerweile war es finstere Nacht. Nur durch das sanft herein scheinende Mondlicht, konnte Eddi auf der anderen Seite die Umrisse von Lanas Körper erkennen. Sie schlief friedlich neben den Menschenkindern. Wie um Gottes Willen bin ich hier rein gekommen?, ging es ihm durch den Kopf. Ich war doch draußen unter einem Baum eingeschlafen? Da er auch auf diese Frage keine sinnvolle Antwort fand, beschloss er nicht weiter darüber nachzudenken. Er hatte aus seinen bisherigen Träumen gelernt, dass hin und wieder die ungewöhnlichsten Dinge passieren konnten, für die man einfach keine logische Erklärung fand.

Er legte seinen Kopf auf seine Vorderpfoten und dachte über das Gespräch mit seiner Frau nach. Nach wenigen Minuten schlief er erneut ein. Es war seit dem Unglück das erste Mal, dass er bis morgens durchschlief, ohne etwas zu träumen. Auch in der darauffolgenden Nacht begegnete er Ellen nicht im Traum, was ihm jedoch noch kein größeres Kopfzerbrechen bereitete, schließlich wollte er lernen zu vertrauen. Erst als er nach einer weiteren Nacht erwachte, ohne ihr begegnet zu sein, begannen die Zweifel an seiner neu gewonnenen Hoffnung zu nagen.

Plötzlich fiel ihm Luisa ein. Sie würde bestimmt wissen, warum er seiner Frau nicht mehr begegnete. Sofort machte er sich auf den Weg zu ihr. Vor ihrer Höhle rief er nach ihr, doch niemand antwortete. Also ging er hinein zu ihrer Schlafstelle, doch auch die war leer. Das ist ja wieder mal typisch, dachte er, kaum brauche ich ihren Ratschlag, ist sie spurlos verschwunden. Enttäuscht verließ er ihre Höhle. Erst jetzt fiel ihm auf, dass weit und breit niemand von seinem Rudel zu sehen war. Er ging rüber zu Ricardos Höhle, doch auch die war leer. Eddi dachte nach. Wo konnten sie nur sein? Während er nachdachte, hörte er von weit oben Stimmen. Er blickte an den steilen Felswänden empor und rief nach Luisa und den anderen, doch niemand antwortete. Eilig lief er um die Felsen herum. Irgendwo musste ja ein Weg nach oben führen.

10. Der Gestank von Verwesung

xxxxxxx

Manch geplagte Seele sitzt jahrelang auf einem toten Pferd, ohne zu merken, dass es schon lange nicht mehr reitet. Doch auch wenn man es erst nach so langer Zeit bemerkt, kann man sich jederzeit ein neues, gesundes Pferd suchen.

xxxxxxx

Rings um einen aufgeschütteten Hügel, hatte sich das Löwenrudel versammelt. Einige Affen waren noch damit beschäftigt, ein paar weiße und gelbe Blumen darauf zu pflanzen, die man mit etwas Grünzeug ausschmückte. Es sollte ein Hingucker werden - das Grab von Ellen. Eddi würde sicherlich Augen machen. Gemeinsam mit ihm, wollten sie Abschied von seiner ermordeten Frau nehmen und ihm anschließend diesen Ort zur Trauerbewältigung überlassen.

Alle waren anwesend, selbst Lana und die Menschenkinder. Nur Mätsch, Ned und Kalim fehlten. Ihnen verriet man nichts von dieser Aktion, denn gewiss hätten sie Eddi vorher einen Tipp gegeben und damit die ganze Überraschung verdorben. Die Gorillas beseitigten mit geschickten Handgriffen die letzten Unebenheiten. Gerade wollte Ricardo los, um seinen Jungen zu holen, näherte sich dieser.

»Was macht ihr da?«, fragte er, während er den aufgehäuften Berg Erde betrachtete. »Ist das ein Ameisenhaufen?«

Kurzes Gelächter ging durchs Rudel, doch sogleich bewahrten sie wieder Haltung, sodass trauernde Stille eintrat.

Ricardo stellte sich neben seinen Ziehsohn und sprach: »Dies mein Junge, ist deine Ellen!«

Erschrocken wich Eddi zurück. »Wer soll das sein? Meine Frau? Habt ihr sie etwa verbuddelt?«

»Ja, wir haben sie begraben«, antwortete Ricardo sichtlich stolz. »Ich bat Richter Thomsen, er möge ihre Leiche bergen und hier her bringen lassen, um dir und uns einen würdevollen Abschied zu ermöglichen. Und wie findest du es?« Erwartungsvoll sah er Eddi von der Seite an. Dem hatte es jedoch die Sprache verschlagen. Nicht, dass er die Idee mit dem Grab schlecht fand. Im Gegenteil, er war tief berührt vom Mitgefühl, welches ihm sein Rudel entgegen brachte.

Eddi ging ganz nah an den Erdhaufen heran. Vorsichtig, so als könnte er seine darunter liegende Frau verletzen, legte er eine Pfote darauf. Als die anderen Löwen das sahen, kamen ihnen die Tränen. Auch die Affen kämpften damit, nicht sofort losheulen zu müssen. Ohne dass einer etwas sagte, war allen klar, es wäre nun besser, ihn allein zu lassen.

Vertieft in seiner Trauer, bemerkte Eddi nicht einmal, wie die anderen verschwanden. Pures Gefühlschaos regierte plötzlich in ihm. Ein großer Stausee aus Tränen bildete sich in seinen Augen und es dauerte nicht lange bis der Damm brach.

»Ach Ellen, du fehlst mir so sehr. Wie soll ich ohne dich jemals wieder richtig lachen können?«

Während Eddi es flüsterte, rollten dicke Tränen seine Wangen hinunter und landeten auf dem frischen Grab. Er weinte, bis seine Augen keinen Tropfen mehr her geben wollten. Nachdem er nun die zweite Nacht nichts von seiner Frau gehört hatte, war er sich nicht mehr so sicher, ob sie ihn tatsächlich hören konnte. Vielleicht waren ihre Treffen ja doch nur ein schlechter Scherz seines Unterbewusstseins. Gewiss war das Einzige, was von ihr übrig war, der leblose, nun bald verwesende Körper in diesem Grab. Wenn sich die Maden erst einmal darüber hergemacht hatten, wäre auch hiervon nicht mehr viel übrig. Dieser trostlose Gedanke brachte Eddi fast um den Verstand. Wenigstens musste er nicht dabei sein, als die Menschenaffen ihren leblosen Körper vergruben. Noch einmal ihr vom Blut durchdrungenes Fell zu sehen, hätte er bestimmt nicht verkraftet. Vorsichtig, um nichts zu zerstören, legte er sich am Fuße des Grabes auf den Boden. Während seine Blicke den

Hügel empor wanderten, überkam ihn plötzlich das Gefühl, die Kontrolle über sein Bewusstsein zu verlieren.

Es dauerte nur wenige Sekunden und er erwachte erneut im Inneren des alten Fahrstuhls. Auch diesmal dauerte es nicht lange, und er setzte sich in Bewegung. Sicherheitshalber fuhr Eddi seine Krallen aus, doch er konnte sich entspannen. Der Klapperkasten raste weder in die eine noch in die andere Richtung. Das komplette Gegenteil war der Fall.

Durch die Scheibe konnte Eddi am vorbeistreifenden Beton erkennen, dass er sich zweifellos im Schneckentempo nach unten bewegte.

Plötzlich ertönte leise Musik. Eddi kannte diesen Song. Er hatte ihn vor vielen Jahren, als er noch klein war, mal gehört. Damals spielte er mit einigen Löwenkindern in der Nähe einer menschlichen Siedlung. Es war ein unglaublicher Nervenkitzel, so nah wie möglich an die Menschen heranzuschleichen, ohne entdeckt zu werden. An jenem besagten Tag traute er sich ganz nah heran und beobachte, wie mehrere Zweibeiner auf ihren Schultern eine schwarze Kiste trugen. Ein schwarz bekleideter Mann hielt eine lange Rede. Die anderen weinten die ganze Zeit. Während die schwarze Kiste an langen Seilen in ein Loch hinab gelassen wurde, stimmte eine Blaskapelle genau jenen traurigen Song an, der nun von unten in den Fahrstuhl drang.

Die Trauermusik wurde immer lauter und dröhnte nun aus allen Ritzen herein. Verängstigt stierte Eddi auf die Scheibe in der Tür. Er musste an das Grab seiner Frau denken. Lag er nicht davor und schlief?

Plötzlich verstummte die Musik und auch der Fahrstuhl stoppte. Lautes Brodeln war nun zu hören und süßlicher, unangenehm in der Nase beißender, Geruch breitete sich in der Kabine aus. Bevor Eddi begreifen konnte was gerade geschah, sprang die Tür auf. Sofort schlug ihm der beißende Gestank mit voller Wucht ins Gesicht. Schutz suchend legte er sich auf den Boden und versuchte mit beiden Pfoten seine Augen und Nase zu schützen.

Es vergingen einige Minuten bis er sich zumindest etwas an den Gestank gewöhnt hatte. Er nahm eine Pfote von seinen Augen, die Nase hielt er weiterhin verdeckt. Sofort wurde ihm klar, wo der, nach einem in der Sonne vor sich hin rottenden Kadaver stinkende, Geruch herkam. Vor ihm breitete sich ein riesiger Sumpf rotbrauner Masse aus. Wo er auch hin sah, überall blubberte und brodelte es. Immer wieder bildeten sich an der Oberfläche kleine und große Luftblasen, aus denen, wenn sie zerplatzten, dunkler Qualm empor stieg. Eddi begriff ziemlich schnell, dass daher dieser schreckliche Gestank kam. Immer noch eine Pfote vor die Nase haltend, schaute er sich weiter um. Er schien sich in einer riesigen Höhle zu befinden. Zwischen dem brodelnden Brei war ein schmaler Weg zu sehen, der sich quer durchs Höhleninnere erstreckte. Ob es sinnvoll wäre diesem Weg zu folgen? Eddi entschied sich dagegen. Hier im Fahrstuhl war er sicherer. Irgendwann würde er schon aus diesem Alptraum erwachen.

Nachdem nach längerem Warten nichts geschah, wagte Eddi doch den Versuch. Vorsichtig setzte er eine Pfote vor die Tür. Sofort versank sie einige Zentimeter in der warmen Brühe. Als fest stand, dass sie nicht weiter unter ging, stieg er ganz aus. Kaum war er draußen, schloss hinter ihm die Tür und der Fahrstuhl verschwand im Schlamm. Eddi erschrak fürchterlich. Wie sollte er hier wieder weg kommen?

Verängstigt hob er eine Vorderpfote empor. Lange Schlammfäden bildeten sich daran. Ganz vorsichtig, um bloß nicht weiter mit dem Zeug in Berührung zu kommen, bewegte er sie auf seine Nase zu. Was er sich dabei dachte, wusste er selbst nicht genau. Vielleicht hoffte er, dieses Zeug würde doch nicht so fürchterlich stinken. Er wurde jedoch eines Besseren belehrt. Kaum hatte seine Tatze die Nasenspitze erreicht, schoss der Gestank von Tod und Verwesung mit voller Wucht in ihn hinein, sodass er das Gefühl bekam, sich jeden Augenblick übergeben zu müssen. Vom Würgereiz geplagt versuchte er das ekelhafte Zeug abzuschütteln, doch auch dies war ein Kampf, gegen einen übermächtigen Gegner. Binnen Sekunden trocknete es ein und versiegelte seine Pfote.

Weiterhin zutiefst angeekelt sah Eddi sich erneut um. Er wollte nur eins, möglichst schnell weg von hier! Doch dafür musste er wohl oder übel den vor ihm befindlichen Weg nehmen. Vorsichtig, so als wäre er auf der Jagd, bewegte er sich Schritt für Schritt voran. Links und rechts blubberte es ununterbrochen. Selbst von der Decke hingen lange teerartige Fäden herunter.

»Ellen wo bist du?«, rief er, eine Antwort gab es jedoch nicht. Deshalb versuchte er es erneut. Diesmal brüllte er so laut er konnte. »ELLEN! WO BIST DU? KANNST DU MICH HÖREN?«
Seine Worte prallten dumpf von den verdreckten Höhlenwänden ab.

Erst schien es, als würde seine Frau ihn weiterhin nicht hören, doch dann ertönte plötzlich ihre Stimme. »Hier drüben bin ich, geh einfach den Weg weiter!«, röchelte sie angestrengt.

Eddi fiel das Röcheln jedoch nicht auf. Er war einfach nur erleichtert darüber, sie zu hören und ging zügig in die Richtung aus der er ihre Stimme vernahm. »Bin ich froh dich zu sehen«, rief er ihr entgegen. »Ich befürchtete schon, einen weiteren grausamen

Tod sterben zu müssen...« Bei Ellen angelangt blickte er sich noch einmal um. »...Wo sind wir hier? Dieser Ort ist ja grauenhaft. Das ist nicht der Himmel, oder?« Eddi wandte sich ihr zu. »Wie siehst du denn aus?«, fragte er entsetzt.
Erst jetzt fiel ihm auf, dass sich seine Frau extrem verändert hatte. Da war nichts mehr von dem schönen Lachen, welches er von ihr gewohnt war. Auch von ihrer herzlichen Ausstrahlung war nichts mehr zu sehen. Ihr Löwengesicht war kreidebleich und ihr Fell grauer, als das von Luisa. Zerzaust stand es glanzlos in alle Richtungen ab. In ihrem eingefallenen Gesicht stachen deutlich die Wangenknochen hervor, so abgemagert war sie. Selbst ihre Augen hatten keine Leuchtkraft mehr. Sie wirkten wie zwei trübe Milchgläser, die schon lange kein Sonnenlicht mehr gesehen hatten. Vorsichtig näherte Eddi sich ihr noch ein paar Schritte und fragte: »Ellen, bist du es wirklich?«

Sie antwortete nicht. Stattdessen versuchte sie ihn anzulächeln. Kaum öffnete sie ihr Maul nur einen kleinen Spalt, erschrak ihr Mann noch mehr. Da wo früher einmal spitze weiße Eckzähne hervorblitzten, waren nur noch abgebrochene Stummel zu sehen. Es dauerte eine ganze Weile, bis Eddi sich von diesem Schock erholte. Das konnte doch unmöglich seine Frau sein. Als sie schließlich doch zu sprechen begann, konnte er sehen, wie ihre Zähne sich bei jeden ihrer Wörter mit bewegten.

»Was ist los?«, fragte sie. »Warum schaust du mich an, als würdest du einen Geist sehen? Willst du mich nicht so wie immer mit einem Kuss und ein paar Streicheleinheiten begrüßen?«

Angewidert machte ihr Mann ein paar Schritte rückwärts, sodass er vom Weg abkam und erneut in der zähflüssigen Brühe stand. Das konnte unmöglich ihr Ernst sein. Er sollte dieses halb verweste

Etwas küssen? Nein, bei aller Liebe, das ging wirklich zu weit. Krampfhaft suchte er nach Worten.

»Was ist mit dir?, stammelte er unsicher. »Geht es dir nicht gut?«

Ellen ging daraufhin ein paar Schritte auf ihn zu und stand nun auch in der Dreckbrühe. »Warum soll es mir nicht gut gehen?« fragte sie, als wenn nichts wäre.

»Weil...,weil...«, stotterte Eddi. Dann nahm er all seinen Mut zusammen und sprach aus, was er sah. »Weil es scheint, als würdest du jeden Moment sterben.«

Ellen schüttelte daraufhin entsetzt den Kopf. Dabei löste sich ein Zahn aus der unteren Reihe, fiel heraus und landete zwischen den beiden Löwen im Schlamm. Sprachlos und mit vor Entsetzen geöffnetem Maul beobachtete Eddi wie er darin versank. Er hob seinen Blick und starrte auf die klaffende Zahnlücke.

»Wie kommst du denn darauf?«, wollte Ellen von ihm wissen. Es schien, als hätte sie den Verlust ihres Zahnes nicht einmal bemerkt. »Ich bin doch so wie du mich liebst, oder etwa nicht?« Noch während sie diese Worte mit scheinbar letzten Atemzügen dahin röchelte, löste sich ein weiterer Zahn und landete im Dreck.

Bevor er versank, deutete ihr Mann mit seiner Pfote darauf. »Da, schau hin, dein Zahn. Dein Körper fällt auseinander, er löst sich auf.«

Ellen senkte schwerfällig ihren Kopf zu Boden. Man sah ihr an, welche Mühe ihr selbst diese kleinen Bewegungen kosteten. »Wo denn Schatz? Ich sehe nichts«, sagte sie

»Na da, direkt vor deiner Nase.«

Eddis Frau schaute noch etwas genauer hin. Sie ging mit ihrem Kopf ganz dicht an die Stelle, auf die Eddi weiterhin deutete. Plötzlich fiel ein Augapfel aus ihrer Augenhöhle und landete direkt neben dem versinkenden Zahn. Doch nicht einmal das schien sie zu bemerken.

»Tut mir leid, ich sehe nichts«, ließ sie ihren Mann wissen. »Ich weiß nicht, wovon du sprichst.«

Schockiert traute Eddi seinen Augen und Ohren nicht. Ellen musste doch merken, was hier vor sich ging. Jetzt hatte sie sogar ein Auge verloren. Ich muss mich beruhigen, dachte er und schloss für einen kurzen Moment die Augen, in der Hoffnung, danach wäre der ganze Spuk vorbei. Doch kaum öffnete er sie wieder, sah er direkt in das klaffende Loch von Ellens Augenhöhle. Auch war die Löwin während dieser kurzen Zeit noch einmal gealtert.

Da es scheinbar keinen Ausweg aus dieser eigenartigen Situation zu geben schien, beschloss Eddi der Sache auf den Grund zu gehen. Was wollte Gott, oder Ellen, oder wer auch immer ihm diesen schrecklichen Anblick eingebrockt hatte, damit sagen? Erneut wandte Eddi sich seiner Frau zu. »Ich weiß nicht, was hier los ist. Vielleicht kannst du es mir erklären. Dein Anblick erschreckt mich zusehends. Dein Körper scheint sich in seine Bestandteile aufzulösen, und du tust so, als wäre es das Normalste auf der Welt. Bitte sag mir, was will Gott mir damit klar machen?«

Als Eddi das Wort „Gott“ aussprach, schien Ellen plötzlich zu verstehen. »Du hast recht, mein Körper löst sich in der Tat auf«, gab sie zu. »Irgendwann werde ich gar nicht mehr da sein. So wie eine von der Sommerhitze ausgetrocknete Blume, werde auch ich dahin vegetieren müssen.«

»Aber warum? Sagtest du nicht, du seist im Himmel?« Immer noch sichtlich verwirrt, sah Eddi sie an. Jetzt wagte er sogar ein Stück näher zu kommen, doch nach wie vor achtete er akribisch darauf, dass er sie nicht berührte.

»Das ist fast richtig«, antwortete sie. »Ein Teil von mir befindet sich im Himmel, doch ein anderer Teil muss hier bleiben, wo es ewiges Zähneklappern und schmerzvolles Leiden gibt.«

Kaum gesagt, lösten sich aus ihrer oberen Reihe zwei weitere Zähne und fielen zu Boden. Auch wenn Eddi davon weiterhin zutiefst angeekelt wurde, wollte er sich nicht mehr damit beschäftigen. Er konnte ihren Zerfall ja sowieso nicht aufhalten. Vielmehr musste er an die Geschichten über die Verdammnis denken, die Luisa ihm als Kind erzählte. War dies hier etwa die sagenumwobene Hölle? Aber warum war Ellen dann hier? Sie gehörte ganz gewiss nicht zu jenen Lebewesen, die ihre Ewigkeit in so einer schrecklichen Gegend verbringen sollten, da war Eddi sich ganz sicher.

Versunken in Gedanken, schaute er sich nochmals um. Im hinteren Teil der Höhle entdeckte er etwas, was ihm zuvor nicht aufgefallen war. Ein breiter Strom der stinkenden Masse strömte pulsierend aus einer Öffnung am Boden und breitete sich in alle Richtungen aus. Ein leises gleichmäßiges Pochen, drang zu ihm herüber.

Eddi richtete seinen Blick wieder dem kläglichen Überrest seiner Frau zu. »Bitte sag mir doch endlich, wo wir hier sind«, bat er sie.

Nun sah auch sie sich um. Dass sie sich hier nicht wohl fühlte, konnte man deutlich sehen. »Was denkst du, wo wir sind?«, fragt sie zurück.

Eddi kehrte in sich. Was er über diesen Ort dachte, machte ihn sehr traurig. Wie sollte er ihr schonend beibringen, was er von Luisa gelernt hatte? Sollte er ehrlich sein und ihr sagen, dass dies die Hölle ist? Nein, es würde ihr gewiss das Herz brechen. Ein Leben lang war sie eine gute Löwin, die niemals auch nur annäherungsweise etwas Böses im Sinn hatte. Wenn dieser Ort hier tatsächlich die Hölle war, dann wäre sie ganz gewiss die Letzte, die hier her gehörte.

»Also was ist jetzt?«, unterbrach Ellen seine Grübeleien. »Ich warte immer noch auf Antwort. Was denkst du, wo wir uns befinden?«

»Ich weiß es ehrlich gesagt nicht. Aber glaube mir, eins weiß ich genau, hier deine Ewigkeit zu verbringen, hast du unter gar keinen Umständen verdient.«

»Warum nicht? Gefällt dir dieser Ort etwa nicht?«

Erneut glaubte Eddi nicht richtig zu hören. Wie kam sie bloß auf die Idee, dieser Ort könnte ihm auch nur annäherungsweise gefallen. »Nein, dieser Ort ist grauenhaft, er ist die Hölle«, platzte es laut und ungehalten aus ihm heraus. Auch jetzt hallten seine Worte dumpf von den Wänden zurück.

»Die Hölle?«, fragte Ellen überrascht, als wüsste sie nicht, worauf er hinaus wollte.

Doch nun ließ ihr Mann sich nicht mehr für dumm verkaufen. »Ja, es ist sogar noch schlimmer als die Hölle«, gestand er. »Der ganze nach Tod stinkende Dreck um uns herum und die Verwesung die deinen Körper auflöst. Nicht zu vergessen, diese Dunkelheit, die uns umgibt. Das Einzige was an diesem Ort wohl nicht wie in der Hölle ist, ist die Kälte.«
Erst jetzt fiel Eddi auf, dass es hier, bis auf die Brühe in der er stand, tatsächlich sehr kalt war.

»Du denkst also, dies hier sei die Hölle?«, hakte Ellen noch einmal nach.

Ohne einen weiteren Gedanken zu verschwenden, nickte ihr

Mann mit dem Kopf. »Doch ich kann nicht verstehen warum du hier bist, schließlich hast du noch nie einem anderen Lebewesen etwas angetan.«

»Woher weißt du das denn so genau?«

»Weil du meine Frau bist. Ich kenne dich durch und durch, Du konntest niemanden etwas zuleide tun.«

»Bist du dir sicher? Was ist mit all den Tieren die ich getötet habe, um mich zu ernähren?«

»Wie bitte?«, fragte Eddi entsetzt. »Deshalb kommt man in die Hölle? Dann landen wir ja alle an diesem grausamen Ort.«

»Wer sagt denn, dass wir in der Hölle sind?«, unterbrach Ellen ihren Mann beruhigend.

Verwirrt sah er sie an. »Na du!«

Ellen schüttelte daraufhin mit dem Kopf. »Nein mein Schatz, das habe ich nicht gesagt. Es ist, was du die ganze Zeit vermutest.«

Nun war Eddi vollkommen durcheinander. Er begann etwas Unverständliches zu stottern, doch schnell fing er sich wieder. »Aber wenn dies nicht die Hölle ist, wo sind wir dann?«, wollte er wissen.

Ellen begann zu lachen, was sich jedoch schon im Ansatz in ein durch Atemnot erstickendes Röcheln verwandelte. Bevor sie antworten konnte, musste sie mehrmals husten. Jetzt lösten sich auch die letzten Zähne aus ihrem Maul. Erneut breitete sich Gänsehaut über Eddis Körper aus.

»Ach Schatz«, versuchte sie ihn wieder zu beruhigen, »ich bin hier nicht in der Hölle. Trotzdem spüre ich die Qualen die von solch einem Ort ausgehen.«

Eddi erschrak fürchterlich. Dass Ellen solche Qualen erleiden musste, war für ihn kaum auszuhalten. »Aber warum? Ich verstehe es nicht«, gab er vollkommen aufgelöst von sich.

Ellen beschloss, ihren Mann nicht länger im Unklaren zu lassen. »Du siehst doch den stinkenden Schlamm der dort drüben aus dem Boden quillt. Weißt du was das ist?«

»Nein, sag du es mir!«

»Es ist dein Blut.«

Eddi fielen die Schuppen von den Augen. Natürlich war das sein Blut. Das Pulsieren der Quelle lies keinen Zweifel daran. »Sind wir hier in meinem Inneren?«, fragte er erstaunt darüber, dass so etwas überhaupt möglich war.

»Ja, wir sind mitten in deinem Herzen.«

Noch einmal sah sich Eddi um. Nun konnte er sogar wahr nehmen, wie sich die Wände der Höhle im Takt der pulsierenden Quelle mitbewegten. »Aber warum sind wir, ich meine warum bist du hier?«, fragte er verwundert.

»Weil du diesen Ort für mich geschaffen hast.«

Erneut fuhr Eddi der Schreck durch die Knochen. »Nein, niemals! Ich wäre gar nicht in der Lage solch einen schrecklichen Ort für dich zu erschaffen!«, rechtfertigte er sich.

»Oh doch, bist du sehr wohl. Genau so wie dieser Ort, ist der Platz den ich zur Zeit in deinem Herzen habe.«

Eddi hob erneut eine Pfote, um die klebrige Masse etwas genauer zu betrachten. Dies sollte sein Blut sein? Er wandte sich wieder seiner Frau zu. »Ich liebe dich über alles und würde dich niemals an so einen furchtbaren Ort verbannen...«

»Jetzt beruhige dich«, unterbrach sie ihn. »Natürlich willst du nicht, dass ich leide. Und doch hast du diesen Ort der Trauer und des Todes für mich geschaffen. Liegst du nicht gerade jetzt, von Kummer und Trauer geplagt, schlafend vor meinem Grab?«

Eddi dachte nach. Seine Frau hatte recht. Doch was hatte das Grab auf der Erde mit diesem Ort hier zu tun?

Ellen wusste natürlich auch diesmal längst, was in seinem Kopf vorging und beschloss ihn auch diesbezüglich nicht länger im Ungewissen zu lassen. »Liebling, ich weiß, dass du immer nur das Beste für mich wolltest. Du hast diesen Ort aus reiner Unwissenheit erschaffen. Dein Herz ist verständlicherweise zur Zeit voller Verzweiflung und unendlicher Traurigkeit. Du erinnerst dich bestimmt noch daran, was ich dir bei unserem letzten Treffen sagte. Alles was du fühlst, fühle ich auch. Dies ist der Preis dafür, dass ich entschieden habe, dir bis an dein Lebensende als Schutzengel zu dienen.«

Eddi sah seine Frau beschämt an. »Es tut mir so leid. Wenn ich doch gewusst hätte, dass du hier...«

»Halt, sprich nicht weiter«, bat Ellen ihn. »Hör mir einfach nur zu. Du liegst vor meinem Grab und bist in tiefer Trauer eingeschlafen. Deine letzten Gedanken waren bei meinem langsam im Grab verwesenden Körper. Du bist fest davon überzeugt, dass ich tatsächlich darin liege...«

»Was willst du damit sagen?«, fiel Eddi ihr ins Wort. »Liegst du etwa nicht in dem Grab? Haben die Menschenaffen es nur so zum Schein errichtet, damit ich einen Ort zum Trauern habe?«

»Nein, sie haben dich nicht getäuscht, im Grab liegt tatsächlich mein toter Körper. Und was den Ort deiner Trauer betrifft, den mussten sie nicht erst erschaffen. Der war schon da bevor sie mich beerdigten.«

Jetzt brauchte Ellen nichts weiter zu sagen, denn Eddi verstand worauf sie hinaus wollte. Natürlich war sein Herz ein einziger Ort der Traurigkeit, und auch glaubte er daran, dass alles, was von ihr übrig war, in diesem Grab von Würmern zerfressen sein Ende hatte. »Es tut mir wirklich sehr leid.«, entschuldigte er sich.

»Du brauchst dich nicht zu entschuldigen. Du konntest es ja nicht wissen. Deshalb treffen wir uns ja hier in deinem Traum.«

Hilflos senkte Eddi den Kopf. »Aber wie kann ich es ändern? Es tut so weh in meinem Herzen...« Kaum sprach er diese Worte aus, standen auch schon wieder die ersten Tränen in seinen Augen. »...Nach den letzten beiden Träumen habe ich ja versucht die Erinnerung und den dazugehörigen Schmerz zu verdrängen. Doch so sehr ich mich auch darum bemühte, es gelang mir nicht. Die Vorstellung, dass du jetzt ein Engel bist, der für immer auf mich aufpasst, beruhigte mich zwar für einen Moment, doch schon wenige Augenblicke später holte mich die Verzweiflung und Hoffnungslosigkeit wieder ein.«

Während Eddi diese Worte sprach, fiel ihm auf, wie etwas Glanz in das eine noch vorhandene Auge seiner Frau zurück kehrte. Auch die Farbe ihres Fells wirkte plötzlich etwas lebendiger. Wenige Sekunden später besaß sie wieder beide Augen.

»Liebling, es ist gut wenn du weinst«, sagte sie. »Dies wird helfen dich zu heilen. Niemand verlangt von dir, dass du deine Trauer verdrängst. Deine Seele wird nur geheilt, wenn du dich der Verzweiflung stellst.«

»Aber ich fühle mich so allein gelassen«, sagte Eddi schluchzend

»Du fühlst es nur. Die Wahrheit ist jedoch, du bist niemals allein. Du hast Freunde wie Luisa, Ricardo und viele andere Löwen deines Rudels. Und du hast Gott und mich - deinen Schutzengel!«

»Trotzdem weiß ich nicht, wie ich die Verzweiflung und die Wut wieder los werde. Es fühlt sich an, als würden mir diese Gefühle die Luft zum Atmen nehmen.«

»Das fühlt sich nicht nur so an, sondern es ist tatsächlich so. Dein gebrochenes Herz raubt dir die Freude am Leben...« Nun weinte ihr Mann bitterlich. Mit jeder Träne, die zu Boden fiel, erhellte sich das Innere der Höhle für einen kurzen Moment. »...Liebling, lass dich von uns, von mir und von Gott, durch diesen Schmerz hindurch tragen«, tröstete Ellen ihn weiter. »Verbirg deine Trauer nicht, nur weil du denkst, die anderen könnten darüber lachen oder dummes Zeug reden.«

Eddi sah sie wortlos an. Obwohl sie sich an diesem grauenhaften Ort befanden, spürte er nun, wie sich in seinem Herzen jene angenehme Wärme ausbreitete, die er schon beim ersten Treffen kurzzeitig fühlen konnte. Zu seiner Überraschung verwandelte sich nun auch die Quelle unendlich erscheinender Schlammproduktion. Zwar strömte weiterhin rotbraune Brühe heraus, doch wurde diese von kleinen glitzernden Sternen durchzogen. Lauter winzige Punkte in verschiedenen Farben erschienen auf der Oberfläche und breiteten sich in der ganzen Höhle aus.

Als Eddi seine Frau wieder ansah, konnte er miterleben, wie sich in ihrem Maul neue Zähne bildeten. Anfangs stachen sie nur minimal aus ihrem Zahnfleisch hervor, doch binnen Sekunden waren sie wieder vollständig hergestellt. Auch ihr Fell bekam seine alte Leuchtkraft zurück. Nach wenigen Augenblicken erstrahlte es, genau wie ihre Augen, stärker als jemals zuvor. Jetzt lächelte sie wieder so, wie es ihr Mann seit jeher kannte.

»Eddi, bitte vergiss niemals, was du heute erlebt hast«, sagte sie mit klarer Stimme. »Wenn du mich in deinen Gedanken und deinem Herzen in tiefer Trauer gefangen hältst, werde ich weiterhin frieren müssen. Das willst du doch nicht, oder?...« Eddi schüttelte schweigend den Kopf. »...Na also. Du hast keinen Grund zu glauben, dass mein Leben mit dem Tod auf Erden ein Ende hat. Sicherlich liegt mein Körper in dem Grab, doch dieser war nur meine leibliche Hülle. Da wo ich jetzt bin, brauche ich ihn nicht mehr. Gleich nachdem ich zu Gott kam, gab er mir ein neues, unsterbliches und vor allem schmerzfreies Gewand.«

Eddi gab sich größte Mühe den tiefen Sinn dieser Worte zu begreifen. Auch wenn sich das Gesagte wie himmlische Musik anhörte, wollte sich nur schwer der Glaube an deren Wahrhaftigkeit in ihm bilden.

»Ich werde versuchen, an dem fest zu halten, was du mir sagtest, aber leicht wird es bestimmt nicht«, gab er zu.

»Dessen bin ich mir bewusst, doch du wirst sehen, je mehr du meinen Worten dein Vertrauen schenkst, umso schneller wird sich dein Leben wieder zum Positiven wandeln.«

Eddi sah sie erleichtert an. »Danke für deine tröstenden Worte. Eine Frage habe ich trotzdem noch. Was soll ich mit deinem Grab machen? Willst du, dass ich es..., na du weißt schon?«

Ellen musste über die Unsicherheit ihres Mannes schmunzeln. »Du weißt doch, dies darf und möchte ich dir nicht sagen. Du erinnerst dich an die Bedingungen, die ich dir bei unserem ersten Treffen ans Herz legte?«

»Aber woher weiß ich dann, ob ich das Richtige tu?«

»Indem du auf dein Herz hörst. Nicht auf dieses hier, welches mit Schlamm und Dreck gefüllt ist, sondern auf jenes, das ich so sehr an dir mochte und immer noch mag. Hör auf dein Herz der Liebe, jener Liebe die tief unter diesem ganzen Unrat hier begraben liegt.«

Kaum hatte Ellen diesen Satz beendet, war sie wie vom Erdboden verschluckt. Nervös sah sich Eddi nach ihr um. Sie konnte ihn doch hier nicht einfach so zurück lassen. Doch sogleich gingen ihm ihre beruhigenden Worte durch den Kopf. Hatte sie ihn nicht gebeten, er solle einfach vertrauen. Diese Situation wäre doch eine gute Gelegenheit damit anzufangen. Sofort entspannte er sich wieder. Erst jetzt fiel ihm auf, dass Ellen ihm all seine Fragen beantwortet hatte, er jedoch kein Anzeichen einer Last auf seinen Schultern verspürte. Warum es diesmal anders war, konnte er sie ja nun nicht mehr fragen. Vielleicht lag es auch einfach nur an diesem schrecklichen Ort. Sichtlich erleichtert schloss er die Augen und ließ sich vertrauensvoll von jener unsichtbaren Kraft davon tragen, die ihn schon im Traum zuvor nach Hause trug.

11. Wenn Kinderlachen das Herz erweicht

xxxxxxx

Das erste Lächeln eines Babys hat mehr Kraft, als hunderttausend Soldaten. Wie wäre die Welt, wenn wir dieses Lächeln nie verlernt hätten?

xxxxxxx

Freundlich wurde Eddi von einer rauen weiblichen Stimme geweckt. Er öffnete seine Augen. Weil er von der tief stehenden Sonne geblendet wurde, konnte er nur unscharf die Umrisse der alten Luisa erkennen. Um seine müden Knochen wieder in Schwung zu bringen, reckte und streckte er sich, begleitet von langanhaltendem Gähnen. Noch hatte er vergessen, dass er vor dem Grab seiner Frau lag, doch kaum drehte er seinen Kopf von der Sonne weg, sah er direkt vor seiner Nase den aufgetürmten Erdhügel.
»Warum bist du eigentlich wieder hier?«, wandte er sich Luisa zu. Längst hatte er so eine Vorahnung.

»Meine innere Stimme sagte mir, ich sollte mal nach dir schauen, denn ich hatte das Gefühl, du könntest deiner Frau erneut begegnet sein. Da du nicht in deiner Höhle warst, dachte ich mir, du bist noch hier...« Ungeduldig stapfte die Löwin von einem Bein auf das andere. Für einen Moment schien sie ihre altersbedingten Schmerzen zu vergessen. Ich hatte recht mit meiner Vorahnung, dachte Eddi während er sie beobachtete. Wie macht sie das bloß? Woher konnte sie so schnell wissen, dass er erneut von Ellen geträumt hatte? Luisa wirkte unterdes immer aufgeregter. »...Sag schon, hattest du ein weiteres Treffen mit ihr?«, hakte sie noch einmal nach.

»Ja, gerade eben, kurz bevor du mich geweckt hast, endete dieser Traum.«

»Ha, ich wusste es!«, platzte es ungehalten aus Luisa heraus. Als wäre sie ein junges Weib sprang sie schwungvoll auf und begann hin und her zu tanzen. »Juhu, es gibt sie tatsächlich, diese andere Welt. Mein Mann hat mir also die Wahrheit gesagt.« Vom Freudenfeuer gepackt, drehte sie sich mehrfach im Kreis.

Eddi hingegen, beobachtete sie auch jetzt ohne jegliche Reaktion. Ihm war am Grab seiner Frau, alles andere als zum Tanzen zumute. »Entspann dich!«, forderte er sie auf. »Du jubelst, obwohl du noch gar nicht weißt, was ich genau träumte.«

Sofort blieb Luisa stehen. »Du verstehst meine Freude nicht? Für mich ist es nicht so wichtig, was du im Einzelnen geträumt hast, sondern vielmehr, dass du deiner Frau erneut begegnen durftest...« Sie setzte sich neben ihn ins Gras. »...Bitte versteh mich nicht falsch, natürlich interessiere ich mich auch für eure Gespräche, doch jetzt bin ich einfach nur überglücklich, weil du sie überhaupt wieder sehen durftest.«

»Ich wollte dir auch nicht die Laune verderben«, entschuldigte sich Eddi bei ihr. »Nur frage ich mich, wieso bist du dir so sicher, dass diese Träume echt sind? Es wäre doch gut möglich, dies alles ist nur eine Trost spendende Einbildung meines Unterbewusstseins.«

»Oh nein!«, protestierte die alte Löwin sofort. »Es ist ganz gewiss keine Einbildung, denn du machst die gleichen Erfahrungen wie ich sie einst machte. Das kann kein Zufall sein.«
Sie wandte ihren Blick Richtung Himmel und rief: „Herr du bist so großartig! Ich danke dir von ganzem Herzen.“

Jetzt sah auch Eddi nach oben. Alles, was er jedoch am blauen Himmel entdeckte, war die Sonne und ein paar kleinere Schäfchenwolken. Sichtlich verwundert wandte er seinen Blick wieder der immer noch gegen Himmel schauenden Löwin zu. So gut gelaunt hatte er sie seit Jahren nicht mehr erlebt. Ihr alter zerbrechlicher Körper schien sich für einen Moment in seine Jugendzeit zurück zu verwandeln und ihr graues Fell glänzte lebendig in der Sonne und tanzte im Takt mit jeder ihrer Bewegungen mit.

Plötzlich stoppte Luisa und setzte sich wieder neben Eddi.

»Komm, erzähl mir alles, was du erlebt hast! Jedes Detail möchte ich erfahren!«

Ausführlich berichtete er über die verwesenden Überreste seiner Frau. Luisa hörte auch jetzt sehr aufmerksam zu. Man konnte ihr ansehen, wie sie jedes seiner Worte förmlich verschlang. Die Geschichte über die stinkende Höhle begeisterte sie zusehends und auch, dass sich dies alles im Inneren von Eddis Herzen abspielte. Am Ende angelangt, stand sie wieder einmal mit vor Begeisterung geöffnetem Maul da. Wahrscheinlich würde kein anderes Tier diese Geschichte glauben, doch nicht Luisa, sie nahm ihm jedes einzelne Wort ab.

»Wow, ich muss gestehen, mir fehlen echt die Worte«, sagte sie freudestrahlend. »Das wir beide so etwas miterleben dürfen, ist der absolute Wahnsinn...« Erneut wollte sie los jubeln, doch als sie sah, dass Eddi sich nicht mit ihr freuen konnte, ließ sie es sein. »...Tut mir leid, ich weiß, dir ist im Moment nicht nach feiern zumute«, entschuldigte sie sich. »Ich sollte lernen mich besser zu beherrschen.«

»Dass du dich so freuen kannst, stört mich nicht. Schließlich muss ja nicht jeder wie ich die ganze Zeit trauern...« Eddi erhob sich langsam, doch sein Blick blieb am Grab hängen. »...Etwas anderes bedrückt mich vielmehr. Es ist wegen dem Grab hier...«

»Was ist damit? Stört dich etwas daran? Hätten die Gorillas weniger Grünzeug drauf tun sollen?«

»Nein, das ist es nicht. Ihr habt es wirklich sehr liebevoll herrichten lassen. Ellen meinte jedoch, sie wäre durch meine Trauer in der Welt aus stinkendem Schlamm gefangen. Jetzt mache ich mir starke Vorwürfe. Soll ich das Grab beseitigen lassen und einfach aufhören zu trauern?«

Auch Luisa starrte nun schweigend auf den Erdhügel. Plötzlich kam ihr eine Idee. »Ich glaube, ich weiß was Ellen damit sagen wollte«, sagte sie. »Es ging ihr nicht darum dieses Grab zu beseitigen, denn damit wäre die Pflanze zwar beschnitten, doch die Wurzel des eigentlichen Problems, würde weiterhin tief in der Erde stecken und neue Triebe der Verzweiflung schlagen.«

»Was hat das denn mit einer Pflanze zu tun?«

»Ganz einfach mein Junge, die Verzweiflung in dir, ist wie Unkraut, welches sich unaufhörlich wie ein Schleier der Trübseligkeit über dein Leben ausbreitet. Es behindert dich am glücklichen Weiterleben und wie Ellen es im Traum andeutete, auch ihr Leben im Jenseits. Wenn du der Pflanze deiner Verzweiflung nur die Blätter entfernst, ist trotzdem noch die Wurzel des Übels da. Ich denke, deiner Frau ging es einzig und allein um das Grab in deinem Herzen. Dort ist sie begraben und - bitte entschuldige die Ausdrucksweise - sie verwest dort vor sich hin.«

Ein Stich ging durch Eddis Herz und ließ keinen Zweifel daran, dass Luisa recht hatte.

»Aber wie reiße ich diese Wurzel aus meinem Herzen?«, entgegnete er kraftlos.

»Das schaffst du nicht allein. Nur mit Gottes Hilfe wird es dir gelingen. Alles was du tun solltest ist, ihm zu vertrauen.«

Sofort erinnerte sich Eddi daran, dass seine Frau es so ähnlich ausdrückte. »Meinst du, ich werde eines Tages wieder glücklich sein?«, fragte er traurig.

»Oh ja, ganz gewiss. Die Zeit und Gottes Hilfe wird, vorausgesetzt du lässt es zu, deine Wunden heilen. Und mach dir nicht zu viele Gedanken darüber, was gut oder schlecht ist und wie du dich verhalten sollst. Glaube mir, dein Herz wird dir im richtigen Moment sagen, was du zu tun oder zu lassen hast.«

Eddi schnaufte tief durch, denn die Worte der Löwin trösteten ihn etwas. »Das Gleiche sagte Ellen im Traum zu mir«, ließ er sie wissen. »Sie meinte, ich soll ihr und ihrem Boss alles überlassen.«

Luisa nickte zustimmend. »Genau das versuchte ich dir eben zu erklären. Wenn du Gott vertraust, kann er dich Erfahrungen machen lassen, durch die du mit der Zeit Heilung erfährst. Ich bin mir ziemlich sicher, unser Schöpfer kann dir alles, was du durch das Schicksal verloren hast, hundert - ja sogar tausendfach zurück geben. Wie gesagt, den einzigen Preis den er dafür verlangt, ist ihm zu vertrauen.«

»Aber wie vertraut man richtig?«, fragte Eddi und man konnte ihm dabei ansehen, wie sehr er mit der Tiefsinnigkeit dieses Begriffes überfordert war.

»Das Wort Vertrauen beinhaltet viele andere Begriffe. Glaube, Liebe, Hoffnung, Demut, Rücksichtnahme auf Schwächere und noch vieles mehr sind darin verborgen. Du vertraust, indem du immer wieder versuchst von Dingen loszulassen, die dich von der wahren Freude des Lebens abhalten. Gott und seine Schöpfung von ganzem Herzen zu lieben, auch dann noch, wenn einem das Schicksal den Boden unter den Füssen weg zieht, ist die stärkste Art zu vertrauen.«

Obwohl sich jeder Satz aus Luisas Maul angenehm wie das sanfte Plätschern eines Baches anhörte, drehte sich Eddi traurig von ihr weg. Erneut stierte er auf Ellens Grab und begann zu sprechen: »Ich kann im Moment keinen einzigen klaren Gedanken fassen. Wenn ich im Traum in der Nähe meiner Frau bin, erscheint mir alles so logisch und umsetzbar, doch kaum bin ich wieder im realen Leben angekommen, lösen sich alle guten Vorsätze in Luft auf.«

Wieder nickte Luisa verständnisvoll mit dem Kopf. »Das ist ganz normal, denn alles im Leben braucht seine Zeit. Niemand verlangt von dir, ab sofort gut gelaunt und super glücklich zu sein, nur weil du im Traum deiner Frau begegnet bist. Hab Geduld mit dir selbst und mit Gott und nicht zu vergessen, deinem Schutzengel.«

»Glaubst du wirklich sie ist jetzt ein Engel?«

»Glaubst du es denn?«, fragte Luisa zurück.

Eddi dachte kurz nach. »Ich weiß ehrlich gesagt nicht, was ich davon halten soll«, seufzte er kleinlaut und voller Selbstmitleid.

»Siehst du, genau dies ist der Punkt, den ich eben ansprach«, ermahnte ihn die alte Löwin, doch ihre Stimme klang dabei weder überheblich noch selbstgerecht. »Solange du nicht glauben kannst, was Ellen dir in ihrer unendlich göttlichen Weisheit offenbarte, solange wird es in deinem Herzens so aussehen, wie die Höhle in der ihr euch getroffen habt. Ihre Engelsflügel werden weiterhin vom stinkenden Schlamm verklebt sein.«

»Meinst du Engel haben tatsächlich Flügel?«

Luisa zuckte mit den Schultern. »Ehrlich gesagt weiß ich es nicht. Doch ich finde diese Vorstellung sehr schön. Flügel stehen für Freiheit, sich ungezwungen in die Lüfte des Lebens erheben zu können...« Eddi musste zugeben, dies war eine sehr gute Antwort auf seine Frage. Doch noch bevor er Luisa diese Einsicht mitteilen konnte, ergriff sie erneut das Wort. »...Wenn die Flügel deines Schutzengels gebrochen sind, oder wie in deinem Traum durch Schlamm verklebt, wie sollte er dann fliegen können? Glaubst du er kann dir so helfen?«

Eddi brauchte einen Moment, um mit der Tiefsinnigkeit dieser Worte zurecht zu kommen. »Ich glaube ich weiß worauf du hinaus

willst«, sagte er nach einer Weile. »Auch Ellen brachte es so ähnlich zum Ausdruck. Doch deine Idee mit den verklebten Flügeln finde ich ehrlich gesagt besser.«
Kaum hatte er diesen Satz beendet, breitete sich Bestürzung über ihn aus. Wenn Ellen tatsächlich sein Schutzengel war, dann hatte sie seine Worte von eben bestimmt gehört. Nur zu gut wusste er, seine Frau mochte es nicht, wenn er anderen Aussagen eher glauben schenkte.

Luisa bekam seine Verzweiflung mit und musste darüber schmunzeln. »Ach Eddi, du brauchst keine Angst zu haben, etwas Falsches zu sagen. Glaube mir, egal was du tust oder sagst, Ellen wird es dir gewiss nicht mehr übel nehmen. Sich über solch niedrige Beweggründe aufzuregen, darüber ist sie in ihrer neuen Welt längst hinweg.«

Auch diese weisen Worte musste Eddi erst einmal sacken lassen. Schwer vorstellbar, dass Ellen nicht mehr die war, die sie einmal zu sein schien.

Die alte Löwin erhob sich und ging um das Grab. »Ich werde jetzt mal zurück zu den anderen gehen. Kommst du mit?«

»Nein, ich brauch noch ein wenig Zeit für mich. Sobald ich meine Gedanken sortiert habe, komme ich nach.«
Weiterhin vorm Grab liegend, beobachtete er wie Luisa davon stolzierte. Sie bewegte sich adrett, als wollte sie jeden Moment erneut los tanzen. Sie scheint wirklich sehr glücklich zu sein, dachte Eddi, während sie hinter einem Felsvorsprung verschwand. Dass sie ihm vor einigen Tagen nicht die Zukunft voraus sagen konnte, empfand er plötzlich gar nicht mehr so schlimm. Vielleicht hatte ja tatsächlich alles was im Leben geschah einen tieferen Sinn, selbst die Ermordung seiner Frau und Kinder. So sehr er sich auch be-

mühte, mit diesen Gedanken konnte und wollte er sich nicht anfreunden. Auch wenn er Luisas und den Worten seiner Frau, ein Mindestmaß an Glauben schenkte, war es doch unvorstellbar, vom schmerzlichen Verlust loszulassen.

Wenn ich nicht so unsäglich wütend wäre, ging es Eddi durch den Kopf. Wohin soll ich bloß mit diesem aufgestauten Hass? Vor allem die Wut, die sich gegen mich selber richtet, bringt mich fast um. Warum habe ich mich bloß zur Wahl aufstellen lassen und wieso musste erst ein schreckliches Unglück geschehen, damit ich begreife, nicht jeder den ich als meinen Freund bezeichne, ist auch tatsächlich mein Freund?

Langsam dämmerte Eddi, dass er neben seiner Trauerbewältigung noch viele andere Dinge aufzuarbeiten hatte. Er setzte sich auf seine Hinterläufe und schaute zum Himmel. Zwar war dort auch jetzt nichts Außergewöhnliches zu sehen, doch irgendwo musste dieser Gott ja sein. Dies wäre gewiss eine gute Frage fürs nächste Treffen, dachte er und begann flüsternd zu beten: „Lieber Gott, wenn du da draußen bist..., ähm..., also wenn du mich hören kannst, dann hilf mir! Lass mich verstehen, warum mich solch ein schweres Schicksal traf und zeige mir den Weg zurück ins Leben!..." Eddi begann zu weinen, trotzdem betete er zermürbt vom Herzschmerz einfach weiter. „...Ich weiß, ich habe nie etwas für dich getan und frage mich, warum solltest du gerade mir helfen? Trotzdem bitte ich dich von ganzem Herzen, heile meinen Schmerz und vor allem hilf mir, meine noch lebenden Kinder zu finden!"

Eddi schluchzte laut auf. Noch immer fühlte es sich an, als würde sein Herz ausbluten. Seine Augen waren weiterhin zum Himmel gerichtet. Er wusste selber nicht genau warum. Vielleicht hoffte er, Gott würde ihm ein Zeichen geben, irgend einen kleinen Hinweis, an dem er erkennen konnte, dass sein Gebet erhört wurde. Doch nichts geschah. Enttäuscht senkte er seinen Kopf und legte sich wieder auf den Boden. Kaum lag er dort, hörte er Luisa laut nach ihm rufen. Eiligen Schrittes humpelte sie auf ihn zu. »Eddi, schnell, du musst sofort kommen!«, rief sie ihm vollkommen aufgelöst schon von weitem zu.

Ohne zu zögern sprang er auf und rannte ihr entgegen. »Was ist passiert?«, fragte er.

»Unsere Kinder, ich meinte die Menschenkinder, sie sind in Gefahr!«

Noch bevor Luisa weiter sprach, sprintete er los. Er ahnte Schlimmes und damit sollte er recht haben. Schon aus der Ferne sah er, wie Mätsch, Ned und Kalim immer wieder den Versuch starteten, Ricardo und Lana die Menschenkinder zu entreißen. Der Rest des Rudels stand einfach nur da und schaute dem Entführungsversuch tatenlos zu.

Eddi legte noch einen Zahn zu. Bei Mätsch angelangt, gab er ihm, ohne ein Wort zu verlieren, mit geballter Tatze einen kräftigen Hieb auf die Nase. Er fiel um wie ein nasser Sack und blieb benommen am Boden liegen. Sofort sprang Eddi zu Lana und den Kindern und baute sich schützend und laut brüllend vor ihnen auf. Ricardo schloss sich ihm an. Trotzdem ließen Ned und Kalim sich nicht von ihrem Vorhaben abbringen. Weiterhin schlugen sie brüllend und mit ausgefahrenen Krallen nach ihren Gegnern.

Eddi sah seinen Onkel an. »Da scheint Mätsch mit seiner Überredungskunst ja ganze Arbeit geleistet zu haben«, rief er ihm zu. »Zeigen wir ihnen was passiert, wenn sie sich mit den Führern anlegen!«

Kaum gesagt, gingen die beiden auf ihre Gegner los. Todesmutig nahm Eddi sich Ned zur Brust. Ricardo kümmerte sich um Kalim. Eine wilde Rauferei entstand. Durch den vielen aufgewirbelten feinen Sand, konnte man kaum etwas erkennen. Ned und Kalim setzten all ihre Kräfte ein, doch so sehr sie sich auch abmühten, es half nichts. Schwer verletzt ergriffen sie die Flucht. Ein Stück rannte Eddi ihnen noch hinterher, doch als sein Onkel ihm nachrief, er sollte sie laufen lassen, ließ er von ihnen ab und kam zurück. Mätsch lag immer noch bewusstlos am Boden. Stolz stieg Eddi über ihn drüber, ging zu seinem Onkel und sagte: »Denen haben wir es gezeigt!«

Er hatte den Satz noch nicht beendet, schrie Lana auf. »Achtung, hinter dir!«

Reflexartig riss Eddi seinen Kopf herum. Bevor er begreifen konnte was los war, traf ihn ein fester Schlag an seinem linken Auge. Er stürzte zu Boden. Kaum lag er dort, spürte er spitze Krallen an seinem Rücken und einen festen Biss im Nacken. Mätsch war wieder zu sich gekommen und nutzte den Moment der Unaufmerksamkeit, um sich zu rächen. Eddi merkte noch wie sich dessen Zähne tief in sein Fleisch bohrten. Dann wurde es um ihn herum dunkel.

xxxxxxx

Einiges im alten Klapperkasten hatte sich verändert. Die Wände erstrahlten im silberfarbenen Glanz und in die Rückwand eingearbeitet, befand sich ein großer mit Edelsteinen besetzter Spiegel. Eddi erhob sich und betrachtete sich darin. Sofort fiel ihm der Biss im Nacken ein. Mehrmals drehte er sich hin und her, doch im

Spiegel war nichts zu entdecken. Keine klaffende Wunde, kein Blut, nicht einmal einen winzigen Kratzer schien er abbekommen zu haben. War er etwa tot? Würde dies nun seine letzte Fahrt ins Jenseits sein? Vielleicht durfte er jetzt für immer bei seiner Frau im Paradies bleiben. Er sah sich etwas genauer um. Dabei blieben seine Augen an den vielen Knöpfen neben der Tür hängen. Auch sie wurden eindeutig, wie auch der Rest im Fahrstuhl, runderneuert. Sie waren nicht mehr aus vergilbten Plastik, sondern aus purem Gold. Ganz sicher ist dies mein letzter Transport ins Himmelreich, ging es Eddi wiederholt durch den Kopf. Der wundervolle Glanz des Fahrstuhls, ließ keinen Zweifel daran. Jetzt müsste er nur noch los fahren. Er hob seine Pfote und versuchte auf einen der funkelnden Knöpfe zu drücken, doch weil seine Tatze viel zu groß war, erwischte er mehrere Knöpfe gleichzeitig. Davon genervt schlug er mit voller Wucht auf das Pult. Jetzt setzte sich der Fahrstuhl in Bewegung. »Geht doch, warum nicht gleich so?«, murmelte Eddi vor sich hin. Zu seiner Überraschung verspürte er diesmal keine Angst vor einem abrupten Richtungswechsel. Den gab es auch nicht.

Als das edle Gefährt kurze Zeit später stoppte und sich die Tür öffnete, erstreckte sich vor Eddi eine wundervolle Landschaft. Zwar war es nicht die selbe bunte Blumenwiese, auf der er sich bisher mit Ellen traf, doch auch diese Gegend war wunderschön. Riesige Weiden erstreckten sich weit ins Landesinnere und mündeten am Horizont in einem Gebirgskamm. Die dort in den Himmel ragenden Bergkuppen, erstrahlten schneebedeckt und glanzvoll im Licht der hoch am Himmel stehenden Sonne.

Auf einer Koppel ganz in Eddis Nähe graste ein gutes dutzend Kühe. Zu seiner eigenen Überraschung verspürte er jedoch weder

Hunger, noch sonst ein Bedürfnis sie zu jagen. Von Ellen war weit und breit nichts zu sehen. Er stieg aus dem Fahrstuhl und rief nach ihr, doch sie antwortete nicht. Ihm fiel auf, hier herrschte ein sehr angenehmes Klima, ähnlich wie bei den Roten Felsen. Hinter einer Baumgruppe entdeckte er einen von viel Gestrüpp umgebenen und total runter gekommenen Bauernhof. Ob dort Menschen wohnten? Neugierig ging er auf das Gebäude zu. Angst hatte er keine, denn ihm war bewusst, dass er sich nur in einem seiner Träume befand. Dort angekommen, ging er um das abbruchreife Haus herum. Auf der Rückseite entdeckte er etwas, womit er wieder einmal nicht gerechnet hatte. Keine zwanzig Meter von ihm entfernt, saßen Poldi und Mimi auf einer längst ausgedienten Hollywoodschaukel. Quietschvergnügt spielten sie dort miteinander. Kaum bemerkten sie ihren sichtlich überraschten Vater, sprangen sie auf und liefen ihm freudestrahlend entgegen. Auch für Eddi gab es nun kein Halten mehr. Mit Freudentränen in den Augen schnappte er seine Kinder mit seinem Vorderlauf und drückte sie so fest an sich, dass fast nichts mehr von ihnen zu sehen war.

»Langsam Papa, du zerquetschst uns sonst«, murmelte Mimi unter der mächtigen Mähne ihres Vaters hervor.

Erschrocken ließ er lockerer, doch nur so viel, dass er weiterhin ihre warmen Körper spürte. »Ich bin so froh euch lebend zu sehen. Wie geht es euch?«, fragte er währenddessen.

»Uns geht es gut!«, antwortete Poldi während er sich aus den Fängen seines Vaters befreite.

Auch Mimi löste sich nun aus dessen liebevollen Umarmung. »Uns geht es nicht nur gut, sondern sehr gut!«, fügte sie mit ihrer zarten Mädchenstimme hinzu.

Ihr Vater sah sich um. »Und wo ist eure Mama?«

»Auch hier!«, antwortete Mimi kurz und knapp.

»Wo denn? Ich sehe sie nirgends.«

»Ich weiß«, beruhigte Poldi ihn. »Auch wenn du sie nicht sehen kannst, ist sie trotzdem immer in unserer Nähe.«

Eddi sah seine Kinder daraufhin enttäuscht an.

»Jetzt sei nicht gleich so traurig«, tröstete ihn Mimi. »Es war ihre Idee. Sie meinte, es wäre besser, wenn wir dich allein treffen.«

Auch wenn Eddi nicht verstand warum Ellen so etwas entschied, beschloss er sich damit abzufinden.

»Papa, kommst du mit uns zum Wasserfall?«, fragte Poldi aufgeregt umher laufend.

Erneut sah sein Vater sich um. »Was für ein Wasserfall?«

»Komm mit, wir zeigen ihn dir«, riefen seine Kinder gleichzeitig und liefen los.

Eddi folgte ihnen, jedoch kam er kaum hinterher, so flink waren sie. Noch während er ihnen nach eilte, fand er sich von einer Sekunde auf die andere inmitten eines dichten Waldes wieder. »Wie bin ich so schnell hierher gekommen?«, flüsterte er überrascht. »Eben lief ich noch über grüne Weiden und nun bin ich umgeben von hunderten von Bäumen?« Je mehr sich Eddi bemühte für dieses Phänomen eine logische Erklärung zu finden, umso stärker bekam er das Gefühl, die Kontrolle über seine Sinne zu verlieren. Sichtlich benebelt betrachtete er die monströsen Baumstämme. Selbst zwanzig aneinander gereihte Löwen würden nicht ausreichen, um einen davon zu umschließen. Auch waren sie um ein vielfaches höher, als die, die er bisher kannte.

Plötzlich fielen Eddi seine beiden Kinder ein. War er nicht mit ihnen hier? Fast glaubte er, ihr Treffen wäre nur Einbildung gewesen, rief Poldi, hinter einem der mächtigen Baumstämme auftauchend, nach ihm. Auch seine Tochter entdeckte er nun, unweit ihres Bruders, unterhalb einer dicht bewachsenen Böschung. Eddi ging zu ihnen. »Wo sind wir hier?«, fragte er sichtlich verwundert.

»Erinnerst du dich nicht?«, wollte Mimi von ihm wissen, »wir sind ganz in der Nähe des Wasserfalls, den du uns auf der Erde gezeigt hast.«

Noch einmal schweiften Eddis Blicke umher. Tatsächlich hatte dieser Ort verblüffende Ähnlichkeit, nur war hier alles wesentlich größer.

Seine Kinder flitzten unterdes einen kleinen Trampelpfad entlang. Eddi folgte ihnen wortlos. Wieder hatte er Mühe mit ihrem Tempo mit zu halten. Schon wollte er sie bitten, etwas langsamer zu laufen, blieben sie stehen, denn sie waren am Ziel. Mit atemberaubender Kraft präsentierte sich direkt vor ihnen der riesige Wasserfall. Auch dieses Naturschauspiel war um einiges mächtiger als jenes, was er seinen Kindern auf der Erde zeigte.

Staunend sah Eddi hinauf. Dort wo sich das Wasser über die Klippe bog, entdeckte er an einem der Felsvorsprünge etwas Rotes. Das ist Blut, schoss es ihm durch den Kopf. Jetzt leuchtete ihm ein, wo er sich befand - eindeutig unterhalb jenes Wasserfalls, der ihn in seinem Alptraum hilflos in die Tiefe riss. Auch die spitzen Felsen, die hier am Fuße aus dem Wasser ragten, ließen keinen Zweifel daran. Bedingt durch die schrecklichen Erinnerungen lief Eddi kalter Schauer den Rücken hinunter. Auch wenn er bemüht war, sich nichts anmerken zu lassen, hatten seine Kinder ihn längst durchschaut.

»Papa, du brauchst dich dafür nicht zu schämen«, sagte Mimi und der sanfte Klang ihrer kindlichen Stimme, war von tiefer Anteilnahme erfüllt. Doch egal wie viel Verständnis sie aufbringen würde, es war ihrem Vater trotzdem sichtlich peinlich, dass sie seine Selbstmordgedanken kannte.

Eddi fiel nichts ein, was er darauf antworten konnte. Um vom Thema abzulenken, tauchte er eine Pfote ins Wasser und spritzte seine Kinder nass. Sofort schlossen sie sich diesem Spiel an. Vergnügt tobten sie im Wasser herum, bis ihnen die Puste ausging. Erschöpft aber glücklich fielen sie ins Gras und ließen ihr Fell von den, durch die Baumkronen hindurch scheinenden, Sonnenstrahlen trocknen.

Irgendwie komisch, dass hier fast alles genauso aussieht wie auf der Erde, dachte Eddi und drehte sich seinen Kindern zu. »Seid ihr hier wirklich glücklich?«, fragte er.

»Ja, sind wir! Du kannst uns ruhig glauben«, antwortete Poldi, ohne auch nur eine Sekunde darüber nachdenken zu müssen.

Mimi nickte zustimmend. Sie erhob sich aus dem Gras und glättete mit ihrer kleinen Pfote das Fell auf ihrem Kopf. »Papa, du musst wissen«, sagte sie währenddessen, »auf der Erde fanden wir es auch schön, auch wenn es dort ganz anders war als hier.«

»Was meinst du mit anders?«

»Naja, wie soll ich es erklären, wenn man es genau nimmt, sind die Unterschiede gar nicht so riesig. Das Einzige was es hier im Paradies nicht gibt, sind negative Gefühle.«

Nachdenklich musterte Eddi seine Tochter von oben bis unten. Bevor er jedoch etwas sagen konnte, sprang Poldi mit einem Satz vor ihn, und hüpfte mehrfach auf der Stelle. Mit jedem Sprung gab er eine Antwort. »Angst, Traurigkeit, Schmerz, Verzweiflung, Wut, Hoffnungslosigkeit und auch Hass, all diese Gefühle, die auf der Erde jeder zu vermeiden versucht, können wir hier nicht fühlen.«

Entgeistert, so als hätte Poldi von Außerirdischen berichtet, sah Eddi ihn an. »Aber das ist doch super. Ich wäre froh, ich würde es nicht mehr...« Eddi hörte auf weiter zu sprechen. Stattdessen sah er seine Kinder grinsend an. »...Ihr versucht mich doch gerade zu veräppeln, oder?«

Die beiden Löwenkinder kicherten daraufhin los. Poldi ergriff erneut das Wort. »Auch wenn es uns schon immer unendlich Spaß bereitete dich rein zu legen, so ist das, was ich dir eben sagte, die reine Wahrheit. Hier im Himmel fehlen so einige wertvolle Dinge, die es auf der Erde gab.«

»Und ihr könnt hier wirklich keine Schmerzen fühlen?«

»Nein Papa«, antworteten Mimi und Poldi im Chor.

Daraufhin erhob sich ihr Vater, ging zum Wasser und sah hinein. Er betrachtete eine ganze Weile sein Spiegelbild auf der Oberfläche. Ziemlich fertig sah er aus, dies musste er zugeben. Er wandte sich wieder seinen Kindern zu und sprach: »Ich wollte, es wäre auf der Erde genauso. Ich vermisse euch jeden Tag und es fühlt sich unendlich grausam an. Vor allem der Gedanke, dass ich euch nicht helfen konnte, als diese Mistkerle euch das Leben nahmen, zerreißt mir fast das Herz.« Traurig senkte er seinen Kopf und starrte vor sich in den feuchten Kies.

Mimi kam näher. »Ach Papi, es tut uns unendlich leid, dass du so fürchterlich leidest. Doch glaube mir, gerade jetzt in deiner furchtbaren Gefühlswelt erfährst du, warum das Leben auf der Erde erschaffen wurde, und warum es im Grunde genommen unendlich wertvoll ist.«

Eddi löste sich aus seiner Trauer. Stattdessen entstand Wut in ihm. »Wie soll ich das denn bitte schön verstehen? Wollt ihr sagen, man lebt auf der Erde, um zu leiden?«

Entsetzt sah er seine Lieblinge an. Doch er versuchte sich zu beruhigen, schließlich war er ja derjenige, der seit Tagen nach dem „Sinn des Lebens" suchte.

Auch Poldi kam nun näher. Er positionierte sich direkt vor seinem Vater. »Das Leben auf der Erde ist nicht nur dazu da, um zu leiden«, erklärte er ihm. »Es geht um so viel mehr. Nehmen wir zum Beispiel den Tag, an dem wir ums Leben kamen. Als die Männer uns jagten, hatten wir schreckliche Angst. Doch genau in dem Moment, als wir in einen mehrere hundert Meter tiefen Abgrund stürzten, ging uns ein Licht auf. Es war, als würde uns jemand die Augen öffnen.«

Mimi drängte ihren Bruder ab und nahm seinen Platz ein. »Es geht im Leben einzig und allein um die Liebe«, flüsterte sie ihrem Vater zu.

Als sie dieses Wort aussprach, zuckte etwas in Eddi zusammen, ohne dass er etwas dagegen tun konnte. »Um Liebe?«, fragte er verblüfft.

»Ja, um nichts anderes«, antwortete Mimi ihrem Vater. »In den letzten Sekunden unseres Lebens packte uns eine unsichtbare Kraft. Sie gab zu verstehen, dass wir keine Angst mehr haben mussten. Und genau in diesem Moment durchflutete uns ein unendliches Gefühl der Vergebung, stimmt´s Poldi?« Mimi drehte sich ihrem Bruder zu.

»Stimmt genau«, antwortete er. »Wir fühlten keinen Hass auf diejenigen, die uns und Mama auf dem Gewissen hatten. Alles was wir für die Männer empfanden und immer noch empfinden, ist tiefes Mitleid.«

»Mitleid?«, platzte es aus seinem Vater heraus. »Ihr wollt mir weiß machen, dass ihr Mitgefühl mit euren Mördern habt?« Erneut begann es in ihm zu brodeln.

Mimi besänftigte ihn. »Papa, schau mal, wie armselig sind diese Kreaturen, dass sie, nur um sich etwas Glück kaufen zu können, töten müssen. Glaubst du wirklich, ihr Verhalten macht sie glücklich?«

Eddi dachte kurz nach, dann schüttelte er den Kopf. »Nein, glücklich sahen die Männer wirklich nicht aus«, gab er zu bedenken.

»Siehst du«, mischte sich nun Poldi wieder ein. »Genau aus diesem Grund haben wir Mitleid mit ihnen. Sie sind genau wie die meisten anderen Menschen dem ewigen Streben nach Reichtum und Anerkennung verfallen. Dabei liegt ihnen das Glück seit Jahrtausenden zu Füssen. Sie müssten nur mal ihre Köpfe einschalten.«

Wieder einmal verstand Eddi nicht, worauf seine Kinder hinaus wollten. Auch waren ihm die Menschen nicht so wichtig, dass er noch mehr von seiner kostbaren Zeit für sie opfern wollte.

»Und ihr habt wirklich keine Angst mehr gehabt?«, fragte er stattdessen nach. »Wenn ihr, so wie ihr vorhin sagtet, mehrere hundert Meter in die Tiefe gestürzt seid, verging doch bestimmt eine gefühlte Ewigkeit bevor ihr..., na ihr wisst schon...« Eddi wusste nicht wie er es ausdrücken sollte, ohne seine Kinder zu schocken.

»Du meinst bevor wir aufschlugen«, sagte Poldi, als wäre es etwas ganz Alltägliches.

Mit schmerzverzerrtem Gesicht sah sein Vater ihn an. »Genau dies meinte ich. Wieso hattet ihr keine Angst? Ihr wusstet doch, dass euer Leben jeden Augenblick vorbei sein würde.«

Unweigerlich musste er an seine eigene Todeserfahrung im Boot denken.

»Das sagte ich dir doch schon«, antwortete Mimi. »Uns umhüllte eine unsichtbare Kraft und die...«

»Stopp mal!« unterbrach sie ihr Vater. »Von was für einer Kraft sprecht ihr eigentlich die ganze Zeit?«

»Na, von der göttlichen Kraft«, antwortete Poldi auch wieder so, als wäre es etwas ganz Normales.

»Ist es wahr?«, wandte sich Eddi seiner Tochter zu.

»Ja, ist es«, bestätigte sie. »Kannst uns ruhig auch diesbezüglich glauben. Mama erging es genauso, nachdem der Mann auf sie geschossen hatte.«

»Ihr habt gesehen wie Mama getötet wurde?«, fragte Eddi fassungslos.

Zärtlich legte Mimi ihr kleine Pfote auf seine. »Nein, du kannst dich beruhigen, wir mussten es nicht mit ansehen. Sie hat es uns lediglich erzählt. Auch sie hat im Augenblick ihres Sterbens jene göttliche Kraft verspürt, durch die sie keine Angst mehr hatte. Weil Gott jeden Schmerz von ihr nahm, vergab auch sie den Menschen augenblicklich, was sie ihr und vor allem dir antaten.«

Um seine Tränen zu verbergen, drehte Eddi sich weg. Er wollte nicht, dass seine Kinder mit erleben mussten wie sehr er litt. Doch auch dies machte keinen Sinn, denn längst hatten sie es bemerkt.

»Sei froh, dass du weinen kannst«, sagte Poldi. »Wir können es nämlich nicht. Jeder hier im Paradies ist in jedem Augenblick immerzu glücklich und im Einklang mit sich selbst und allem was existiert. Hier gibt es keinen Anfang und kein Ende, kein Geboren werden und kein Sterben. Hier gibt es nur einen nicht enden wollenden Strom von Liebe und Freude.«

Eddi wischte sich die Tränen aus dem Gesicht. »Und was ist so schlimm daran? Ich könnte mir nichts besseres vorstellen.«

Seine Kinder mussten über diese Bemerkung lachen. Erneut ergriff Mimi das Wort. »Warten wir mal ab, wenn du am Ende deines Lebens hierher zurück kommst. Mal sehen wie du dann über den Zustand der immer anhaltenden Freude denkst.«

»Glaube uns Papa«, unterbrach Poldi seine Schwester, »mit der Zeit vermisst man all die schrecklichen Dinge auf der Erde. Nie weinen zu können und niemals etwas für sein Glück tun zu müssen, kann auf Dauer ziemlich langweilig werden.«

Wieder schüttelte Eddi ungläubig den Kopf. »Langweilig?«, fragte er. »Das kann ich mir beim besten Willen nicht vorstellen.«

»Schau mal, wenn wir uns auf der Erde beim Spielen verletzten, tröstete uns Mama anschließend. Hier im Paradies gibt es jedoch kein Stürzen und auch keine daraus resultierenden Verletzungen. Deshalb gibt es auch keinen Grund, uns zu trösten.«

»Wir vermissen es sehr, von Mama getröstet zu werden«, fügte Poldi den Worten seiner Schwester hinzu.

Eddi wurde plötzlich ganz schwindelig. Was seine Kinder ihm erklärten, überforderte seinen Verstand. »Ihr wollt mir doch einen Bären aufbinden?«, fragte er sichtlich durcheinander.

»Nein, gewiss nicht«, erwiderte Mimi mit ernster Miene. »Alles, was wir dir sagen ist wahr. Auch wenn sich für dich der Zustand unendlicher Freude wie ein wundervolles Märchen anhört, so ist er doch fast unerträglich. Auch wir wissen es erst seitdem wir nicht mehr an unser irdisches Leben gebunden sind. Noch im selben Moment als wir starben, erinnerten wir uns wieder daran, warum es das Leben auf der Erde gibt. Es wurde erschaffen, damit sich dort alle Lebewesen Freude, Glückseligkeit, Liebe und all die anderen schönen und wünschenswerten Zustände, die hier im Himmel im Überfluss vorhanden sind, verdienen können. Um dies jedoch zu ermöglichen, war es bei der Schöpfung notwendig, auch das Gegenteil davon zu schaffen. Deshalb gibt es Trauer, Schmerz, Wut, Hass und Verzweiflung. Überlege doch mal, ohne Dunkelheit gäbe es kein Licht. Und genauso würde es ohne Hass keine Liebe geben...«

»Warte mal!«, unterbrach Eddi seine Tochter. »Willst du mir weiß machen, die Erde wurde geschaffen, weil das Leben im Himmel zu langweilig war?«

»Genau so ist es«, mischte sich Poldi wieder ins Gespräch ein. »Wie schon mehrfach erwähnt, war hier im Himmel schon immer und ewig alles perfekt, oder um es in Gottes Worte auszudrücken: „Alles war und ist unendliches LICHT.“ Mit der Zeit stellte sich jedoch diese vom unendlichen LICHT erfüllte Welt die Frage, wie es wohl sein würde, wenn man etwas tun müsste, um Liebe und Freude erfahren zu können.«

Eddi wurde erneut schummerig. Was seine Kinder ihm erklärten, schien auch jetzt wieder seinen Verstand an die Grenze des Möglichen zu bringen. Er hatte große Mühe seine Gedanken zu ordnen. »Also noch einmal von vorne.«, sagte er nachdenklich. »Wenn ich euch richtig verstehe, war Gott langweilig von seinem eigenen Perfektionismus und aus diesem Grund schuf er eine Welt, in der Chaos herrscht?«

Beide Löwenkinder nickten lächelnd. Erneut übernahm Poldi das Reden. »Wir alle, du Mama, die Menschen die uns töteten, ja sogar das Gras auf der Wiese und die Bäume im Wald, sind ein Teil von diesem Gott.«

»Da gebe ich dir vollkommen recht«, erwiderte ihr Vater vorschnell. »Die Menschen sind auf jeden Fall Gottes Erfindung. So wie die sich aufführen, können sie nur einen Perfektionisten als Ursprung haben. Sie zerstören die Natur, jagen unsere Kinder, um sie anschließend als Sklaven zu verkaufen. Sie haben vor nichts und niemandem Respekt, außer vor ihrem Geld.« Während Eddi diese Worte ziemlich sauer von sich gab, wedelte er, als hätte er die ganze Menschheit verstanden, mit seiner Pranke in der Luft herum. Doch auch diesbezüglich hatte er seine Rechnung ohne seine Kinder gemacht.

»Denkst du wirklich«, begann Poldi nach einer Weile, »die Menschen, die morden und rauben und unsere Wälder abholzen, sind mit sich selbst und dem was sie tun zufrieden?«

Es dauerte nicht lange und sein Vater hatte sein Urteil gefällt. »Ja, genau das glaube ich! Vielleicht sind sie nicht glücklich, dafür aber zufrieden«, antwortete er überheblich.

»Da irrst du dich gewaltig«, berichtigte ihn Poldi sofort. »Tagsüber tun die meisten von ihnen zwar so, als hätten sie alles im Griff und wären glücklich, doch glaube mir, du willst nicht wissen, was in manchen Nächten abgeht, wenn es ruhig und einsam um sie herum wird. Aber woher sollst du das auch wissen?«

»Und woher wisst ihr es so genau?«, entgegnete Eddi seinem Sohn etwas zynisch.

»Jetzt fühle dich doch nicht gleich so angegriffen«, nahm Mimi ihren Bruder in Schutz. »Wir wissen es doch auch nur weil Gott es uns zeigte.«

So als würde er nach etwas suchen, scharrte Eddi vor sich im Kies herum. In Wahrheit machte ihm jedoch die Schlagfertigkeit seiner Kinder zu schaffen. Bis vor einigen Tagen war er noch derjenige, der ihnen Lebensweisheiten beibrachte. Das es nun anders herum war, fiel ihm verdammt schwer. Weil er sich dadurch schlecht fühlte, beschloss er seine Lieblinge auf die Probe zu stellen. »Wenn ihr alles wisst«, begann er etwas schroff, »könnt ihr

mir bestimmt auch erklären, wo ich diesen Gott finde? Was macht er gerade? Sitzt er hier irgendwo im Himmel herum und erfreut sich am Chaos, welches wir auf der Erde zu erleiden haben?«
Ha, dachte Eddi, jetzt habe ich ihnen eine Falle gestellt. Wo Gott sich genau aufhält, konnten sie ihm bestimmt nicht beantworten. Schließlich hatte ihn noch nie jemand zu Gesicht bekommen. Doch schnell stellte sich heraus, dass er sich auch da gewaltig täuschte.

»Nein«, antwortete Poldi selbstbewusst. »Du hörst uns einfach nicht richtig zu. Er sitzt hier nicht faul herum und erfreut sich am Leid auf der Erde. Wir sagten dir doch schon - Gott ist in allem was existiert. Dadurch ist er bei jeder Erfahrung die ein Lebewesen macht immerzu dabei, egal ob es sich nun um Freude oder Trauer handelt.«

Noch bevor Eddi diese Worte sacken lassen konnte, ergriff Mimi das Wort. »Wir wissen, dass dies für dich nur schwer vorstellbar ist. Du kennst es von der Erde her nur so, dass man niemals an mehreren Orten gleichzeitig sein kann. Für Gott gelten diese Regeln jedoch nicht. Er kann sich in unendlich viele Teile aufspalten, um am Ende, wenn er genügend Erfahrungen gesammelt hat, wieder Eins zu werden.«

Mit seiner Pfote kratzte sich Eddi nachdenklich am Kopf. »Also Kinder ganz ehrlich, ich finde diesen Gott ziemlich egoistisch. Nur weil er von seinem Perfektionismus die Nase voll hatte, müssen wir auf der Erde so viel Leid ertragen, um am Ende unseres jämmerliche Lebens, auch noch zu sterben.«

»Du siehst alles aus einem trügerischen Blickwinkel«, berichtigte Mimi ihn vorsichtig. »Nur weil dir dieses schlimme Schicksal widerfuhr, bist du verständlicherweise in deinem Hass und der Ab-

neigung gegenüber dem Leben gefangen. Doch so wie du die Welt momentan betrachtest, ist sie gar nicht. Nur in deinem Herzen existiert diese Dunkelheit.«
Mimi gab ihm einen kleinen Moment, um seine Gedanken zu sortieren. Bevor sie jedoch weiter sprechen konnte, kam ihr Poldi zuvor. »Es gibt so viele gute und schöne Dinge auf der Welt«, sagte er. »Und vor allem sind nicht alle Menschen böse und schlecht. Nicht jeder hat nur Profit im Sinn. Einige von ihnen tun sogar sehr viel dafür, dass unsere Rasse erhalten bleibt. Glaubst du uns Löwen oder viele andere Tierarten würde es noch geben, wenn diese Menschen nicht täglich Kopf und Kragen riskierten, um den Jägern das Handwerk zu legen?«

Eddi ging in sich. Von der Seite aus, hatte er es tatsächlich noch nicht betrachtet. Natürlich hatte Poldi recht. Die Einstellungen, die er seit dem Unglück in seinem Herzen trug, waren tatsächlich, so wie es ihm auch Ellen im letzten Traum aufzeigte, unglaublich düster. In seinen Augen trugen alle Menschen Schuld an seinem Desaster. Ob sie nun etwas mit dem Unglück zu tun hatten oder nicht, spielte dabei keine Rolle.

Mit ihrer zarten Stimme riss Mimi ihren Vater aus seinen Gedanken. »Und noch etwas ist wichtig«, ließ sie ihn wissen. Sie winkte ihn ganz nah an sich heran. Als er ganz dicht vor ihr war, sprach sie weiter. »Du selbst bist ein ganz wesentlicher Teil von Gott. Du hast dir dein eigenes Schicksal ausgesucht, bevor du geboren wurdest.«

Kaum hatte sie es ausgesprochen, zog ihr Vater entsetzt seinen Kopf ein und machte ein paar Schritte rückwärts. »Niemals!«, brüllte er uneinsichtig los. »Das kann gar nicht sein. Ich soll mir mein Schicksal ausgesucht haben? Gewiss suchte ich mir nicht aus

euch zu verlieren! Niemals habe ich mir als Ziel gesetzt so leiden zu müssen!«
Für einen Moment vergaß Eddi, dass seine Kinder vor ihm standen, so dermaßen geriet er außer sich vor Wut.

Doch trotz seines Tobsuchtsanfalls zeigten sie keinerlei Anzeichen von Angst. Im Gegenteil, sie warteten seelenruhig ab, bis ihr Vater seine Emotionen wieder im Griff hatte. Dann meldete sich Mimi erneut zu Wort. Sie war schon immer diejenige, die ihn, von allen fünf Kindern, am besten beruhigen konnte. Sie sprach: »Von dem Moment an, als du geboren wurdest, warst auch du, genau wie alle anderen Lebewesen auf der Erde, dem großen Spiel des Vergessens unterlegen.«

»Willst du damit sagen, zwar kenne ich den Grund meiner Existenz, nur kann ich mich nicht mehr daran erinnern?«

Beide Löwenkinder nickten gleichzeitig mit dem Kopf. »Genau dies wollte Mimi damit ausdrücken«, rief Poldi erfreut darüber, dass sein Vater nun endlich zu verstehen schien. »Deine Seele kennt die Wahrheit, den eigentlichen Grund deiner Existenz. Sie weiß, du hast dir diese Tragödie genau so gewünscht, lange bevor du geboren wurdest.«

Obwohl sich in Eddi erneut Zorn ausbreitete, bemühte er sich ruhig zu bleiben. »Nehmen wir an, alles was ihr sagt ist wahr, dann verstehe ich nur immer noch nicht, warum ich mir euren und Mamas Tod gewünscht habe?«

»Weil der Sinn deines Lebens darin besteht, im Chaos und Leid zu erkennen, was die Wahrheit ist«, antwortete Poldi.

Wieder einmal verstand Eddi nicht, worauf er hinaus wollte. »Von was für einer Wahrheit sprecht ihr eigentlich die ganze Zeit? Jetzt kommt endlich mal auf den Punkt!«, platzte es genervt aus ihm heraus. Seine Kinder ließen sich auch hiervon nicht beeindrucken. Sie blieben weiterhin geduldig mit ihm.

»Du bist ein Teil von Gott, soweit konntest du mir doch folgen, oder?«, fragte Poldi. Sein Vater nickte wortlos. »Und dass es in Gottes Himmelreich kein Leid und Elend, kein Gejammere und keine Schmerzen gibt, hast du auch kapiert. Wenn Gott nun aber Leid und Elend erleben möchte, um dadurch zu erfahren, wie wertvoll es ist, in Liebe und unendlicher Freude leben zu können, wird doch schon eher ein Schuh aus dem Sinn der Schöpfung, oder?«

Wieder musste Eddi nachdenken. Plötzlich ging ihm ein Licht auf. Als hätte er es schon immer gewusst, leuchtete ihm plötzlich ein, was seine Kinder ihm zu erklären versuchten. »Ach so ist das«, rief er, »ihr meint also, ich leide, damit der Teil Gottes, der in mir wohnt, es auch fühlen kann?«

»Na endlich hast du es verstanden«, witzelte Mimi. Doch sogleich wurde sie wieder ernst. »Deshalb darfst du ab jetzt nie vergessen, dass du ein wichtiger Teil von diesem Gott bist.«

Als Eddi diese Worte vernahm, spürte er wie sich in seinem Brustkorb ein wärmendes Gefühl ausbreitete, so als wäre da eine unsichtbare Kraft hinein gekrochen. Natürlich, jetzt ergab alles einen Sinn, dachte er erfreut. Seine neu gewonnene Freude hielt jedoch nicht lange an, denn im selben Moment holte Poldi ihn mit wenigen Worten in seine alte Gefühlslage zurück.

»Papa, Gott will aber nicht, dass du für den Rest deines Lebens leiden musst. Eine weitere wichtige Erfahrung, die du auf deiner Lebensreise machen wolltest, ist Vergebung.«

Eddi wusste sofort worauf sein Sohn hinaus wollte. Unermüdlich stieg erneut Hass in ihm auf und verdrängte das wärmende

Gefühl aus seiner Brust. »Nein!«, brüllte er erneut los. »Ich kann und will nicht vergeben, was die Menschen euch und mir angetan haben! Wisst ihr überhaupt, wie sehr ich darunter leide?«
Wieder begann Eddi vor Verzweiflung zu weinen, doch schämte er sich diesmal nicht.

Tröstend klammerte sich jedes der Löwenkinder an einen seiner Vorderläufe. Mimi sah zu ihm hinauf. »Doch Papa, wir wissen es, aber wir wünschen uns von ganzem Herzen, dass dein Leiden ein Ende hat.«

Eddi schob seine Kinder von sich weg. »Ach ja? Und ihr meint es hätte ein Ende, wenn ich sage - so ihr lieben Menschen, ist ja nicht so schlimm, was ihr mir angetan habt? Ihr habt zwar meine Familie zerstört, doch ich bin ein guter Löwe und vergebe euch.« Vorwurfsvoll sah er seine Kinder an.

Poldi setzte sich vor ihm auf den Boden und sah hinauf. »Nein, so natürlich nicht! Das Blut der Ungerechtigkeit die dir angetan wurde, schreit förmlich zum Himmel. Doch genauso schreit deine Seele um Erlösung aus diesem Elend. Du siehst doch, uns beiden und auch Mama geht es hier gut. Wegen uns musst du nicht so leiden...«

»Und eure drei Geschwister?«, unterbrach sein Vater schroff. »Geht es denen auch gut?«
Als Eddi seine Kinder auf diese Frage hin erneut vorwurfsvoll ansah, bekam er den Eindruck, sie hätten die ganze Zeit genau auf diese Anmerkung gewartet.

»Ja«, antwortete Poldi wie aus der Pistole geschossen. »Auch wenn es für dich nur schwer vorstellbar ist, ihnen geht es gut.« »Und woher wollt ihr das so genau wissen?...« Mimi und Poldi mussten darüber schmunzeln. »...Was gibt es denn da so dämlich zu grinsen«, fragte ihr Vater sichtlich genervt.

»Ach nichts«, antwortete Mimi. »Wir sind nur amüsiert, weil das mit dem Spiel des Vergessens wirklich sehr gut funktioniert. Doch Spaß beiseite. Wir wissen es, weil wir als Schutzengel ständig bei ihnen sind und sie wie ein unsichtbarer Geist mit unserer göttlichen Liebe ummanteln.«

»Das kann ja gar nicht sein. Jetzt seid ihr ja hier bei mir und nicht bei ihnen...« Wieder grinsten seine Kinder ihn an, doch diesmal verstand er sofort warum. »...Natürlich, wie konnte ich nur vergessen«, sagte er einsichtig. »Ihr seid ja in Gottes Reich und könnt dadurch zur selben Zeit an unzähligen Orten sein.«

»Richtig!«, antworteten die Löwenkinder gleichzeitig und lachten lauthals los.

Eddi ließ sich davon anstecken und merkte aus diesmal, wie es ihm gut tat. »Und wo finde ich eure Geschwister?«, wollte er so ganz nebenbei wissen.

Seine Lieblinge ließen sich jedoch nicht hinters Licht führen. Mimi wurde wieder ernst und wedelte mit ihrer Pfote in der Luft hin und her, während Poldi mit dem Kopf schüttelte und sagte: »Nein Papa, auch wenn wir es dir gerne sagen würden, wir dürfen es nicht.«

Auch Eddis Lachen verstummte. »Aber warum nicht?«, fragte er enttäuscht.

»Weil es gegen die Regeln des Planes verstößt, den du mit Gott vor deiner Geburt ausgehandelt hast. Du selbst musst heraus finden, wie sie wieder zu dir zurück kommen.«

Eddi ging ganz nah an die beiden heran und lächelte sie charmant an. »Ach kommt schon, eurem Vater könnt ihr doch so einen winzig kleinen Tipp geben. Dann mache ich mich gleich auf die

Suche nach ihnen.«

»Tut uns leid.«, riegelte Mimi sofort ab. »So wie Poldi es eben schon sagte, dürfen wir es dir nicht verraten. Was wir dir jedoch sagen dürfen ist, dass du nicht nach ihnen zu suchen brauchst.«

Auch jetzt verstand Eddi nicht, was seine Kinder damit meinten. Er sah jedoch ein, dass alles Betteln und Flehen keinen Sinn machte. Anstatt weiter auf diesem Thema herum zu reiten, beschloss er, die restliche Zeit mit ihnen zu genießen.

Gemeinsam begaben sie sich auf einen schmalen Pfad, der um den Wasserfall herum führte und in der sich dahinter befindlichen Höhle mündete. Als sie dort ankamen, glaubte Eddi seine drei entführten Kinder zu entdecken, doch als er genauer hin sah, verschwand das Bild so plötzlich, wie es aufgetaucht war. Mimi oder Poldi darauf ansprechen, wollte er jetzt auch nicht mehr. Er verbrachte noch einige schöne Stunden mit ihnen.

Als am Abend die Sonne langsam unterging, wusste er, dass es Zeit wurde, sich zu verabschieden. Seine Kinder begleiteten ihn zurück zum Fahrstuhl. Dort angekommen, schnappte er sie wie schon zur Begrüßung und drückte sie ganz fest an sich. Wieder rannen ihm Tränen hinunter. Während sie von seinen Wangen tropften, verwandelten sie sich in feinen, goldenen Sternenstaub, der sanft auf seine Kinder herunter rieselte. Auch wenn niemand darüber sprach, so spürte er doch, dass diese Begegnung einmalig war und so lange er auf Erden lebte, nicht wieder kommen würde.

Den Gedanken sterben zu wollen, um für immer hier bleiben zu dürfen, hatte Eddi mittlerweile abgeschrieben. Er war nun für ein Weiterleben auf der Erde bereit. Für den Himmel war es eindeutig noch zu früh, schließlich musste er ja noch seine drei entführten Kinder finden. Doch jetzt hatte er zumindest die Möglichkeit, sich anständig von Mimi und Poldi zu verabschieden. Nachdem er in den Fahrstuhl eingestiegen war, drehte er sich zu ihnen um und sagte mit zugeschnürter Stimme: »Auch wenn mir der Abschied fast die Luft nimmt, bin ich doch sehr dankbar, euch getroffen zu haben.«

»Wir werden uns bald wieder sehen«, tröstete ihn Mimi. »Wenn dein Leben auf der Erde zu Ende ist, und glaube mir, die Zeit wird wie im Fluge vergehen, werden wir genau hier auf dich warten. Dann kannst du uns alles erzählen, was du noch erleben durftest.« Sie hob ihre Pfote, küsste die Innenseite und pustete den Kuss ihrem Vater zu. Er fing ihn auf und drückte ihn an sein Herz, sodass es erneut warm darin wurde. Dann flüsterte Mimi ihm noch etwas zu. »Kannst du versuchen, ein bisschen freundlicher zu Lana zu sein? Sie hat ein gutes Herz.«

Mimi zwinkerte ihren Vater lächelnd an. Auch ihr Bruder schenkte ihm noch ein letztes strahlendes Lachen. Langsam schloss die Fahrstuhltür. Eddi schaute bis zum Schluss durch den immer kleiner werdenden Spalt hindurch. Er wollte seine Kinder so lange wie möglich im Auge behalten. Der Fahrstuhl setzte sich in Bewegung. Kaum hatte er seine Lieblinge aus den Augen verloren, legte er sich flach auf den Boden. Um sich vom erneuten schmerzlichen Verlust abzulenken, ließ er sich die eben geführten Gespräche durch den Kopf gehen. Doch die Ablenkung half nicht. Erneut musste er weinen, diesmal jedoch nicht nur aus Trauer oder Wut, sondern vielmehr, weil er sich im Klaren darüber war, dass er soeben etwas erleben durfte, was wahrscheinlich kaum ein anderes Lebewesen erlebte.

Nach einer Weile verdunkelten sich die Fahrstuhllichter. Als Eddi seine Augen schloss, bemerkte er, wie er sanft davon getragen wurde. Er spürte noch wie er von mehreren dicken Stoffvorhängen gestreift wurde. Dann verlor er das Bewusstsein.

12. Eine Liebe die nicht sein darf ???

xxxxxxx

So wie der Körper gepflegt wird, muss auch das Denken hin und wieder gereinigt werden.

xxxxxxx

Kaum war er von seiner Himmelsreise zurück, spürte der junge Löwe die Schmerzen seiner tiefen Bisswunden. Vor allem im Nacken und am Rücken musste er schwer verletzt sein. In Bananenblätter eingewickelt, lag er auf seiner Schlafstelle. Stöhnend hob er seinen Kopf etwas an und ließ seine Blicke durch die Höhle streifen. Lana und die Kinder waren nicht da. Auch ihr Schlafgemach wurde entfernt.

Hin und wieder drang das Lachen eines der Menschenkinder zu ihm hinein. Wenigstens können sie lachen, dachte Eddi und stierte die Wand am Kopfende an. Sein Herz erneut mit dem rissigen Gestein vergleichen, wollte er jedoch nicht. Plötzlich hörte er, wie sich jemand dem Höhleneingang näherte. Was, wenn die Angreifer zurück kämen, um sich an ihm zu rächen? Angespannt bis über beide Ohren starrte er zum Eingang. Doch schnell entspannte er sich wieder, denn es war nur Ricardo der herein spazierte.
»Hast du mir einen Schreck eingejagt. Ich dachte schon, es wäre einer der Saboteure«, rief Eddi ihm mit trockener Kehle entgegen.

Ricardo musste über diese ängstliche Bemerkung feixen. »Wo denkst du hin?«, fragte er. »Glaubst du, ich würde zulassen, dass dir einer von denen noch einmal zu Nahe kommt?...« Vorm Schlafgemach seines Jungen blieb er stehen, sodass Eddi die blutverschmierten Kratzer an seinem Hals und Kopf sehen konnte. Auch schimmerte etwas Grünes an diesen Stellen hervor. Eindeutig hatte Luisa etwas von ihrer wundersamen Heilsalbe aufgetragen, deren geheimes Rezept sie niemanden verriet. Sicherlich hat sie auch mich damit verarztet, ansonsten würde ich nicht in solch lächerlichem Bananenblättergewand da liegen. Eddi wollte über diesen Gedanken schmunzeln, doch daran hinderten ihn die Schmerzen im Gesicht. »...Ich muss schon sagen«, fuhr sein Onkel fort, »was du getan hast, erforderte viel Mut. Du hast diesen aufmüpfigen Schwächlingen gezeigt, wo der Hammer hängt.« Während Ricardo es sagte, boxte er mehrmals mit seinen Pfoten in der Luft herum.

Eddi versuchte, sich zu erheben, doch seine Schmerzen bremsten ihn auch hierbei aus. »Ohne dich hätte ich das nicht geschafft«, ließ er seinen Onkel wissen. »Was geschieht jetzt mit ihnen?«

»Mach dir darüber mal keine Gedanken. Die sind wir ein für allemal los. Ich habe sofort das Gericht informiert. Richter Thomsen hatte nicht gezögert eine Anhörung anzuberaumen, bei der entschieden wurde, dass sie unverzüglich von unserem Rudel auszuschließen sind.«

»Und sie haben die Anweisung der Richter befolgt?«, fragte Eddi überrascht.

»Was blieb ihnen anderes übrig? Nachdem wir ihnen zeigten, wer der Chef im Ring ist, trauten sie sich sowieso nicht mehr hierher. Die haben es nicht verdient, weiterhin in unserem Rudel zu leben. Sollen sie mal schauen, wie sie ohne unseren Rückhalt überleben. Kaum vorzustellen, was mit unserem Rudel geschehen wäre, wenn Mätsch die Wahl gewonnen hätte...«

»Hat er aber nicht«, fiel Eddi ihm ins Wort.

»Na Gott sei Dank! Ich habe übrigens gute Nachrichten für dich. Ab sofort hast du deine Höhle wieder für dich alleine. Die Richter sind meiner Bitte nachgekommen und waren einverstanden, dass Lana und die Kinder nicht weiter bei dir wohnen müssen.«

»Aber wo sollen sie dann wohnen? Die anderen Höhlen sind doch alle belegt«, stellte Eddi sorgenvoll fest.

Ricardo beruhigte ihn. »Wir hatten doch eine freie Unterkunft. Sie sind da eingezogen, wo zuvor Mätsch und seine Kumpels wohnten.« Lob erwartend sah der alte Boss seinen Jungen an, doch der erhoffte Freudentaumel blieb aus. »Freust du dich denn gar nicht?«, wollte er wissen

»Ich weiß, eigentlich sollte ich mich freuen, stattdessen bin ich irgendwie enttäuscht, dass sie nicht mehr hier wohnen.« Eddi erschrak über sich selbst. Hatte er das wirklich gesagt? Was war plötzlich in ihn gefahren? Er hoffte, sein Onkel hätte seine unüberlegte Bemerkung überhört, doch dem war längst klar, was in der Luft lag. Bis über beide Ohren grinsend, sah er den verletzten Löwen an.

»Woran das wohl liegt?«, fragte er sichtlich amüsiert. Eine Antwort auf seine Frage bekam er jedoch nicht.

»Was ist mit den Kindern?«, lenkte Eddi vom Thema ab. »Geht es ihnen gut?«

Ricardo grinste ihn weiterhin an. »Hab ich mich eben verhört oder hast du dich nach dem Wohlbefinden deiner Feinde erkundigt?«

Seinem Ziehsohn war diese Anspielung sichtlich unangenehm. »Man wird ja wohl mal fragen dürfen«, antwortete er schnippisch.

Ricardo musste darauf hin laut loslachen. »Ja, ihnen geht es gut. Sie spielen unversehrt mit Lana, drüben vor ihrer neuen Unterkunft…« Er drehte sich um und wollte gehen. Nach einigen Schritten wandte er sich jedoch wieder dem Löwen im Blättermantel zu. »…Sag mal, ich will dir ja nicht zu nahe treten, doch kann es sein, dass du beim Kampf irgendwelche Schäden davon getragen hast?«

»Das ist ja wohl kaum zu übersehen«, erwiderte Eddi schroff.

Wieder konnte sich sein Onkel das Grinsen nicht verkneifen. »Diese Wunden meinte ich nicht. Ich rede eher von den Schäden in deinem Kopf. Es ist ja nur eine rein hypothetische Vermutung, aber kann es sein, dass du für Lana etwas empfindest?«

Über die Dreistigkeit seines Onkels war Eddi sichtlich empört. Trotzdem versuchte er sich zu beruhigen, schließlich konnte sein Onkel ja nicht ahnen, dass ihn seine Kinder im Traum baten, etwas höflicher zu Lana zu sein. Als er weiterhin dessen erfreuten Gesichtsausdruck sah, beschloss er, ihn in die geheimnisvollen Begegnungen mit Ellen, Poldi und Mimi einzuweihen. Auch auf die Gefahr hin, dass er ihn jetzt für vollkommen durchgeknallt hielt, berichtete er von seinen Erlebnissen. Am Ende angelangt, schwieg sein Onkel. Tatsächlich war der sich nicht so sicher, ob er Eddis verrückte Geschichte glauben sollte.

»Und was willst du jetzt tun?«, fragte er zaghaft. Sein anfängliche Heiterkeit war längst aus seinem Gesicht gewichen.

»Wenn ich das wüsste«, seufzte Eddi. »Auf der einen Seite denke ich immer noch, die Menschen hätten eine Strafe verdient. Auf der anderen Seite muss ich ständig an meine eigenen Kinder denken, vor allem an die, die noch leben. Sie können nichts für ihr Schicksal, genauso wie die Menschenkinder nichts für das Handeln ihres Vaters können.«

Ricardo hörte sehr konzentriert zu. Auch wenn Eddis plötzlicher Sinneswandel ihn fast überrumpelte, war er doch froh diese Worte zu hören. »Du weißt, du bist mein bester Freund«, sagte er erleichtert. »Und nicht nur das, du bist für mich wie mein eigenes Kind. Egal wie du dich entscheidest, ich werde dich dabei unterstützen.«

»Ehrlich gesagt weiß ich noch nicht, was ich wirklich will. Ich denke ich brauch noch ein wenig Zeit, um mir darüber klar zu werden.«

Ricardo nickte verständnisvoll mit dem Kopf. »Du bekommst alle Zeit der Welt. Niemand wird dich zu einer voreiligen Entscheidung drängen. Wenn du länger brauchst, als der vom Gericht vorgegebene Zeitrahmen, wird sich auch hierfür eine Lösung finden. Trotz der katastrophal verlaufenen Gerichtsverhandlung, habe ich weiterhin einen guten Draht zu Richter Thomsen...«

»Ist lieb gemeint«, unterbrach Eddi ihn. »Doch es wird nicht nötig sein.«

»Wie werden sehen«, sagte sein Onkel, und ging zum Ausgang. »Jetzt muss ich aber mal rüber zu meiner Frau. Sie hat ja nächste Woche ihren runden Geburtstag und da will sie anständig feiern. Und an wem bleibt wieder die ganze Vorbereitung hängen?...« Kopfschüttelnd verließ Ricardo die Höhle, doch sogleich steckte er seinen Kopf noch einmal hinein. »...Vielleicht komm ich später noch mal vorbei, vorausgesetzt meine Frau erlaubt es.« Dann verschwand er.

Kaum war er weg, musste Eddi an seine drei noch lebenden Kinder denken. Was meinten Mimi und Poldi damit, dass er nicht nach ihnen suchen braucht? In Gedanken versunken, legte er seinen Kopf aufs Laub seines Schlafgemachs. Obwohl die Menschenkinder und die Anwältin erst wenige Nächte hier waren und ihn ständig nervten, vermisste er plötzlich den Trubel um sich herum. Ihm wurde bewusst, wie einsam er plötzlich war.

Vor seinem geistigen Auge erschien das Bild der jungen Löwin. Lana, was für ein schöner Name, dachte er. Irgendwie erinnert sie mich in jeder Beziehung an Ellen. Ihre Bewegungen und ihr... Stopp!, ermahnt Eddi sich selbst. Was hab ich nur für schreckliche Gedanken? Meine Frau ist erst wenige Tage nicht mehr da, und ich bin gedanklich schon bei der Nächsten. So kurz nach ihrem Tod kann ich mich unmöglich auf etwas Neues einlassen. Außerdem, was würden die anderen denken? Sie würden sagen ich hätte Ellen nicht richtig geliebt. Und überhaupt ist es eher unwahrscheinlich, dass diese gutaussehende Löwin für mich, den verletzten, unfreundlichen und total zerzausten Löwen etwas übrig hätte.

Er hatte diesen Gedanken noch nicht richtig zu Ende gedacht, tauchte Lana im Eingang der Höhle auf. Als sie feststellte, dass Eddi wach war, zog sie verunsichert ihren Kopf ein und ging wieder nach draußen. Gerade wollte sie verschwinden, rief er nach ihr. Wie angewurzelt blieb sie stehen. Sollte sie einfach so tun, als hörte sie ihn nicht? Was wollte er von ihr? Bestimmt plante er, sie für seine schweren Verletzungen verantwortlich zu machen. Nein, darauf hatte sie wirklich keine Lust. Sie wollte erneut gehen, da rief er ein weiteres Mal höflich nach ihr. Schließlich gab sie sich einen Ruck und ging erneut in seine Höhle. Auch jetzt sah der verletzte Löwe sie direkt an, nur mit dem Unterschied, diesmal versuchte er freundlich zu lächeln.

»Was gibt es?«, fragte sie weiterhin erwartend, blöd angemacht zu werden.

»Kannst du bitte etwas näher kommen?«, forderte Eddi sie zaghaft auf.

Lana glaubte nicht richtig zu hören. Hatte er tatsächlich „bitte" gesagt? Zögerlich näherte sie sich. Ihr fiel auf, irgend etwas hatte sich an ihm verändert. Sein Blick, seine Mimik, alles war plötzlich nicht mehr ganz so verbissen wie in den letzten Tagen. Vielleicht lag es aber auch nur an dem lustigen Bananenblätterkostüm. Trotzdem blieb sie mit genügend Sicherheitsabstand vor seiner Schlafstelle stehen. »Was willst du von mir«, fragte sie erneut vorsichtig nach.

»Eigentlich nichts. Ich wollte einfach mal mit dir plaudern. Wir hatten noch gar nicht die Möglichkeit, uns näher kennen zu lernen.«

Lana überlegte. Sollte sie tatsächlich aussprechen, was ihr auf der Zunge lag und damit riskieren, erneut Stress mit ihm zu bekommen? Sie zögerte eine Weile, doch dann nahm sie all ihren Mut zusammen und sprach aus was sie dachte: »Kein Wunder, du warst ja seit wir uns kennen nicht gerade gesprächig. Und da ich verantwortlich bin, dass deine Feinde in deiner Umgebung wohnen müssen, kann ich dich sogar verstehen. Ich kann übrigens nichts...«

»Mal langsam«, unterbrach Eddi die Löwin. »Du bist an gar nichts Schuld. Du hast es nur gut gemeint und wolltest das Leben der Kinder retten. Weißt du, mir ist in den letzten Tagen einiges klar geworden. Ich denke es bringt nichts, Gleiches mit Gleichem zu vergelten. Natürlich bin ich auf die Mörder und Entführer meiner Familie verdammt wütend und gewiss wird sich dieser Zustand noch eine ganze Weile hinziehen. Schließlich haben sie mir alles genommen, was mein bisheriges Leben lebenswert machte. Doch selbst wenn ich hundert oder gar tausend Menschen tötete, würde ich keinen Trost darin finden.«

Lana fiel die Kinnlade runter. Ungläubig sah sie Eddi an. Kam das gerade wirklich aus seinem Maul? Sie wusste nicht, ob sie lachen oder vor Freude weinen sollte. »Ich...ähm...also«, stammelte sie durcheinander, doch schnell fing sie sich wieder und sortierte ihre Worte. »Woher kommt dein plötzlicher Sinneswandel?«, wollte sie wissen.

Eddi blickte in ihre verunsicherten Augen. Auch jetzt war ihm klar, was er in diesem Augenblick fühlte, durfte nicht sein. Niemals würde er Preis geben, was er für diese wunderschöne Löwin empfand. Wenn es raus käme, wäre es ein absoluter Skandal. Er hatte sich durch die missratene Gerichtsverhandlung schon ausreichend ins Abseits geschossen und brauchte nicht noch mehr Zündstoff, über den sich die anderen das Maul zerreißen konnten. Vielleicht würde er ihr später, in ein paar Monaten, seine Zuneigung gestehen, doch nicht jetzt. Außerdem wäre es ja gut möglich, dass seine noch lebenden Kinder eines Tages zurück kehrten. Wie sollte er es ihnen erklären? Sollte er sagen: Ach ja Kinder, schön dass ihr wieder da seid, diese Löwin ist übrigens ab heute eure neue Mutter! Nein, für ein weiteres Chaos war jetzt wirklich nicht der richtige Zeitpunkt.

Doch um sich zu entschuldigen, dafür wäre gewiss der richtige Moment gekommen. Und dies tat Eddi, auch wenn seine Stimme dabei leise und traurig klang. Es war kaum zu überhören, dass es ihm nicht leicht fiel, seine Fehler einzugestehen. Wenn nicht der Traum mit seinen beiden Kindern gewesen wäre, hätte er es wahrscheinlich nie übers Herz gebracht um Verzeihung zu bitten. Außerdem befürchtete er, von Lana dafür eine Szene gemacht zu bekommen, doch sie reagierte ziemlich locker.

»Schwamm drüber«, antwortete sie kurz und bündig. »Ich kann deine Wut gut nachvollziehen. Ich wäre an deiner Stelle gewiss noch viel zorniger gewesen. Trotzdem würde ich gerne wissen, warum plötzlich dieser Sinneswandel? Bis vor einigen Tagen sah es so aus, als wären alle um dich herum deine Feinde, und nun bringst du es sogar fertig, dich für etwas zu entschuldigen, wofür ich keine Entschuldigung erwartet hätte.«

Eddi begann zu überlegen. Sollte er ihr von seinen Träumen erzählen? Er entschied sich dagegen. Irgend etwas in seinem Inneren vermittelte ihm, dass es noch nicht der richtige Zeitpunkt wäre. Vielleicht später mal, wenn mehr Gras über die Geschehnisse ge-

wachsen war, falls er bis dahin überhaupt noch Kontakt zu ihr hatte. »Ach weißt du, ich hatte viel Zeit zum Nachdenken«, redete er sich raus. »Wie ich schon andeutete, bringt es mir nichts, die anderen für mein Schicksal verantwortlich zu machen. Ich will eines Tages wieder lachen können und froh darüber sein, zu leben.«
Trotz seiner überaus mutigen Worte kamen Eddi nun die Tränen, doch verkniff er sich los zu heulen.

Auch für Lana war diese Situation etwas unangenehm. Erneut suchte sie nach passenden Worten. Immer noch spürte sie in sich die Angst, etwas Falsches zu sagen.
»Leider habe ich deine Frau und Kinder niemals kennenlernen dürfen«, versuchte sie ihn zu trösten. »Sie waren ganz gewiss wundervoll und einzigartig...« Sie unterbrach ihre Worte abrupt. Oh Gott, was habe ich gesagt, dachte sie. Bestimmt flippt er jetzt wieder aus.

Eddi blieb jedoch unerwartet ruhig. »Das waren sie wirklich«, ließ er sie stattdessen wissen. »Ellen war eine zauberhafte Löwin und auch unsere Kinder waren für mich das größte Geschenk auf dieser Erde.« Nun begann Eddi doch zu weinen. Zwar war es ihm vor der Löwin unangenehm, doch was sollte er tun. Er konnte nichts gegen die Tränen machen. Sie quollen, wie schon viele Male zuvor, ohne zu fragen aus ihm heraus.

Als Lana ihn so weinen sah, wurde sie von tiefem Mitgefühl ergriffen. Einen Löwen, der sich nicht scheute seinen Gefühlen freien Lauf zu lassen, fand sie schon immer sehr anziehend. Mit aufgeblasenen Angebern konnte sie noch nie etwas anfangen. Doch so sehr sie auch dahin zu schmelzen schien, ihr war klar, dass er sich so kurz nach dem Tod seiner Frau, nicht neu binden würde. Deshalb wagte sie erst gar nicht den Versuch, auch nur annäherungsweise den Anschein zu erwecken, als würde sie etwas für ihn empfinden.

In Gedanken versunken, kam sie etwas näher und machte sich an seinem Verband zu schaffen. Um sicher zu gehen, dass die dünnen Kordeln, die die Blätter zusammenhielten, noch fest genug waren, zerrte sie mit ihren Eckzähnen vorsichtig daran herum. Auch wenn Eddis Wunden bei jeder ihrer Berührungen wie Feuer brannten, genoss er es sehr. Ihr zarter weiblicher Duft strömte ihm unaufhaltsam in die Nase und erinnerte ihn auch wieder an Ellen. Zwar roch sie nicht genauso, aber doch ziemlich ähnlich.

»Wenn du etwas brauchst, egal was es ist, lass es mich wissen«, sagte Lana, nachdem sie fertig war. Dann ging sie zum Ausgang. »Ach ja, bevor ich es vergesse«, drehte sie sich noch einmal um, »vielen Dank für deine mutige Tat. Ich weiß nicht was die Angreifer mit mir und den Kindern gemacht hätten, wenn du nicht geholfen hättest. Ricardo und ich, hätten gewiss keine Chance gegen die Raufbolde gehabt.«

Bevor ihr Gesprächspartner etwas erwidern konnte, verließ sie seine Höhle. Eigentlich wollte sie ihn noch fragen, was nun mit den Kinder geschehen sollte, doch sie spürte, dass er noch etwas Zeit brauchte und ließ es sein.

Kaum war Eddi wieder allein, verspürte er erneut einsetzende Müdigkeit. Er fühlte sich absolut ausgelaugt. Die Verletzungen hatten seiner psychischen Verfassung ziemlich zugesetzt. Sachte legte er seinen Kopf auf die Laubblätter und schloss die Augen.

13. Die Macht des Himmels

XXXXXXX

Engeln ist es eine Freude Mauern einzureißen,
die für uns nicht zu überwinden sind.

XXXXXXX

Überall leuchteten kleinere und größere, sich immerzu langsam im Kreis bewegende, bunte Lichter. Mal wurden sie heller, mal dunkler. Die Luft roch nach etwas, das Eddi aus seiner Kindheit kannte - was es genau war, fiel ihm jedoch nicht ein. Es duftete jedenfalls himmlisch. Mit suchenden Blicken sah er sich um. Egal wohin er seine Augen wandte, weit und breit war nichts außer Nebel und den farbenfrohen Lichtpunkten. Noch während Eddi überlegte ob er träumte, öffnete sich der Nebel an einer Stelle. Die Lichter, die an dem Spalt aufleuchteten, wurden zusehends heller. Es dauerte nicht lange und er wurde von ihnen geblendet, sodass er unweigerlich seine Augen zusammen kniff. Wie schon im Fahrstuhl, versuchte er sie mit seiner Pfote zu schützen. Schnell stand fest, eindeutig musste er wieder träumen.

Plötzlich war leises Rascheln zu vernehmen, so als würde man mehrere Plastikketten immer wieder sanft aneinander schlagen. Dass unbekannte Geräusch steuerte direkt auf ihn zu. Es wurde mit jeder Sekunde lauter und kurze Zeit später entstand daraus ein ohrenbetäubendes Brausen, als würde eine Herde Büffel direkt auf ihn zu stürmen. Von Furcht gepackt, blinzelte er durch leicht geöffnete Augenspalte. Im grellen Lichtschein erkannte er die Umrisse einer riesigen Gestalt, die sich näherte, bis sie einige Meter vor ihm abrupt stoppte. Sofort entlud sich das Tosen in lang anhaltender, knisternder Elektrizität. Das muss Gott sein, schoss es Eddi panisch durch den Kopf. Jetzt würde er mit Sicherheit für all seine Untaten zur Rechenschaft gezogen werden. Eddis Furcht wuchs ins Unermessliche. Fast hätte er vor Angst ein Häufchen gemacht, ertönte von weit oben her die ihm wohl bekannte Stimme seiner Frau.

»Fürchte dich nicht, ich bin es Ellen«, rief sie ihm zu. Ihre Worte schallten laut durch den unsichtbaren Raum. Noch war das Licht so stark, dass Eddi weiterhin so gut wie nichts erkennen konnte. Doch kaum verhallten Ellens Worte, wurde es schwächer und schwächer, bis es schließlich ganz erlosch. Auch die knisternden Geräusche verstummten. »Du kannst deine Augen jetzt öffnen«, forderte ihn das riesige Abbild seiner Frau auf.

Behutsam kam Eddi der Aufforderung nach. Nun sah er sie direkt vor sich stehen. Jedes Haar ihres Fells bestand aus jenen Lichtern, die er schon zu Beginn im Nebel sah. Mit großen Augen starrte er sie an, wobei es ihm schwer fiel, sie fest im Blick zu behalten, denn sie schwebte über dem Boden hin und her. Doch auch das beruhigte sich binnen weniger Augenblicke. Er machte einige Schritte rückwärts und sah hinauf. Erst jetzt fielen ihm die zwei riesigen, links und rechts in den Himmel ragenden, Flügel auf. Mit ihnen war Ellen mindestens drei Baumhöhen hoch. Er selbst wirkte winzig wie eine Schnecke.

»Ellen, bist du es wirklich?«, rief er vollkommen eingeschüchtert nach oben.

»Ja, ich bin es«, hallte es von dort zurück und ein Windhauch strömte auf Eddi hernieder, sodass ihm seine Löwenmähne um die Ohren wehte.

Er tapste noch ein paar Schritte rückwärts, weit genug um ihre Augen sehen zu können. »Aber warum bist du so groß?«, brüllte er so laut er konnte hinauf, denn er befürchtete sie könnte ihn sonst nicht verstehen.

»Weil Gott entschied, dir noch ein Stück seiner alles umfassenden Wahrheit zu offenbaren.«

Als Ellen das Wort „Gott" aussprach, funkelten und blitzen die Lichter ihres Fell besonders hell auf, sodass ihr Mann befürchtete, erneut geblendet zu werden.

»Du machst mir ehrlich gesagt schreckliche Angst«, rief er ihr zu.

Kaum hatte er seine Furcht erwähnt, begann Ellen zu schrumpfen. Sie schien nur darauf gewartet zu haben, dass er endlich zugab Angst zu haben. Sie wurde kleiner und kleiner, bis sie schließlich mit ihm auf Augenhöhe war. »So besser?«, fragte sie. Obwohl sie nun wieder ein Stück kleiner als er war, hatte sie nichts von ihrer himmlischen Farbenpracht verloren.

»Viel besser«, gestand Eddi sichtlich erleichtert. »Warum warst du plötzlich so riesig und weshalb glitzerst du so farbenfroh?« Eddi strich durch ihr Fell. Obwohl da nichts war, was er fühlen konnte, bewegten sich die Lichter mit seiner Pfote mit.

Ellen genoss neben der Verwunderung ihres Mannes, jede seiner Berührungen. »Au, du tust mir weh!«, sagte sie. Erschrocken zog ihr Mann seine Pfote zurück. Sie kicherte daraufhin los. »War nur ein Witz. Entspann dich, es ist alles in Ordnung!«

Jetzt musste auch Eddi grinsen. »Wo bin ich hier? Bin ich wieder im Himmel?«, fragte er.

»Ja, bist du, und um deine Frage von eben zu beantworten - ich leuchte in so vielen schönen Farben, weil dies mein wahres Gewand ist.«

Eddi strich erneut durch ihr nicht fühlbares Fell und dachte nach. »So sehen Engel also aus?«, murmelte er vor sich hin.

»Ja und nein«, klärte seine Frau ihn auf. »Wir sehen immer so aus, wie es das Lebewesen, welches beschützt werden möchte, benötigt.«

»Ich kann dir wieder einmal nicht folgen.«

»Ich weiß, deshalb bist du ja hier und durftest mich so sehen wie ich wirklich bin. Auch diese Erfahrung wird dir in Zukunft noch sehr nützlich sein, deinen mutig begonnenen Weg fort zu setzen.«

Nun verstand Eddi, worauf seine Frau hinaus wollte. »Mit „begonnen Weg“ meintest du bestimmt meine Entscheidung bezüglich der Menschenkinder.«

»Ja, darauf will ich hinaus. Doch dies ist nur der Anfang von alledem, was Gott mit dir vor hat.«

Eddi sah, wie beim Wort Gott, Ellens Lichtfell erneut für mehrere Sekunden hell aufleuchtete. »Was hat er genau mit mir vor?«, wollte er wissen

Ellen musste kichern. »Ach Schatz, du bist wirklich ein neugieriger Kerl, du fragst mir noch Löcher in den Bauch. Ich weiß es ehrlich gesagt nicht, denn Gott hat mir nichts über seinen Plan mit dir verraten.«

Auch wenn Eddi diese Antwort nicht befriedigte, stellte er diesbezüglich keine weiteren Fragen. Erneut betrachtete er seine Frau. Seine Blicke blieben an ihren Flügeln hängen. »Kannst du damit fliegen?«, fragte er neugierig.

Wieder musste sie lachen. »Na klar, und ich verrate dir noch etwas - eigentlich brauche ich sie dafür nicht. Sie stehen bei unserem heutigen Treffen lediglich als Sinnbild dafür.« Noch während Ellen es sagte, breitete sie ihre Schwingen aus und bewegte sie mehrmals auf und ab.

Ihr Mann wurde vom Luftstoß fast weg geblasen. »Aber wozu hast du sie dann«, rief er laut, denn der einsetzende Sturm schien jedes seiner Worte fort zu tragen.

Seine Frau hörte auf ihre Flügel zu bewegen und wartete bis der Wind sich gelegt hatte. Dann antwortete sie: »Damit du glauben kannst, dass ich in jeder Minute deines Lebens, als dein persönlicher Leibwächter, über dir schwebe. Fast alle Lebewesen in deiner Welt brauchen diese Art von Sinnbilder. Deshalb nehmen wir, wenn wir uns offenbaren, genau die Form an, nach der sich der Betroffene sehnt. Bei den Fischen zum Beispiel ist es ganz anders...«

»Bei den Fischen?, unterbrach Eddi sie überrascht. »Haben die etwa auch Schutzengel?«

»Ja, haben sie, doch in ihren Vorstellungen tragen diese Engel keine Flügel, sondern riesige Flossen, mit denen sie mit wenigen Zügen einen Ozean durchqueren könnten. Verstehst du worauf ich hinaus will?»

Eddi nickte. »Eins möchte ich trotzdem noch gerne wissen. Benötige ich dich wirklich als solch furchterregenden Schutzengel, wie du es eben warst?«

»Ja mein Liebling, du wirst schon noch sehen! Ich weiß zwar nicht, was Gott mit dir vor hat, doch glaube mir, wenn er jemanden auserwählt hat, kann es in dessen Leben manchmal ganz schön ungemütlich werden. Lass es mich dir so erklären - wenn du damit beginnst, die Werke unseres Schöpfers zu vollenden, werden dir zu Beginn viele Löwen und auch andere Tiere missgünstig gegenüber stehen. Doch egal wie aussichtslos oder angsteinflößend deine Situation auch sein mag, du brauchst dich nicht zu fürchten, denn ich bin immer bei dir und schütze dich. Selbst wenn du durchs Feuer gehst, wirst du nicht darin verbrennen...«

Eddi stoppte die Erklärungen seiner Frau, indem er sich wie ein Schüler meldete. »Du wirst meine Gegner also daran hindern, mich zu bedrohen?«

»Nein, verhindern kann ich es leider nicht, doch so lange du mir und der Stimme deiner Seele vertraust, werden sie dir körperlich nichts anhaben können. Sollte dennoch einer gegen dich die Pfote zum Kampf erheben, werde ich aktiv, und glaube mir, wenn ich los lege, wird es für deinen Gegner sehr unangenehm!«

Wieder einmal konnte Eddi nur schwer glauben, was er hörte. »Meinst du das wirklich?«, fragte er, nur um sicher zu gehen, dass sie ihm auch diesmal keinen Bären aufband.

»Dies meine ich nicht nur, sondern ich verspreche es dir!«, antwortete sie mit stolzer Miene.

Da sie sichtlich Freude an ihrer Aufgabe als Schutzengel hatte, schöpfte Eddi neue Hoffnung. »Übrigens habe ich Mimi und Poldi getroffen«, sagte er nach einer Weile.

»Weiß ich, schließlich bat ich meinen Boss um dieses Treffen.«

Eddi musste auf diese Bemerkung hin schmunzeln. »Hab mir doch gedacht, dass du dahinter steckst. Nein, mal im Ernst, unsere Kinder sagten es mir bereits.«

»Und wie fandest du dieses Treffen?«

»Sehr schön, weshalb fragst du? Du warst doch dabei und falls nicht, haben sie dir bestimmt schon längst alles erzählt.«

»Oh ja, haben sie voller Begeisterung. Doch obwohl ich persönlich anwesend war und Mimi und Poldi mir ausführlich von eurem Treffen berichteten, würde ich es gerne noch einmal von dir erzählt bekommen.«

Eddi verstand zwar nicht warum, aber er kam der Bitte seiner Frau nach. Er erzählte ihr von der plötzlichen Weisheit ihrer Kinder, und was dadurch im Inneren seines Herzens geschehen war. Während er dies tat, kuschelte sich Ellen an ihn, so wie sie es früher schon oft tat. Jetzt konnte Eddi ihren leuchtenden Körper sogar spüren.

»Eins verstehe ich immer noch nicht«, sagte er nachdenklich, am Ende seiner Erzählungen angelangt. »Was wollten unsere Kinder mir über den Verbleib ihrer Geschwister vermitteln?«

»Was sagten sie denn?«, stellte Ellen sich dumm.

»Sie behaupteten, es ginge ihnen gut, doch dürften sie mir nicht verraten, wo ich sie finde. Ich müsse selbst den Weg erkennen, meinten sie.«

»Und was verstehst du daran nicht?«

»Naja, mir wäre es lieber, sie hätten mir einen Tipp gegeben, an welchem Ort ich sie finde. Dann könnte ich mit unserem Rudel losziehen, um sie zu befreien.«

Ellen sah ihn verständnisvoll an. »Ich kann deinen Wunsch nachvollziehen, doch du kennst die Bedingungen, die ich für unsere Treffen stellte?«

»Ja klar, du darfst mir von Gott aus nichts verraten, was meine Zukunft anbelangt«, wiederholte er sichtlich genervt. »Aber galt dies auch für Mimi und Poldi?«

»Das gilt für jeden im Paradies. Hier geschieht nichts, weil jemand es will. Keiner macht dem anderen, der Zukunft betreffend, irgendwelche Vorschriften. Jeder und alles ist einem unendlichen Fluss von Freiheit unterzogen.«

»Aber weshalb ist das so?«, wollte Eddi wissen. Auch jetzt sah man ihm deutlich an, wie schwer sein Kopf arbeitete.

Doch ein weiteres Mal fand Ellen die richtigen Worte, um ihn so aufzuklären, dass er es mit seinem weltlichen Denken verstand. »Schau mal«, sagte sie, »wenn hier im Himmel niemand des anderen Zukunft prophezeit, dann gilt dies auch für unsere Treffen. Wenn wir dir verrieten, wo du unsere Kinder findest, würde dies gegen Gottes Liebe verstoßen.«

»Willst du damit sagen, Gott hilft mir nicht unsere Kinder zu finden, weil ich darum bat, bevor ich ins Leben ging?«

»Genau so ist es. Gott liebt dich so sehr, dass er genau diesen Wunsch respektiert. Hilfe bekommst du schon von ihm, doch dafür musst du zuerst tun, was dein liebevolles Herz möchte. Sobald du dazu bereit bist, werden dir alle Türen geöffnet und du wirst mehrfach zurück bekommen, was du in den letzten Tagen verloren hast.«

Als Ellen es sagte, schwieg Eddi. Er erinnerte sich, dass auch Luisa so etwas erwähnte. Langsam schien ihm einzuleuchten worauf seine Frau hinaus wollte.

Sein nachdenkliches Schweigen wurde abrupt beendet, als Ellen ihn auf etwas ansprach was ihm zutiefst peinlich war. »Übrigens weiß ich auch, was du für Lana empfindest«, sagte sie und sah dabei tief in seine Augen.

Mit hochrotem Kopf wich er ihrem Blick aus. Eigentlich hätte er ja ahnen müssen, dass sie es längst wusste. »Es ist nicht so wie du denkst«, versuchte er sich zu rechtfertigen.

»Bist du dir da ganz sicher?« Ellens Unterton verriet, es machte keinen Sinn sie zu belügen.

»Du hast recht!«, gestand er schließlich und senkte beschämt den Kopf. »Meine Gefühle für Lana sind mir selbst sehr unangenehm. Kaum bist du...« Wieder suchte er nach den richtigen Worten.

»Du wolltest sicher sagen, dass ich noch nicht so lange im Himmel bin?«, half Ellen ihrem Mann mit einem sanften Lächeln auf die Sprünge.

Eddi nickte. »Du bist erst wenige Tage nicht mehr auf der Erde, kommt auch schon eine andere Löwin daher, in die ich mich dann auch noch Hals über Kopf verliebe. Glaube mir, ich schäme mich sehr dafür.« Sichtlich betroffen stierte er vor sich auf den Boden.

Wieder einmal drückte Ellen sein Kinn sanft nach oben und sah ihm in die Augen. Auch jetzt versuchte er auszuweichen, doch sie ließ nicht locker. Sie folgte seinen Blicken, bis er endlich bereit war sie anzuschauen.

»Du wirst es vielleicht nicht glauben«, sagte sie mit ruhiger Stimme, »ich persönlich sorgte dafür, dass Lana in dein Leben kam.«

Diese Aussage hatte gesessen. Eddi war zutiefst geschockt. Unruhig schweiften seine Blicke über den nebligen Boden. Damit hatte er nicht gerechnet. »Du bist dafür verantwortlich?«, fragte er enttäuscht. »Aber warum? Liebst du mich denn nicht mehr?«

Erneut ergriff Ellen das Kinn ihres Mannes und wartete, bis er ihr auch diesmal in die Augen sah. Es dauerte zwar eine Weile, doch schließlich konnte sie fortfahren. »Liebling, lass es mich erklären. Zwar darf ich mich nicht in deine Zukunft einmischen, doch ich kann dafür Sorge tragen, dass in dein Leben kommt, was du benötigst, um dich im Geiste und in der Liebe weiter zu entwickeln.«

»Aber wieso muss es gleich eine neue Löwin sein? Ich liebe dich doch immer noch und das wird auch in Zukunft so bleiben.« Kaum hatte Eddi diesen Satz beendet, wurden seine Augen wieder einmal von Tränen geflutet.

Ellen ging ganz nah an ihn heran und streichelte ihm sanft über die Wange. »Ach mein liebster Schatz, das weiß ich doch. Und soll ich dir etwas verraten? Auch ich liebe dich immer noch von ganzem Herzen. Und weil ich dies tue, habe ich diese Löwin deinen Lebensweg kreuzen lassen.«

Verheult sah Eddi sie an. »Ich kann dir nicht folgen. Du liebst mich und weil du dies tust, schickst du eine andere Frau zu mir?«

»Ja, genau so ist es«, antwortete Ellen selbstsicher. »Seit ich hier wieder im Himmel bin, wünsche ich mir, dass du wieder glücklich bist. Und vor allem wünsche ich dir, dass du eines Tages wieder so lieben kannst, als wäre dieses schlimme Schicksal niemals geschehen.«

»Das kann doch nicht dein Ernst sein, oder?«

»Oh doch Eduardo!« Spätestens jetzt, wo Ellen ihn so nannte, wusste Eddi, sie machte keinen Spaß. Schon zu Lebzeiten verwendete sie seinen vollen Nahmen nur, wenn er ihr nicht glauben wollte.

Trotzdem konnte er ihre Einstellung nicht nachvollziehen. »Als du noch auf der Erde warst«, begann er sie zurechtzuweisen, »hättest du jeder Löwin, die nur ansatzweise Interesse an mir bekundet hätte, die Augen ausgekratzt.«

»Ja, das hätte ich gewiss«, gab Ellen ihm recht. »Doch nun bin ich nicht mehr in deiner Welt, zumindest nicht mehr als deine Frau. Jetzt bin ich dein Schutzengel und mein Auftrag lautet, dir Möglichkeiten zu eröffnen wieder Glück, Liebe, Hoffnung und Freude empfinden zu können.«

»Und du bist wirklich nicht eifersüchtig?«, fragte er nach.

»Nein, eher im Gegenteil. Je mehr Spaß du wieder am Leben hast, umso glücklicher bin ich, und nicht nur ich, sondern der ganze Himmel.«

Da ihr Mann ihr immer noch nicht glaubte, beschloss er sie zu testen. »Also gut, wenn es so ist, dann macht es dir bestimmt nichts aus, dass ich ihre Augen wunderschön finde.«

Gespannt sah er seine Frau an, doch die zuckte nicht einmal mit der Wimper.

»Nein, es macht mir nichts aus!«, antwortete sie stattdessen trocken. »Ich weiß doch wie sehr du auf schöne Augen stehst. Ein Grund, warum ich sie für dich auswählte.«

Weiterhin wollte Eddi ihr nicht glauben. »Sie riecht gut und hat eine sehr schöne knackige Figur«, legte er nach.

Ellen berührte jedoch auch dieser Versuch keineswegs. Auch jetzt antwortete sie mit einem breiten Lächeln: »Prima Schatz, noch ein Grund warum ich der Meinung bin, dass sie die perfekte Löwin für dich ist. Ich weiß wie wichtig dir der Geruch eines Löwenweibchens ist und welchen Wert du auf eine sportliche Figur legst.«

Das gibts doch nicht, dachte Eddi und überlegte sich erneut etwas. »Ich bin richtig heiß auf sie!«, foppte er seine Frau. »Ich hätte große Lust sie zu küssen!« Er war sich sicher, damit musste er sie auf die Palme bringen.

Ellen blieb jedoch völlig cool. »Wenn du sie küssen möchtest, dann tu es«, ließ sie ihn wissen. »Ich warte schon die ganze Zeit darauf, dass du dich endlich traust...« Nun war Eddi sichtlich verwirrt. Ein weiteres Mal wollte er ansetzen, doch Ellen unterbrach seine erfolglosen Testversuche. »...Schatz, wenn du mit ihr eine neue Familie gründen möchtest, dann wäre ich der glücklichste Engel im gesamten Himmelreich. Es macht mir wirklich nichts aus! Hast du schon vergessen, wo ich hier bin? Im Paradies gibt es keine Eifersucht und das daraus entstehende Leid.«

Nun gab Eddi endlich auf. Auch wenn die Reaktionen seiner Frau nur schwer nachzuvollziehen waren, versuchte er ihr zu glauben. Eine Weile saßen sie schweigend nebeneinander. In seinem Kopf rumorte es. Ellen unterbrach seine Gedanken: »Weißt du, was neben mangelndem Vertrauen dein zweitgrößtes Problem ist?«

Eddi verzog das Gesicht denn er befürchtete sich nun eine Moralpredigt anhören zu dürfen. Seine Frau bemerkte sein Unbehagen und sagte: »Schatz, du brauchst keine Angst haben, dass ich dich kritisiere, obwohl dies schon mal eine gute Übung für dich wäre, konstruktiv mit Kritik umzugehen.«

»Seine eigenen Schwächen aufgetischt zu bekommen, fühlt sich halt nicht wirklich gut an.«, versuchte ihr Mann sich zu rechtfertigen.

»Das weiß ich doch, oder hast du schon vergessen, dass auch ich bis vor einigen Tagen auf der Erde lebte? Doch nun zurück zu meiner Frage. Was glaubst du, warum es dir so schlecht geht?«

»Du weißt doch genau warum ich leide«, antwortete Eddi etwas patzig. »Euer Fehlen ist der Grund. Oder was denkst du, weshalb es mir so beschissen geht?«

»Das will ich dir gerne erklären. Du leidest, weil du in jeder Sekunde deines Lebens darüber entscheidest, was für dich gut und was schlecht ist.«

»Ja und, machen wir das nicht alle?«

»Nicht alle, aber die meisten.«

»Und worauf willst du dann hinaus?«

Eddi hatte es noch nicht richtig ausgesprochen, musste seine Frau erneut herzlich lachen. »Das Spiel des Vergessens funktioniert wirklich unglaublich gut«, sagte sie erfreut und ihr Fell leuchtete währenddessen in allen möglichen Farben auf. Doch schnell kriegte sie sich wieder ein. »Jetzt mal im Ernst«, fuhr sie fort, »du kannst gar nicht wissen, worauf ich hinaus möchte, weil du dein Leben lang genau das Gegenteil von dem beigebracht bekamst, was ich dir seit Beginn unserer Treffen zu erklären versuche. Bitte stell dir vor, es wären mittlerweile fünf Jahre seit dem

Unglück vergangen. Du hast eine neue Partnerin, neue Kinder und unsere noch lebenden Lieblinge wären längst wieder bei dir. Du bist ein selbstbewusster Löwe mit unglaublichen Führungsfähigkeiten und hättest deshalb einen Posten wie Richter Thomsen ihn hat...«

»Thomsen?«, unterbrach Eddi seine Frau. »Du glaubst doch nicht wirklich, ich hätte das Zeug für solch eine Tätigkeit?«

»Doch, tue ich, denn hier im Himmel kann ich sehen, dass jedes Lebewesen solche Fähigkeiten besitzt. Doch zurück zum Thema. Mal dir gedanklich aus, du hättest mit meiner Hilfe, innerhalb weniger Jahre, alles eben Aufgezählte erreicht. Was würdest du dann sagen? Wie tätest du über das Unglück von heute denken? Wärst du immer noch verzweifelt oder dankbar für diese Erfahrungen?«

Eddi dachte nach. »Ich weiß es ehrlich gesagt nicht.« gab er kleinlaut zu.

»Gut, dann verrate ich es dir. Du wärst nicht mehr traurig und verzweifelt, eher das Gegenteil von alledem wäre der Fall!«

»Schwer vorstellbar.«

Ellen nickte verständnisvoll. »Auch dies kann ich verstehen. Doch egal wie sehr du jetzt noch zweifelst, eines Tages wirst du begreifen, dass dieses Unglück keine Bestrafung darstellte, sondern eine Möglichkeit, dich und deine Seele geistig voran zu bringen...« Ellen drehte sich weg und machte einen Wink mit ihrer Pfote. Noch im selben Moment verschwand der Nebel und sie befanden sich auf jener Wiese, auf der Eddi seiner Frau im ersten Traum begegnete. Jetzt war Ellen wieder eine ganz normale Löwin aus Fleisch und Blut. Auch ihre Flügel waren nun verschwunden. Erneut wandte sie sich ihm zu. »...Komm, ich möchte dir etwas zeigen, was dir sehr nützlich sein wird!«

Ellen lief über die Wiese in Richtung eines gemauerten Brunnen, der Eddi zuvor nicht aufgefallen war. Nachdenklich folgte er ihr und musste an die Wasserstelle in der menschlichen Siedlung denken. Irgendwie sah dieser Brunnen hier genauso aus.

Ellen stellte ihre Vorderpfoten auf den Brunnenrand und bat Eddi es ihr nach zu machen. Er kam ihrer Bitte nach und sah hinein. Weil er auf der spiegelnden Wasseroberfläche nur seinen eigenen Kopf erkannte, wandte er sich wieder seiner Frau zu. Doch die war plötzlich wie vom Erdboden verschluckt. Erneut schaute er in den Brunnen. Was er jetzt entdeckte, durchfuhr ihn wie ein Blitz. Langsam bewegte sich das blasse Gesicht jenes Mannes auf ihn zu, der für den Tod seiner Liebsten verantwortlich war. Wutendbrand zog er seinen Kopf zurück, stellte seine Vorderpfoten wieder auf den Boden und ging einige Schritte rückwärts.

Suchend sah Eddi sich nach seiner Frau um, doch sie war weiterhin nirgends zu sehen. Sollte er noch einen Blick in den Brunnen wagen? Er fühlte sich hin und her gerissen. Auf der einen Seite sträubte sich alles in ihm dagegen, auf der anderen Seite würde er so nie erfahren, was es mit Bild des Mannes auf sich hatte.

Fest entschlossen, seinem Schicksal ins Auge zu blicken, legte er seine Pfoten erneut auf den Rand und warf einen Blick hinein. Nun war da nicht mehr der Mann zu sehen, sondern seine drei entführten Kinder. Eddi war sich nicht sicher ob es sich hierbei um eine optische Täuschung handelte. Je mehr er versuchte das Bild einzufangen, umso weiter entfernte es sich. Schließlich wurde es so klein, dass nur noch ein winziger Punkt zu sehen war.

Unüberlegt beugte sich Eddi tiefer in den Brunnen hinein und eher er sich versah, verlor er das Gleichgewicht und stürzte Kopfüber hinein. Zu Tode erschrocken brüllte er laut auf. Wieder einmal fürchtete er zu ertrinken. Dass er sich in einem seiner Träume befand, hatte er in seiner Todesangst vergessen. Zu seiner Überraschung schlug er jedoch weder im Wasser, noch sonst irgend wo auf, sondern raste im freien Fall scheinbar nicht enden wollend in die Tiefe. Zu seiner Verwunderung begann sich sein Innerstes zu entspannen. Weshalb dies so war konnte er selbst nicht begreifen. Vielleicht war es die gefühlte Schwerelosigkeit, vielleicht aber auch die vielen funkelnden Sterne, die nun links und rechts an ihm vorüber zogen. Er sah nach unten. In der Ferne entdeckte er ein kleines, aber sehr helles Licht. Je näher es kam umso größer wurde es. Zweifellos befand er sich in einem sehr langen Tunnel, und dies musste der Ausgang sein.

Die vorbei fliegenden Sterne wechselten nun mehrfach die Farbe. Sie ähnelten denen, die er zuvor schon in Ellens Fell gesehen hatte. Sein freier Fall verlangsamte sich. Gerade als er fast gänzlich stoppte, plumpste er aus der Tunnelröhre heraus und tauchte in ein Meer aus blauer Farbe. Ein lauwarmer Luftstrom wehte ihm um die Ohren. Noch während er dieses befreiende Gefühl genoss, wurde es um ihn herum erneut dunkel. Dann war er für einen Augenblick weg, zumindest konnte er sich später an nichts mehr erinnern.

Als er wieder zu sich kam, fand er sich auf einem gewebten, in die Jahre gekommenen, Teppich wieder. Direkt vor ihm im Sessel saß jener Mann, der seine Frau und Kinder auf dem Gewissen hatte. Ohne zu zögern sprang Eddi auf und schnappte nach dessen Bein, doch erwischte er nur Luft. Also biss er erneut zu, doch auch dieser Versuch scheiterte. Er beschloss seine Taktik zu ändern. Mit ausgefahrenen Krallen holte er weit aus und schlug ihm mitten ins Gesicht, doch auch jetzt griff er nur durch den Körper des Mannes hindurch. Nicht einen einzigen Kratzer konnte er ihm zufügen. Das machte Eddi noch rasender. Er nahm Anlauf und schmiss sich mit voller Wucht auf den Mörder, doch auch das half nichts. Er sprang lediglich durch ihn hindurch und landete hinterm Sessel auf dem Boden. Auch die nächsten Versuche gingen schief. So sehr er sich auch bemühte, sein Opfer schien nicht einmal zu registrieren, dass er sich inmitten seines Wohnzimmers aufhielt.

Eddi gab auf und setzte sich auf den Teppich zurück. Er betrachtete den Mann etwas genauer. Eindeutig war er seit dem Verlust seiner Kinder um einiges gealtert. Tiefe, von Kummer und Sorgen entstandene, Falten übersäten sein blasses Gesicht und er wirkte extrem abgemagert. Während er mit totem Blick auf einen erloschenen Kamin in der Zimmerecke starrte, hingen seine Schultern wie nasse Wassersäcke an ihm herunter.

Auf dem Kaminsims entdeckte Eddi mehrere eingerahmte Fotos der entführten Menschenkinder. Noch im selben Moment öffnete sich die Wohnzimmertür und die Frau des Mannes kam herein. Auch ihr fleckiges Gesicht war gezeichnet von tiefen Sorgenfalten und dunklen Augenrändern. Sie setzte sich zu ihrem Mann auf den Sesselrand. Als er sie tröstend in den Arm nahm, begann sie jämmerlich zu weinen. Eddi lief es abwechselnd heiß und kalt den Rücken hinunter. Zwar herrschte in ihm Genugtuung, sie so leiden zu sehen, doch wurde diese Freude sogleich von tiefem Mitleid ertränkt.

Nach einer Weile erhob sich die Frau und ging rüber zum Kamin. Direkt neben Eddi blieb sie stehen, und nahm eines der Bilder in die Hand. Auch sie schien den Löwen nicht zu bemerken. Ihr Mann erhob sich unterdes mit großer Mühe aus dem Sessel. Erst jetzt fiel Eddi auf, dass er an Krücken ging. Langsam humpelte er zu seiner Frau, stellte eine Krücke auf die Seite und versuchte, sie von hinten zu umarmen. Doch er verlor das Gleichgewicht und landete auf seinem Hintern, direkt neben dem Löwen. Reflexartig machte Eddi einen Satz zurück. Schon wollte er ein weiteres Mal zuschnappen, da fiel ihm ein, dass es zwecklos war. Der Mann hielt mit schmerzverzerrtem Gesicht sein verletztes Bein. Obwohl seine Frau ihm half, bereitete es ihm große Mühe wieder aufzustehen.

Weil Eddi ihn so leiden sah, musste er hämisch lachen. »Geschieht dir ganz recht!«, flüsterte er leise, als bestünde Gefahr, dass die Menschen ihn hören konnten. Doch seine einsetzende Schadenfreude ließ ihn unweigerlich frösteln, sodass ihm alle Haare zu Berge standen. Fragend gingen ihm die Worte seiner Frau durch den Kopf. Sollte alles was im Leben geschah, wirklich einen tieferen Sinn haben? Vielleicht hatte sie ja recht. Wenn ich mir vor meiner Geburt von Gott tatsächlich die schrecklichen Erfahrungen gewünscht hatte, dann kann dieser Mensch ja gar nichts für sein Verhalten. Somit hätte er durch den Mord an Ellen und meinen Kindern nur den Auftrag erledigt, meinen ursprünglichen Wunsch zu erfüllen.

Noch während Eddi darüber nach dachte, drehte sich die Frau zu ihm. Als würde sie ihn sehen, blickte sie direkt in seine Augen. Tränen liefen ihr menschliches Gesicht hinunter und sie schien zu sagen: »Bitte lass unsere Kinder am Leben!«

Dies war dann auch schon alles, was Eddi mitbekam. Noch im selben Moment begann sich der Raum um ihn herum zu drehen. Erst ganz langsam, dann immer schneller. Es dauerte nicht lange und ihm wurde so schwindelig, dass er das Bewusstsein verlor.

Als er wieder zu sich kam, lag er neben seiner Frau im Schatten eines Baumes. Es schien, als wäre er nie fort gewesen. Auch der Brunnen war spurlos verschwunden. Vielleicht hatte er sich das Ganze ja nur eingebildet. »Weißt du wo ich eben war?«, fragte er seine Frau.

»Natürlich, schließlich war es meine Idee. Und, wie war es für dich?«

»Ich bin mir nicht so sicher, was ich dazu sagen soll.«

»Was du wozu sagen sollst?«, fragte Ellen, als hätte sie wieder einmal keine Ahnung, worum es geht.

Eddi grinste sie an. »Jetzt hör auf so zu tun, als wüsstest du von nichts! Du weißt doch längst, was dort vor sich ging. Ich habe deinen Mörder und dessen Frau gesehen. Sie sahen ziemlich fertig aus.«

»Ja und, was hat das mit dir gemacht?«

»Anstatt mich über ihr Leid zu freuen, fühlte ich tiefes Mitleid in meinem Herzen.«

Ellen erhob sich und stellte sich ihrem Mann gegenüber. »Siehst du«, sagte sie, »du konntest in diesem Moment das Selbe fühlen, wie ich, als sie mir das Leben nahmen.«

»Wie kann man in so einer Situation Mitgefühl empfinden? Ich verstehe es ehrlich gesagt immer noch nicht.«

»Weil es die Antwort deiner Seele ist. Du weiß doch noch, wovon ich spreche, es ist jener göttliche Teil in dir, der die Wahrheit deiner Existenz in sich trägt. Du konntest nur Mitleid empfinden, weil dir bewusst wurde, dass du ganz allein die Schuld an deinem Schicksal trägst. Du bist dir im Wohnzimmer dieses Mannes, der alles umfassenden Wahrheit Gottes bewusst geworden.«

Kaum sagte sie es, begann sich in Eddis Inneren etwas zu lösen. Tiefer Frieden breitete sich in seinem Herzen aus. Auch wenn ihm

klar war, dass dieses wunderbare Gefühl nicht lange anhalten würde, genoss er es sehr.
»Schatz«, begann er nachdenklich, »gibt es denn nicht irgend etwas..., ich meine, gibt es nicht irgend einen klitzekleinen Beweis dafür, dass ich tatsächlich hier bin?«

»Wie meinst du das?« wollte Ellen wissen, doch diesmal ließ sich ihr Mann nicht mehr so leicht an der Nase herum führen. »Bitte hör endlich auf damit« forderte er sie erneut auf. »Du weißt längst, was in mir vor geht.«

Kaum hatte er es ausgesprochen, bekam Ellen einen Lachanfall. Ohne ersichtlichen Grund fing sie an zu lachen und hörte nicht mehr auf. Es dauerte nicht lang und auch ihr Mann wurde angesteckt. Er steigerte sich regelrecht hinein. Plötzlich konnte er jene Leichtigkeit fühlen, die er seit dem Verlust seiner Familie vermisste. Selbst als Ellen wieder ernst wurde, lachte er einfach weiter.

Zu Tränen gerührt, beobachtete sie ihn und wartete geduldig, bis er er sich wieder ein bekam. Dann gab sie ihm ein weiteres himmlisches Geschenk in Worten: »Liebling, natürlich weiß jeder hier im Himmel, wie schwer es euch auf der Erde fällt, Vertrauen zu fassen. Auch deshalb hat Gott mir erlaubt, dir etwas zu verraten, was dir helfen wird, an unsere Treffen zu glauben.«

»Was denn?«, fragte Eddi, während er damit beschäftigt war, sich die Lachtränen aus den Augen zu wischen.

»Langsam«, bremste Ellen ihn aus, »was ich dir nun sagen werde, wird nichts sein, worüber du dich im ersten Augenblick freuen kannst.«

»Ist es was Schlimmes?«

»Nein, zumindest nicht in unserer Welt und auch nicht für die Person, die es betrifft. Wenn du zurück auf der Erde bist, wird noch am selben Tag ein Mitglied eures Rudels zu uns nach Hause kommen.«

»Luisa?«, fragte Eddi. Ellen nickte und ihr Mann senkte daraufhin traurig den Kopf. »Aber wieso? Muss sie etwa sterben, damit ich einen Beweis habe, hier gewesen zu sein?«

»Nein, deshalb stirbt sie gewiss nicht. Hatte sie nicht vor einigen Tagen gesagt, es wäre ihr Wunsch zu Gott zurück zu kehren?«

»Ja, hat sie, aber ich wusste ja nicht, dass es so schnell gehen würde.« Eddis Augen wurden nun noch trauriger.

Doch auch diesmal schaffte es Ellen ihn aufzumuntern. »Eigentlich solltest du doch mittlerweile wissen, dass es nichts Entsetzliches ist, wenn man stirbt«, sagte sie. »Vielleicht für die, die zurück bleiben, aber ganz gewiss nicht für den Sterbenden selbst.«

»Im Grunde genommen bin ich gar nicht richtig traurig darüber«, räumte ihr Mann ein. »Ich habe es halt, genau wie all die anderen Lebewesen, nie anders gelernt. Wenn jemand stirbt, muss man trauern.«

»Und genau aus diesem Grund verrate ich dir ja, dass auch der Tod als unweigerliches Ende, zum großen Spiel des Vergessenes dazu gehört. Er ist die Grenze vom Vergessen zur Erleuchtung, nur wissen das die meisten Lebewesen vorher nicht. Versuch nur mal jemand anderen von unseren Treffen zu berichten. Kaum einer wird dir Glauben schenken und das ist auch gut so...« Bevor Ellen weiter sprach, reckte und streckte sie sich. Doch gleich darauf wandte sie sich wieder ihrem Mann zu. »...Die Spielregeln sind nun einmal so geschaffen, dass sich kaum einer auf der Welt an die alles umfassende Wahrheit erinnern kann. Nur diejenigen, denen es Gott in seiner unendlichen Gnade offenbart, wissen Bescheid.«

»So wie mir?«, fügte Eddi demütig hinzu.

»Richtig!«, pflichtete seine Frau ihm bei. »Doch glaube mir, du wirst auf deinem weiteren Weg noch oft genug merken, dass du die anderen nur schwer von dieser Wahrheit überzeugen kannst.«

Eddi nickte verstehend. »Aber wie begeistert man andere Lebewesen für die Wahrheit? Ich will die Erfahrungen ja nicht mein ganzes Leben für mich behalten. Oder sollte ich besser meine Klappe halten?«

»Nein, brauchst du nicht. Du kannst ruhig darüber sprechen! Doch weißt du was besser ist als tausende von Worten? Handle du größer und weitsichtiger, als es dein Umfeld jemals tun würde. Natürlich werden die anderen dich anfangs nicht verstehen und sich das Maul über dich zerreißen, doch wenn du beständig umsetzt, was du hier gelernt hast, werden sie eines Tages zu dir aufschauen und dich verehren...« Auch jetzt gab Ellen ihrem Mann die Zeit die er brauchte, um das Gesagte zu verdauen. Erst als sie sah, dass er wieder aufnahmefähig war, fuhr sie fort. »...Noch einmal zur Erinnerung, die größte Tat die du vollbringen kannst, ist in die Richtung zu gehen, in die dein Herz gehen möchte. Und ich spreche hierbei nicht nur über das Schicksal der Menschenkinder.«

Eddi begriff sofort, dass seine Frau damit erneut das unaufhaltsame Aufflammen seiner Gefühle gegenüber Lana meinte. »Wie oft wollen wir uns noch treffen?«, fragte er, als hätte er ihre Anspielung überhört.

»Wie oft möchtest du mich denn noch wiedersehen?«

Es dauerte eine Weile bis Eddi antwortete:: »Wenn ich ehrlich bin, würde ich dich am liebsten jeden Tag und jede Nacht wieder sehen...« Wieder zögerte er einen Moment, doch dann holte er tief Luft, um auszusprechen was Ellen sowieso schon längst wusste. »...Ich bin mir mittlerweile bewusst, dass dieser Ort hier nicht der ist, den ich mir fürs Leben ausgesucht habe, und mir ist klar geworden, es macht wenig Sinn, dich wieder und wieder in meinen Träumen zu treffen. Mein Leben findet nicht im Himmel und nicht in meinen Träumen, sondern auf der Erde statt...« Eddi fielen Luisas Worte ein. Noch einmal legte er eine kurze Denkpause ein. Er hatte wahnsinnige Angst vor dem Gefühl, welches nun gleich entstehen würde, wenn er aussprach, wofür es längst Zeit war. So sehr er sich auch gerne darum drücken würde, nun gab es kein zurück mehr. Sicherlich hätte er noch unendlich viele Fragen, vor allem, was das Geheimnis um Gott betraf, doch er spürte, sein Herz wollte nun in eine andere Richtung gehen. »...Ellen, ich weiß nicht wie ich es dir beibringen soll«, fuhr er fort. »Ich will dich nicht noch einmal verlieren, aber...« Weiter kam er nicht. Die Worte blieben ihm im Halse stecken. Wieder musste er weinen. Gerade nahm er seine letzten Kräfte zusammen und wollte weiter sprechen, legte Ellen eine Pfote auf sein Maul.

»Du brauchst dich nicht zu entschuldigen«, klärte sie ihn auf. »Ich weiß längst, was in deinem Herzen vorgeht und glaube mir, es hat alles seine Richtigkeit.«

Eddi war von der Klarheit, mit der Ellen diese Worte sprach sichtlich berührt. Zwar musste er immer noch weinen, doch nun legte sich erneut Balsam über sein zugeschnürtes Herz.

»Und du bist wirklich nicht böse oder enttäuscht?«, fragte er noch einmal nach.

Kaum hatte er diese Frage gestellt, sah Ellen ihn mit vorwurfsvollen Blicken an. »Natürlich bin ich sauer und enttäuscht! Wie kannst du es bloß wagen, mich so schnell aufs Abstellgleis zu schieben?«

Sofort erschrak Eddi und begann sie zu trösten: »Oh Schatz, tut mir sehr leid. Wenn ich gewusst hätte...«

Ellen legte erneut ihre Pfote auf sein Maul und musste lachen. »Ach Eddi, du lässt dich von mir immer noch so leicht auf die Schippe nehmen. Glaub mir doch endlich, ich bin wirklich nicht sauer oder beleidigt. Ich bin froh, dass du dein Herz so schnell wieder für etwas Neues öffnen kannst, denn das gleicht einem Wunder. Ich lebe nicht mehr auf der Erde und werde auch nicht wieder kommen. Warum also in Gottes Namen solltest du dich nicht neu binden?«

Jetzt lächelte und weinte Eddi gleichzeitig. »Trotzdem fällt es mir sehr schwer, dich nun endgültig gehen zu lassen«, antwortete er schweren Herzens.

Ellen nickte ihm verstehend zu und sprach: »Es ist so unendlich schön sich zu verlieben. Doch umso tiefer man sich verliebt, umso mehr tut es weh, wenn man von der Liebe wieder Abschied nehmen muss. Doch so ist es nun einmal auf der Erde und im gesamten Universum. Alles unterliegt einem ständigen Wandel von Entstehen und Vergehen. Ich habe übrigens für deinen Heimweg den Fahrstuhl bestellt. Damit kennst du dich ja bestens aus.«

»Ja, an den Kasten habe ich mich tatsächlich gewöhnt. Er wird mir gewiss fehlen, so wie auch du. Ich habe die Zeit, die ich mit dir hier und auf der Erde verbringen durfte, wirklich sehr genossen. Dafür danke ich dir von ganzem Herzen...« Mit diesen Worten schmiegte Eddi sich an ihren weichen Körper und atmete noch ein letztes Mal ihren weiblichen Duft ein. Anstatt traurig zu sein, spürte er nun etwas Neues in sich aufkeimen. Ein tiefes Gefühl von Vertrauen und neuer Lebenslust breitete sich unaufhaltsam in seinem Herzen aus. Nun konnte er es gar nicht erwarten wieder zurück auf die Erde zu kommen. »...Bringst du mich noch zum Fahrstuhl?«, fragte er seine Frau.

Sie nickte ihm lächelnd zu. Mit zügigen Schritten ging er los. An der offenen Fahrstuhltür angekommen, drehte er sich noch einmal zu ihr um und streichelte mit seiner Pfote zärtlich über ihr weiches Löwengesicht. Ellen schmiegte ihren Kopf dagegen. Nun weinte auch sie. Warum sie es plötzlich konnte, wollte Eddi jedoch nicht mehr wissen. Sanft küsste er die glitzernden Tränen von ihren Augen. Sie schmeckten wunderbar süß - einfach himmlisch. Kurz entschlossen stieg er in den Fahrstuhl.

Wie schon beim Abschied von seinen Kindern, versuchte er, während sich die Tür schloss, bis zuletzt Blickkontakt mit seiner Frau zu halten. Nach wenigen Sekunden war alles vorbei. Eddi setzte sich auf den Fahrstuhlboden. Noch immer hatte er den süßen Geschmack von Ellens Tränen im Maul. Kaum setzte sich der Fahrstuhl in Bewegung, schloss Eddi seine Augen und ließ sich zurück ins Leben transportieren. Erst jetzt fiel ihm ein, dass er gar nicht gefragt hatte, warum er bei den letzten Treffen keine Lasten auf seinem Rücken spürte. Doch dies war nun nicht mehr so wichtig.

14. Das Himmelsfest

XXXXXXX

Nur ein Narr glaubt,
der Tod habe das letzte Wort.

XXXXXXX

Ein angenehm warmer Lichtstrahl der herein strahlenden Mittagssonne kitzelte Eddi sanft an der Nasenspitze. Er schlug seine Augen auf. Zu seiner Überraschung schmeckte er immer noch die Süße von Ellens Tränen und wollte möglichst lange daran festhalten. Er schmatzte und leckte mit seiner Zunge mehrfach übers Maul. Es dauerte jedoch nicht lange, und die letzte Essenz dieses Wunders verflüchtigte sich.

Erschrocken sprang er auf, denn ihm fiel ein, was Ellen über Luisa gesagt hatte. Zu seiner Überraschung konnte er wieder auf seinen Beinen stehen, ohne Schmerzen zu verspüren. Doch viel Zeit sich darüber zu freuen, blieb ihm nicht, denn auf dem schnellsten Weg musste er rüber zu der alten Löwin.

Mit seinen Krallen und Zähnen zerriss er die Schnüre des Verbandes und streifte die Bananenblätter ab. Zwar wunderte er sich darüber, dass von den Wunden nichts mehr zu sehen war, doch seine Neugierde darauf, was Ellen ihm prophezeite, war eindeutig größer. Wenn Luisa heute wirklich starb, hätte er endlich einen Beweis dafür, dass die Treffen mit seiner Frau tatsächlich statt fanden. Ein wenig schämte er sich schon dafür, nicht auch so vertrauen zu können, doch was sollte er dagegen tun?

Flink eilte er nach draußen. Tatsächlich hatte sich das gesamte Rudel vor Luisas Höhle versammelt und wie es aussah, schien es schlecht um sie zu stehen, das konnte man deutlich in den traurigen Gesichtern der wartenden Löwen erkennen.

Als Eddi es sah, war ihm alles andere, nur nicht zum Trauern zumute. Ein freudiges »Juhu, es ist wahr!«, stieß er so laut aus, dass die Trauergesellschaft sich überrascht umdrehte und ihn mit verwunderten Blicken ansah. Sofort fing er sich wieder und trabte mit ernster Miene zu ihnen. Obwohl er die Antwort längst kannte, fragte er mit trauriger Stimme was los sei. Sein Geheimnis musste er unbedingt für sich behalten, denn ihm würde sowieso keiner glauben. Schließlich war Luisa bisher die Einzige im gesamten Rudel, mit der er über Gott sprechen konnte. Fragend schaute er in die bedrückte Runde. Es fiel ihm nicht leicht, so zu tun als wüsste er von nichts.

»Sie liegt im Sterben!«, sagte Ricardos Frau. »Gut, dass du hier bist, sie hat schon nach dir gefragt.«

»Nach mir?«, fragte Eddi aufgesetzt überrascht.

»Mach besser schnell, bevor es zu spät ist!«, forderte Ricardo ihn auf.

Eddi ließ sich nicht zweimal auffordern. Zügig verschwand er im Inneren der Höhle. Drinnen angekommen entdeckte er die sterbende Löwin auf ihrer Schlafstelle. Sie hatte ihre Augen geschlossen, sodass Eddi sich nicht sicher war, ob sie nur schlief oder schon tot war. Verunsichert blieb er am Eingang stehen.

Luisa hatte ihn jedoch längst am Geruch erkannt. »Mein geliebter Junge, komm zu mir!«, röchelte sie mit ihrer alten Stimme. »Du brauchst keine Angst zu haben, ich bin noch nicht gestorben.«
Sie klopfte mit ihrer Pfote vor sich auf den Fels. Ohne zu zögern setzte Eddi sich dort hin. Die geschwächte Löwin legte ihre Pfote auf seine. Er spürte die Wärme die von ihr ausging. Obwohl sie im Sterben lag, hatte sie nichts von ihrer Herzlichkeit verloren.

»Ich weiß, dass du heute nach Hause gehen wirst«, sagte Eddi leise.

»Willst du mich auf den Arm nehmen?«, witzelte Luisa und lächelte ihn müde an.

»Das würde ich doch nie wagen«, antwortete er etwas verschmitzt zurück, obwohl ihm nicht wirklich danach war.

Luisa wusste natürlich, was in ihm vorging und tröstete ihn: »Du weißt doch, ich bin froh, dass mein Leben zu Ende geht. Ich bin wirklich sehr müde! Ich hatte ein langes und erfülltes Leben, doch nun wird es höchste Zeit, nach Hause zu gehen. Aber sag, woher wusstest du, dass ich heute sterben werde?«

»Ellen offenbarte es mir und ich soll dich lieb grüßen. Sie lässt dir ausrichten, sie können es kaum erwarten, dich im Himmel zu empfangen.«

Mit letzter Kraft hob Luisa ihren Kopf. Ihre erschöpften Augen leuchteten vor Erleichterung. Ein weiteres Lächeln breitete sich über ihr faltiges Löwengesicht aus. »Ich kann dir gar nicht sagen, wie froh ich bin, das zu hören. Auch wenn mein Glaube an Gott und ein Leben nach dem Tod bisher sehr stark war, so ist er gerade jetzt, in der Stunde meines Sterbens, kleiner als ein Senfkorn...« Luisa legte ihren Kopf wieder ab und schnaufte einmal tief durch. Deutlich hörte man dabei Rasseln aus ihrer Lunge. »...Ich habe plötzlich sehr große Angst«, gestand sie mit leiser Stimme. »Mein ganzes Leben habe ich versucht, eine gute Löwin zu sein, hab so gut es ging vermieden etwas zu tun, was einem anderen Lebewesen Schaden zufügen könnte. Bis vor einigen Stunden war ich mir noch ziemlich sicher, Gott würde mich gerne in sein Himmelreich aufnehmen. Doch je näher dieser Augenblick kommt, umso größer werden meine Zweifel, ob ich wirklich würdig für die Heimkehr bin.«

Eddi zog seine Pfote unter ihrer hervor und legte sie oben drauf. »Du brauchst keine Angst zu haben!«, beruhigte er sie. »Es gibt den Himmel wirklich und du wirst ohne Zweifel dort hin kommen!...« Selbst überrascht, mit welcher Einfachheit diese Worte aus ihm heraus sprudelten, sah er die sterbende Löwin an. Noch vor einigen Tagen hätte er nicht einmal im Traum gewagt, so etwas zu behaupten, und nun tröstete er die, die schon so oft versuchte, ihm etwas über Gott zu vermitteln. Weiterhin streichelte er zärtlich ihre Pfote. »...Bitte glaube mir, ich verstehe deine Zweifel nur zu gut. Auch ich hatte Angst, meine Träume wären nur ein schlechter Scherz meines Unterbewusstseins. Doch jetzt wo ich endlich verstehe, dass meine Frau mir die Wahrheit sagte, fällt mir ein riesiger Stein vom Herzen.«

Luisa versuchte Eddi zuzunicken, doch ihre Kraft reichte dafür nicht mehr aus. »Danke für den Versuch mich zu trösten«, ließ sie ihn wissen. »Die Zweifel nagen trotzdem an meinem kleinen Rest Leben. Ich habe mich in meinen vielen Lebensjahren bemüht, möglichst wenig Leid zu verursachen und habe es trotzdem nicht geschafft. Wenn ich nur an all die wehrlosen Tiere denke, die sterben mussten, nur damit ich etwas zu Fressen hatte. Ich fühle mich so unendlich schlecht deswegen.« Nun begann sie zu weinen, sodass Eddi unglaubliches Mitleid in seinem Herzen spürte.

»Bitte glaube mir«, sagte er sanft, »oder wenn du mir schon nicht glaubst, dann wenigstens meiner Frau. Sie versicherte mir, Gottes Liebe zu uns Lebewesen ist größer, als wir uns jemals auch nur annäherungsweise vorstellen könnten. Er wird dich nicht schief ansehen und sagen: „Also Luisa, was du im Leben getrieben hast, trennt dich von meiner unendlichen Liebe und deshalb kommst du auch nicht in mein Reich“...« Immer mehr musste sich Eddi über seine eigenen Worte wundern. Es war als hätte in ihm jemand das Reden übernommen. Und es sollte noch besser kommen. »...Bitte glaube mir«, fuhr er fort, »Gott freut sich sehr darüber, dass du endlich nach Hause kommst und er von dir persönlich erfahren darf, was du erlebt hast. Er kann es kaum erwarten und wird dir schon aus der Ferne zuwinken. Wenn du vor ihm stehst und wegen deiner schlechten Taten traurig nach unten schaust, wird er deinen Kopf heben und sagen: „Mein geliebtes Kind, zu keinem Zeitpunkt deines Lebens, habe ich schlecht über dich gedacht oder dich verurteilt.“«

Mühsam zog die alte Löwin ihre Pfote unter Eddis hervor und legte sie erneut darauf. »Du bist wirklich ein guter Löwe! Dein Herz ist so rein, ich kann darin die unendliche Liebe unseres Schöpfers erkennen!«, flüsterte sie leise und man konnte hören, dass es nun jeden Augenblick mit ihr zu Ende ging. »Lass dir diese Gabe von niemanden kaputt machen!«

Eddi sah sie demütig an. »Nein Tante Luisa, werde ich bestimmt nicht!«

»Das ist gut mein Junge, sehr gut sogar. Danke für deine tröstenden Worte, du hilfst mir wirklich sehr damit. Nun kann ich endlich in Frieden gehen!« Sie schloss ihre Augen und Eddi glaubte jetzt wäre es vorbei. Doch sie öffnete sie noch einmal und sagte: »Bitte keine Trauerfeier! Wenn ihr etwas für mich tun wollt, dann macht eine Party! Feiert und seid fröhlich, weil ihr mich kennen lernen durftet! Meinst du ihr bekommt das hin?«

»Das lässt sich organisieren«, beruhigte Eddi die Löwin.

Kaum wollte Luisa ihre Augen schließen, fiel ihr noch was ein. »Und tu den Menschenkinder nichts. Bitte bring sie nach Hause, dahin wo sie hin gehören. Du weißt, sie können nichts dafür, was ihre Eltern dir angetan haben.«

»Das hatte ich sowieso vor«, beruhigte ihr Junge sie erneut. »Ellen und meine eigenen Kinder haben mir auch diesbezüglich die Augen geöffnet.«

Noch ehe Eddi weiter sprechen konnte, legte Luisa sichtlich erleichtert ihren Kopf ab und schloss ihre Augen. Noch einmal atmete sie tief ein und aus und dann noch einmal. Sie flüsterte etwas, was Eddi nicht verstand und hörte auf zu atmen. Kraftlos rutschte ihre Pranke ab und baumelte zu Boden. Eddi hob sie vorsichtig hoch und legte sie neben ihren Kopf. Ihm war klar, dass es nun endgültig vorbei war. Mit Tränen in den Augen strich er ihr noch einmal sanft übers Gesicht. Dann ging er nach draußen zu den anderen. Gerade wollte Ricardos Frau hinein gehen, hielt er sie mit ausgestreckter Pfote zurück. »Sie ist nicht mehr unter uns!«, ließ er sie wissen.

Helene blieb wie angewurzelt stehen und sah ihn geschockt an. »Wie? So schnell?« Als Eddi nickte, begann sie zu weinen. Auch die anderen Löwen schlossen sich ihrer tiefen Trauer an. Eddi ließ ihnen die Zeit, die sie brauchten, bevor er Luisas letzten Wunsch verkündete. Als es soweit war stellte er sich in ihre Mitte und sagte: »Sie will nicht, dass wir traurig sind! Stattdessen sollen wir ein Fest veranstalten!«

»Wie sollen wir das verstehen?«, fiel Ricardo seinem Patenkind ins Wort.

»So wie ich es sagte. Ihr letzter Wille war, dass wir ein Fest veranstalten. Wir sollen froh und dankbar sein, so viel Zeit mit ihr verbracht zu haben. Luisa war fest davon überzeugt, dass der Tod nicht das letzte Wort hat und ihr Leben jetzt in einer anderen Welt weiter geht.«

Die Löwen sahen sich fragend an. Keiner wusste wirklich, was damit gemeint war. »Und wie stellst du dir das vor?«, mischte sich Ricardos Frau ziemlich vorwurfsvoll ein.

Eddi ließ sich jedoch nicht aus der Ruhe bringen. »Ist das wirklich so schwer zu verstehen?«, fragte er höflich. »Veranstaltet eine

Feier. Seid fröhlich und dankt Gott, dass Luisa in unserem Rudel leben durfte.«

Lautes Getuschel breitete sich aus und verwandelte sich binnen Sekunden in eine laute Diskussion. »Ruhe!«, brüllte Ricardo. »Jetzt seid doch mal still«, wiederholte er seine Aufforderung etwas leiser. »Wenn es Luisas letzter Wille war, dann erfüllen wir ihr diesen Wunsch selbstverständlich. Veranstalten wir eine Party!«

Kaum gesagt ging erneut eine wilde Diskussion los. Diesmal war es Eddi, der für Ruhe sorgte. »Ich habe noch etwas mitzuteilen«, rief er laut. »Bevor wir Luisas Himmelsfest feiern, möchte ich etwas erledigen, was längst überfällig war. Ich werde die Kinder frei lassen, doch benötige ich hierfür eure Hilfe. Es liegt mir sehr am Herzen sie persönlich bei ihren Eltern abzuliefern.«

»Um ihnen die Kehle durchzubeißen?«, rief einer der jüngeren Löwen.

»Nein, das werde ich ganz bestimmt nicht tun! Es wurde schon genug Blut vergossen. Damit muss endlich Schluss sein! Wer meinen Wunsch respektiert und mir dabei helfen möchte, kann das gerne tun. Ich wäre sehr dankbar dafür.«

Ohne zu zögern trat Ricardo hervor. »Natürlich helfen wir dir, schließlich bist du unser Boss.«

Eddi sah, wie auch die restlichen Löwen zustimmend nickten und war sehr froh darüber. Sofort wurden Fredi und Frida gerufen. Auch diesmal sollten sie auskundschaften, wann eine geeignete Möglichkeit bestand, die Kinder so zu übergeben, dass niemand zu Schaden kam.

Eddi ging unterdes in seine Höhle. Er musste sich ausruhen, schließlich stand ein langer Marsch bevor. Er war sich nicht sicher, ob er ihn überhaupt überstehen würde. Doch allzu große

Sorgen machte er sich deshalb nicht. Wenn Gott tatsächlich wollte, dass er die Kinder lebend zurückbringt, würde er auch einen Weg finden, wie es von statten gehen sollte. Erschöpft legte er sich auf sein Schlafgemach und starrte die Risse in der Felswand an. Irgendwie schienen es unerklärlicher Weise weniger geworden zu sein. Seine Gedanken kreisten wild durcheinander. Von so vielen geliebten Löwen binnen so kurzer Zeit Abschied nehmen zu müssen, war wirklich sehr mühsam. Noch einmal musste er an seine Frau denken. Bestimmt war Luisa längst bei ihr.

Jemand zog ihn am linken Ohr und gleich darauf am Rücken. Erschrocken öffnete Eddi seine Augen und entdeckte das kichernde Mädchen, wie es versuchte seinen Rücken zu erklimmen. Auch ihr Bruder machte sich an seinem Kopf zu schaffen. Zwar schmerzten Eddis Verletzungen noch etwas, doch er biss die Zähne zusammen. Verschlafen sah er sich um. Lana war nicht da.

Kaum saß der Junge vor seiner Schwester auf dem Löwen, schnappte er ein paar Fellhaare und bewegte sich, als würde er auf einem Pferd reiten. Es dauerte nicht lange, und sie schloss sich seinem Spiel an. Sanft stießen sie mit ihren kleinen Füßen in die Seite des Löwen.

Eddi wurde unweigerlich an seine eigenen Kinder erinnert und entschied, das Spiel mit zu spielen. Vorsichtig, sodass die kleinen Reiter nicht herunter fielen, erhob er sich. Irgendwie hatte er Spaß daran und musste über die Absurdität dieser Situation schmunzeln. Zwei Menschenkinder reitend auf dem Rücken eines Löwen, so etwas gab es doch nur im Märchen. Doch dies hier war kein Märchen, es war das wahre Leben.

Leichten Schrittes lief Eddi immer wieder im Kreis durch die

Höhle. Die Kinder wippten mit jedem seiner Schritte mit. Je mehr sie vor Begeisterung lachten, umso schneller bewegte er sich. Es dauerte nicht lange und er vergaß seine Schmerzen und auch, dass die Kinder nicht seine eigenen und zudem Menschen waren.

Übermütig verließ er seine Höhle und rannte über den sandigen Platz. Die anderen Löwen beobachteten ihn mit ungläubigen Blicken, doch es schien ihm nichts auszumachen. Wiehernd wie ein Pferd, galoppierte er vor ihnen auf und ab.

Lana eilte herbei. »Gott sein Dank, ich habe sie schon überall gesucht!«, rief sie. Erleichtert nahm sie Eddi die Kinder ab und setzte sie auf ihren Rücken. »Du glaubst gar nicht, wie froh ich bin, dass es ihnen gut geht. Ich legte mich vorhin unter einen Baum. Während ich sie beim Spielen beobachtete, muss ich irgendwie eingenickt sein und als ich wieder zu mir kam, waren sie verschwunden.« Verlegen lächelte sie Eddi an und er erwiderte es.

Der erste Flirtversuch wurde noch im selben Moment im Keim erstickt, als Ricardo außer Puste herannahte und rief: »Hey, ich will gar nicht groß stören, wollte euch nur sagen, wie wir nachher vorgehen...« Erschöpft von der langen Reise, schnaufte er mehrfach tief durch, dann sprach er weiter: »...Einige Freunde benachbarter Rudel boten uns auch diesmal Hilfe an und ich habe mit Richter Thomsen gesprochen. Ich soll dir ausrichten, er begrüßt deine mutige und weise Entscheidung sehr...« Ricardo hörte auf zu reden, weil er sah, dass sein Junge nicht bei der Sache war. Lana beobachtete Eddi unentwegt von der Seite und dies machte ihn nervös. Ricardo stieß ihm in die Seite. »...Hörst du mir überhaupt zu?«, fragte er etwas gereizt.

Eddi zuckte ertappt zusammen. »Ja, ich bin ganz bei dir. Kannst du es trotzdem nochmal wiederholen?«

Verständnislos sah sein Onkel ihn an. »Na schön, noch mal von vorne. Ich und der Rest unseres Rudels haben sich Gedanken gemacht, wie wir es bewerkstelligen können, dass du den anstrengenden Marsch durchhältst. Nach langer Überlegung, war es schließlich meine Frau, die uns auf eine brillante Idee brachte. Sofort ging ich zum Gericht und bat Thomsen, er möge einige seiner Gerichtsdiener frei stellen, damit sie dich zur menschlichen Siedlung transportieren...«

»Menschenaffen?«, platzte Eddi dazwischen. »Wie soll das denn gehen?«

»Ganz einfach«, antwortete Ricardo stolz, »sie tragen dich in einem der Netze, die die Menschen bei dem Überfall zurück ließen.«

»Wie bitte? Ich soll mich in einem der Netze durch die Gegend schleppen lassen, welches verwendet wurde, um meine Familie zu zerstören? Kommt gar nicht in Frage!« Beleidigt drehte Eddi sich weg.

Daraufhin mischte sich Lana sanft ein. »Wir wissen nur zu gut, dass es dir eigentlich nicht zuzumuten ist. Es ist jedoch die einzige Möglichkeit dich zu transportieren. Und aus eigener Kraft würdest du den langen Marsch zur Menschensiedlung nicht schaffen...«

»Und falls doch«, unterbrach Ricardo die Löwin, »dann hättest du kaum noch Energie um zu fliehen, sollte es gefährlich werden...« Er ging um Eddi herum und sah in dessen Augen. »...Es gäbe natürlich noch eine andere Möglichkeit. Du bleibst hier und wir bringen die Kinder ohne dich...«

»Kommt nicht in Frage!«, brüllte sein Junge dazwischen. »Tut mir leid«, entschuldigte er sich sofort für seinen beginnenden Wutausbruch. »Der Gedanke noch einmal in einem der Netze gefangen zu sein, jagt mir schreckliche Angst ein«, gestand er schließlich.

»Das verstehen wir«, sagte Lana. »Deshalb machen wir doch den Vorschlag.«

Nun dachte Eddi in Ruhe darüber nach. Plötzlich fiel ihm ein, was Ellen im Traum sagte. Natürlich, das ist es!, schoss es ihm durch den Kopf. Hatte sie nicht versprochen, Gott würde immer einen Weg finden? Nun lag es nur an ihm, dieses Angebot anzunehmen. Jetzt konnte er zum ersten Mal beweisen, ob er seinem Schutzengel tatsächlich vertraute.

»Ich werde die Kinder persönlich bei ihren Eltern abgeben, koste es was es wolle«, ließ er Ricardo und Lana wissen.

»Du bist also mit dem Netz einverstanden?«, hakte sein Onkel vorsichtshalber noch einmal nach.

»Ja, bin ich!«

»Gut, dann mach ich mich gleich auf den Weg, um alles Weitere zu arrangieren. Ach ja, und bevor ich es vergesse, wir werden bei einsetzender Dämmerung los ziehen, damit wir kurz vor Mitternacht die Siedlung erreichen.«

»Gehst du auch mit?«, fragte Eddi die Löwin.

»Auf jeden Fall, doch du solltest dich vorher noch etwas ausruhen! Auch wenn die Gorillas dich transportieren, wird es bestimmt anstrengend für dich.«

Eddi gehorchte und ging in seine Höhle, um sich erneut hin zu legen. Doch schlafen konnte er nicht, er war viel zu aufgeregt.

xxx

Die Dämmerung brach herein. Das gesamte Rudel hatte sich auf dem sandigen Platz versammelt. Trotz anfänglicher Bedenken einzelner Löwen, waren nun alle bereit, Eddi mit Leib und Seele zu unterstützen. Auch ein paar Mitglieder befreundeter Rudel hatten sich wieder eingefunden. Manch einer jedoch, konnte Eddis plötzlichen Sinneswandel nicht nachvollziehen und blieb fern.

Das Netz lag ausgebreitet auf dem Boden. Um es besser tragen zu können, wurden an beiden Außenseiten dünne Baumstämme eingefädelt. Auch hatten sich kräftige Gorillas auf Thomsens Anweisung hin eingefunden.

Eddis Augen verweilten eine Zeit lang auf dem Netz. Auf einen neuen Verband aus Bananenblätter hatte er bewusst verzichtet. Seine Wunden waren, bis auf etwas Grind, so gut wie verheilt. Luisas Salbe hatte gute Arbeit geleistet. Außerdem würde es ziemlich bescheuert aussehen, wenn bei den Menschen ein ausgewachsener Löwe im Bananenblättermantel auftauchte.

Ohne groß darüber nachzudenken, stieg Eddi auf den Felsen in der Mitte des Platzes. Von hier aus konnte er alle Löwen überblicken. »Freunde! Kameraden!«, rief er selbstbewusst in die Runde. »Ich bin froh und dankbar zugleich, dass ihr euch erneut durchringen konntet, mir zu helfen. Mein herzlicher Dank richtet sich auch an die Menschenaffen. Für mich wäre diese weite Reise ohne eure Hilfe nicht zu realisieren...« Er nickte den Gorillas zu. Sie erwiderten seinen Dank, indem sie ihre geballten Fäuste in die Luft hoben. Eddi wandte sich wieder den wartenden Löwen zu. »...Ein wichtiges Anliegen ist es auch diesmal, dass keiner verletzt wird. Bitte denkt daran, eure eigene Sicherheit hat oberste Priorität! Und jetzt lasst uns los ziehen!«

Gerade wollte er vom Fels steigen, trat einer der Löwen hervor. »Eine Frage noch Chef, wie stellst du dir die Rückgabe der Kinder eigentlich genau vor?«

Eddi dachte kurz nach. »Du hast vollkommen recht«, sagte er schließlich, »darüber haben wir noch gar nicht gesprochen. Wir werden es ähnlich dem letzten Überfall machen.«
Einige Löwen reagierten sichtlich überrascht, denn ihnen wurde klar, was er genau vor hatte.
»Willst du wirklich wieder zu denen ins Haus?«, wollte einer von ihnen wissen.

»Genau so sieht mein Plan aus! Fredi und Frida haben bei ihrem Erkundungsflug heraus gefunden, dass der Vater der Kinder mit Grippe und einer Verletzung am Bein im Bett liegt. Seine Frau versorgt ihn und wird deshalb ebenfalls anwesend sein. Eure Aufgabe ist es auch diesmal, die Aufmerksamkeit seiner Angestellten auf euch zu ziehen. Wie das geht wisst ihr ja mittlerweile.«

»Du willst also allein ins Haus?«, hakte Ricardo besorgt nach.

»Nein, Lana wird mich begleiten...« Eddi sah zur Löwin hinab. Sie trug auf ihrem Rücken eine geflochtene Seitentasche, in der die Menschenkinder sicher verstaut waren. »...Du wirst mich doch ins Haus begleiten?«, fragte er vorsichtig nach. Sie nickte und Eddi fiel ein Stein vom Herzen. Er sprang vom Fels und legte sich in die Mitte des Netzes. Die Menschenaffen hievten die Baumstämme nach oben und legten sie auf ihre Schultern. Sofort schnürten sich die Stricke fest um Eddis Körper, sodass er einen Augenblick lang Panik bekam. Die Erinnerungen an das große Unglück waren noch zu frisch.

Kurzentschlossen murmelte er ein Gebet. Er bat Gott ihm die Kraft zu geben, es auszuhalten. Kaum hatte er es zu Ende gesprochen, spürte er, wie der innere Druck nachließ. Warum habe ich eigentlich nicht schon viel früher um Hilfe gebeten?, fragte Eddi sich, während sein Körper umringt von Menschenaffen in der Luft baumelte. Hatte Ellen nicht gesagt, dass er jederzeit nach ihr oder Gott rufen konnte?

Die Gorillas schleppten ihre kostbare Fracht die steilen Hänge hinunter. Ihre Muskeln waren bis zum äußersten angespannt. Sie stöhnten unter der schweren Last des ausgewachsenen Löwen. Der Transport zur menschlichen Siedlung nahm viel Zeit in Anspruch. Immer wieder mussten sie Pausen einlegen, um neue Kräfte zu sammeln. Auch Eddi war sehr dankbar für diese Auszeiten, denn nach wie vor war es im zusammengeschnürten Netz sehr unbequem.

Trotz aller Strapazen erreichte die Meute wie geplant kurz vor Mitternacht das Ziel. Die von Lana getragenen Kinder schliefen noch immer tief und fest in ihrer Tasche.

Fredi und Frida flogen noch einmal über die Siedlung. Obwohl in den Hütten und in der weißen Villa der Eltern noch Licht brannte, war alles ruhig. Unverzüglich flatterten die Vögel von ihrer Erkundungstour zurück und gaben grünes Licht.

Auch jetzt musste alles ganz schnell gehen. Eddi und Lana schlichen zum Hintereingang. Die Gorillas und die anderen Löwen positionierten sich währenddessen ganz in der Nähe des Haupteingangs. Auch diesmal lag Anspannung in der Luft. Würden die Menschen erneut auf das tierische Ablenkungsmanöver herein fallen, oder hatten sie seit dem letzten Überfall dazu gelernt? Die Haupttore jedenfalls, waren diesmal fest verschlossen, doch dies sollte kein größeres Hindernis darstellen.

Nervös bis in die Haarwurzeln, kamen Lana und Eddi auf der Rückseite am Gartentor an. Erleichtert stellten sie fest, das Schloss war tatsächlich immer noch defekt. Zaghaft zog Eddi das Tor auf.

Ein leises Quietschen drang durch die Nacht. Schon hob einer der Wachhunde, die Ohren gespitzt, seinen Kopf. Die beiden Löwen wussten, dass es nun höchste Zeit wurde, sich von den Kindern zu verabschieden. Vorsichtig öffnete Eddi den Beutel. Zusammengekauert lagen die Winzlinge darin, die Augen immer noch fest verschlossen. Sachte strich er ihnen durchs weiche Haar. Irgendwie hatte er sie lieb gewonnen. »Hoffentlich werdet ihr mal anders als eure Eltern«, sagte er.

»Mach nicht so einen Krach!«, ermahnte ihn Lana. »Du weckst sonst noch die Hunde auf!«

Doch es war zu spät. Einer der Wachhunde bellte los. Gleich darauf ein Zweiter. Es dauerte nicht lange und alle Hunde liefen bellend umher. Jetzt würde es nicht mehr lange dauern, bis die ersten Arbeiter aus ihren Hütten kamen.

Am Haupttor leuchtete Ricardo ein, es war nötig schnellstens zu handeln. Er musste um jeden Preis verhindern, dass die Hunde in Eddis und Lanas Richtung liefen. Auf seine Anordnung hin trommelten die Gorillas so fest sie konnten an das Haupttor. Sie hatten Glück, eines der Tore wurde geöffnet. Ziemlich überrascht sahen die bewaffneten Arbeiter die anklopfenden Gorillas an.

Die Affen überlegten nicht lange. Sie drehten um und verschwanden in der Dunkelheit. Zur gleichen Zeit sprangen die Löwen laut brüllend aus ihren Verstecken heraus und stürmten auf das Tor zu. Die Männer flüchteten kurzzeitig ins Innere der Siedlung zurück, doch es dauerte nicht lange und das Kräfteverhältnis änderte sich. Immer mehr Arbeiter kamen herbei geeilt. Die ersten Schüsse fielen. Als den Löwen die ersten Kugeln um die Ohren flogen, traten auch sie die Flucht an. Auch diesmal schien ihr Plan aufzugehen, denn die bewaffneten Männer verfolgten sie mit ihren Hunden tief in den Dschungel hinein.

Während Eddi und Lana in der Siedlung über die Straße schlichen, wurden die Schüsse und das Hundegebell in der Ferne leiser. Hinter einem Pferdeanhänger, der mit einer Plane bedeckt war, suchten sie Schutz.

»Die machen echt den gleichen Fehler wie schon vor einigen Tagen«, flüsterte Eddi Lana grinsend zu. »Trotzdem sollten wir uns beeilen. Gewiss wird es nicht lange dauern, bis sie zurück kommen...« Er deutete mit seiner Pfote hinüber zur weißen Villa. »...Siehst du? In dieses Haus müssen wir hinein. Dort wohnen ihre Eltern.«

Er bewegte sich mit flinken Sätzen über die Straße. Lana folgte ihm geduckt und schleichenden Schrittes, sodass der Beutel mit den Kindern leicht auf dem Boden schleifte. Am Haus angekommen, gingen sie hinter einigen überquellenden Mülltonnen erneut in Deckung. Auf der Vorderveranda sahen sie die Mutter der Kinder stehen. Die Haustür hinter ihr war weit geöffnet. Verängstigt starrte sie die Straße hinunter, die Eindringlinge unterhalb ihrer Füße schien sie jedoch nicht bemerkt zu haben. Einen Moment zögerte sie, dann ging sie hinein und verriegelte mehrfach die Tür.

Zügig umrundeten die beiden Löwen das Haus. Auf der Rückseite war die Terrassentür wieder nur angelehnt. Eddi teilte Lana mit, sie solle mit den Kindern vorerst draußen warten. Auf keinen Fall wollte er riskieren, dass sie oder eines der Kleinen zu Schaden kommt. Sachte schlich er über die leise knarrenden Bretter. Mit seiner Schnauze öffnete er die Terrassentür, schlüpfte hinein ins Dunkle der Küche und weiter zum Flur. Im Wohnzimmer war niemand, doch gegenüber stand die Tür zum Schlafzimmer einen Spalt offen. Vorsichtig wagte er einen Blick hindurch und entdeckte, auf dem Bett liegend, den Vater der Kinder. Seine Frau saß neben ihm auf dem Bettrand. Wie schon im Traum konnte Eddi ihre, von Sorgen und unendlichem Leiden, zermürbten Gesichter erkennen.

Ohne weiter darüber nachzudenken, riss der Löwe schwungvoll die Tür auf, sodass sie mit einem lauten Knall vor die Wand dahinter schlug. Noch ehe die Frau oder der Mann reagieren konnte, baute er sich laut brüllend vor ihnen auf.

Auch diesmal erkannte der Mann das Raubtier mit den Kuhflecken sofort wieder. Seine Frau versuchte zu schreien, doch der Schrei blieb ihr vor Entsetzen im Hals stecken. Genau so hatte Eddi es sich vorgestellt. Noch einmal sollten sie Todesängste erleiden, bevor sie ihre Kinder zurück bekämen.

Doch plötzlich geschah etwas, womit er nicht gerechnet hatte. Der Mann zog unter seiner Decke einen Revolver hervor. Wieder einmal zielte er damit auf den Löwen. Ohne zu zögern drückte er mehrfach ab. Doch nichts geschah. Anstatt der Schüsse hörte man nur mehrfaches Klicken. Fassungslos musterte er seine Waffe.

Eddi löste sich aus seiner Schockstarre. Gerade wollte er auf den Schützen losgehen, kam Lana ihm zuvor. Sie hatte geahnt, dass etwas nicht stimmte und die Kinder auf dem Küchenboden zurück gelassen. Mit einem kräftigen Satz sprang sie aufs Bett, sodass es unter ihrem Gewicht zusammen krachte. Mit der Tatze schlug sie dem Mann die Waffe aus der Hand. Sie war so wütend, dass sie selbst einen Augenblick lang befürchtete, den Menschen die Kehle durchzubeißen.

Vollkommen verängstigt kauerten die Eltern der Kinder in der äußersten Ecke ihres zerstörten Bettes. Schützend, so als könnte er die Löwen damit besänftigen, umschlang der Mann seine Frau.

Nun kam auch Eddi näher. Er ging mit seinem Kopf so dicht an die beiden heran, dass sie seinen Atem in ihren Gesichtern spüren konnten. Selbst Lana glaubte für einen Augenblick er würde sie nun doch töten.

In der Küche wurde währenddessen das kleine Mädchen vom Löwengebrüll geweckt. Sie befreite sich aus dem Beutel und lief ins Schlafzimmer. Als die beiden Raubtiere sie aus dem Augenwinkel entdeckten, hörten sie sofort auf zu brüllen. Schließlich sollten die Kinder sie in guter Erinnerung behalten.

Lana ging in die Küche und keine fünf Sekunden später schleppte sie den Jungen herein. Sie setzte ihn neben seine Schwester auf den Boden.

Mit verwunderten aber erleichterten Augen, sah die Mutter immer wieder abwechselnd die Löwen und ihre Kinder an. Sie schien nicht glauben zu können, was gerade geschah. Immer noch hatte sie schreckliche Angst, doch es sollte nicht lange dauern und sie gab sich einen Ruck. Ihr Mann wollte sie daran hindern, versuchte sie am Arm fest zu halten, doch das half nichts. Überglücklich stürzte sie auf ihre Kinder zu, schnappte sie und drückte sie schluchzend an sich. Tränen liefen über ihr Gesicht. Deutlich sah man, wie die unerträglichen Lasten der letzten Tage von ihr abfielen. Sie schaute erneut die Löwen an. Obwohl die Raubtiere die Menschensprache nicht verstanden, war es eindeutig ein „Danke", was über ihre Lippen kam.

Eddi sah die unendliche Freude der Frau und wusste, er würde es keinen Moment länger aushalten. Zu sehr erinnerte ihn der Anblick an den Verlust seiner eigenen Familie. Ohne Angst, der

Schütze könnte erneut auf ihn schießen, drehte er sich mit gesenktem Kopf um und ging nach draußen. Lana folgte ihm stillschweigend.

Der Mann legte seine Pistole weg und folgte ihnen in den Flur. Verwundert beobachtete er durch die weit geöffnete Hintertür, wie das Löwenpaar in der Dunkelheit verschwand. Kurze Zeit später kamen seine Arbeiter zurück und meldeten, dass die Siedlung wieder sicher war. Doch das wusste ihr Boss längst.

Eddi und Lana traten die Heimreise an. Im Gegensatz zu den anderen Löwen, hatten sie alle Zeit der Welt. Unwahrscheinlich, dass der Vater der Kinder erneut seine Arbeiter los schicken würde, um sie zu jagen. Stumm stapften sie nebeneinander her. Hin und wieder holte Lana Luft um etwas zu sagen, doch jedes Mal blieben ihr die Worte im Hals stecken. Ihr leuchtete ein, Eddi wollte jetzt nicht reden.

Plötzlich und unerwartet blieb er stehen. »Glaubst du wir haben das Richtige getan?«, fragte er niedergeschlagen. »Ich bin mir nämlich nicht so sicher. Ich dachte es würde sich gut an anfühlen, wenn ich die Kinder lebend bei ihren Eltern abgebe. Doch stattdessen fühle ich mich elend.«

Lana legte sich auf den Boden ins Gras. Mit einem Wink gab sie ihm zu verstehen, er solle sich zu ihr legen. Zögerlich kam er ihrer Aufforderung nach. Lanas Kopf lag nun ganz dicht neben Eddis. Leise begann sie zu sprechen. »Wahrscheinlich werde ich, so hoffe ich zumindest, nie den Schmerz erleiden müssen, den du noch immer in dir trägst. Eins möchte ich dir trotzdem ans Herz legen. Manchmal - und in deinem Fall bin ich mir da ziemlich sicher - kommt das Glück zurück, wenn man sich genügend Zeit zum

Trauern genommen hat.«

»Glaubst du das wirklich?« fragte er mit zugeschnürter Stimme.

»Das glaube ich nicht nur, sondern ich bin fest davon überzeugt. Was du in den letzten Tagen und ganz besonders in der heutigen Nacht vollbracht hast, soll dir erst einmal jemand nachmachen. Selbst ich würde solch ein Werk der Vergebung nicht hin bekommen.« Kaum hatte sie es ausgesprochen, musste Eddi wieder weinen. Das sie es sah, machte ihm nichts aus. Noch einmal vergab er den Menschen ganz bewusst, was sie ihm angetan hatten. Lana strich ihm unterdes sanft über die Wange und flüsterte: »Lass es einfach raus!«

Jetzt gab es für Eddi kein Halten mehr. Jämmerlich weinend, zogen an ihm noch einmal die Bilder seiner erschossenen Frau und getöteten und vermissten Kinder vorüber. Mehrfach musste er dabei herzzerreißend schluchzen. Auch wenn Lana ihn gerne getröstet hätte, mischte sie sich nicht weiter ein. Sie ließ es einfach geschehen. Alles was sie tat, war ihn weiterhin sanft zu streicheln. Mit der Zeit wurde aus dem Weinen eine leises Wimmern und kurze Zeit später schlief Eddi vollkommen erschöpft ein.

Nun legte auch Lana ihren Kopf ins weiche Gras. Auch sie musste nun weinen. Sie tat es ganz leise, denn sie wollte nicht, dass er es merkte. Nach einer Weile schlief auch sie ein.

Als Eddi am nächsten Morgen erwachte, dachte er für einen Moment, er wäre wieder einmal im Himmel. Die Morgensonne schien ihm ins Gesicht. Mit zusammengekniffenen Augen sah alles um ihn herum leuchtend bunt aus. Er warf einen Blick neben sich. Lana schlief noch. Eine Weile beobachtete er sie. Sie war so wunderschön. Er nahm all seinen Mut zusammen, beugte sich über sie und küsste ihr sanft auf die Nasenspitze. Sofort begann sie sich zu bewegen. Eddi erschrak. Was hatte er angerichtet? Hatte er sie wirklich wach geküsst? Hoffentlich bemerkte sie es nicht.

Doch zu spät. Lana öffnete ihre Augen und sah ihn an. »Das hat sich gut angefühlt«, flüsterte sie lächelnd. »Du kannst es gerne noch mal tun!«

Eddis Löwengesicht wurde daraufhin vor Scham ganz rot. Doch nun gab es kein Entrinnen mehr. Einen Moment lang zögerte er, dann beugte er sich erneut über sie und küsste sie noch einmal auf die Nasenspitze. Kaum setzte er an, spürte er auch schon ihr Maul auf seinem.

Ein langer intensiver Kuss folgte. Als Lana ihr Maul von Eddis weg nahm, blieb er vor Entzückung einige Zeit in Position. Dann zog auch er seinen Kopf zurück. Lana sah ihn verunsichert an, doch sie hatte nichts zu befürchten. Ihr Liebhaber beugte sich wieder zu ihr, hob mit seiner Pfote ihr Kinn etwas an und gab ihr noch einen langen Kuss. Schmetterlinge breiteten sich in seinem Bauch aus. Er war sehr froh darüber, nach so kurzer Zeit wieder Liebe empfinden zu können. Das frisch verliebte Paar knutschte unentwegt herum. Sie konnten nicht mehr voneinander lassen und flirteten auch auf dem Heimweg weiter.

Als sie am Nachmittag erschöpft aber überglücklich bei den Roten Felsen ankamen, wurden sie schon von den anderen Löwen empfangen. Wie sich herausstellte, wurde keiner bei der Aktion verletzt oder getötet. Auch die sieben Richter und alle Gerichtsdiener waren anwesend. Eddi wurde von allen herzlich begrüßt. Für seine unbeschreiblich mutige Tat, spendeten die Gorillas unter dem Jubel der Löwen lang anhaltenden Beifall.

Noch am selben Tag wurde ein großes Fest gefeiert. Es dauerte drei Tage und Nächte, bis schließlich auch das letzte Tier keine Lust mehr zum Feiern hatte.

15. Das neu versprochene Erbe

xxxxxxx

Was Gott verspricht, hält er auch!

xxxxxxx

Mittlerweile war ein knappes Jahr ins Land gezogen. Eddis Rudel hatte längst wieder im Dschungel ein sicheres Zuhause gefunden, dass er höchstpersönlich als amtierendes Rudeloberhaupt aussuchte. Ellens Grab bei den Roten Felsen besuchte er seit mehreren Wochen nicht mehr. Stattdessen hatte er für sie und seine verstorbenen Kinder einen warmen Platz in seinem Herzen eingerichtet, wo sie für den Rest seines Lebens weiter lebten.

An manchen Tagen überkam ihn das dringende Bedürfnis von ihnen zu erzählen. Dann hörte Lana ihm jedes Mal aufmerksam zu. Auch wenn sie nun seine neue Partnerin war, wurde sie nie eifersüchtig, wenn er über seine verstorbene Frau sprach. Sicherlich würde es noch Monate oder Jahre dauern, bis er seine Vergangenheit komplett verarbeitet hatte.

Lana verstand dies und stand jederzeit wie ein Fels an seiner Seite und spendete Trost und Hoffnung. Sie war sehr froh darüber, einen so tollen Mann gefunden zu haben. Auch war sie überglücklich, weil sie bald Nachwuchs von ihm erwartete.

Auch Eddi war sehr glücklich darüber, doch seine Freude wurde meist dadurch getrübt, dass von seinen drei vermissten Kindern nach wie vor jede Spur fehlte. Täglich musste er an sie denken. Die Hoffnung auf ein Wiedersehen hatte er fast schon aufgegeben.

Auch heute an diesem Spätsommermorgen geisterten Lord, Pele und Lesan in seinem Kopf herum. Er sah vor sich die Bilder ihres letzten gemeinsamen Ausflugs zum Wasserfall und konnte dabei das Glück fühlen, als sie noch eine Familie waren. Wie schon so oft, betete Eddi zu Gott, er möge sie heil zurück bringen. Auch diesmal versuchte er nicht zu weinen, doch wieder einmal gelang es ihm nicht. Lebten sie überhaupt noch?, fragte er sich unentwegt.

Als Lana ihren Mann so leiden sah, schlug sie vor, an jenem Ort zurück zu kehren, an dem sich seine letzten guten Erinnerungen bündelten. Warum sie diesen Vorschlag machte, wusste sie selbst nicht so genau. Irgendwie spürte sie in ihrem Herzen, es war an der Zeit, dass sich ihr Mann auch diesem Teil seiner Vergangenheit stellte.

Eddi war natürlich alles andere als begeistert, denn mehrfach schwor er sich, erst dann wieder dort hin zurück kehren zu wollen, wenn seine noch lebenden Kinder bei ihm wären. Doch Lana nervte ihn solange, bis er schließlich nachgab.

Einige Mitglieder des Rudels boten sich als Begleitschutz an, doch das Löwenpaar lehnte dankend ab. Menschen hatten sie im Dschungel schon lange keine mehr gesehen. Deshalb waren sie sich sicher, dass auch heute keine Gefahr bestand. Trotzdem machte Eddi sich Sorgen um die Gesundheit seiner Frau und ihrer ungeborenen Kinder. Nachdem Lana jedoch mehrfach versicherte, ihr und dem Nachwuchs ginge es gut, brachen sie gegen Mittag auf.

Am späten Nachmittag kamen sie ans Ziel. Schon von weitem hörte man das Brausen des Wasserfalls. Eddi stoppte, denn seine Erinnerungen an das verlorene Glück erwachten unweigerlich zum Leben. Sie quälten ihn wie tausend kleine Nadelstiche. Einen Augenblick lang überlegte er umzukehren. Seine Frau würde es gewiss verstehen. Als er schließlich weiter lief, war sie sehr froh darüber. Stillschweigend trabte sie hinter ihm her. Das Tosen des Wasserfalls wurde mit jedem Schritt lauter. Kurze Zeit später tauchte er hinter einer Baumgruppe auf. Eine angenehm kühle Brise wehte zu den Löwen herüber. Lana genoss die feinen Wassertröpfchen, die durch die Luft schwebten und sich in ihrem Fell verfingen. Doch viel Zeit sich verwöhnen zu lassen, war ihr nicht vergönnt. Ungeduldig forderte ihr Mann sie auf, ihm zu folgen. Ohne Umwege wollte er hinter den Wasserfall. Sie kam seiner Bitte nach und wurde gleich darauf belohnt. Vor ihr erstreckte sich jene riesige Höhle, von der ihr Mann schon so oft berichtete. Sie sah sich alles genau an. Staunend betrachtete sie die vielen verschiedenfarbigen Kristalle, die aus den Felswänden hervor schimmerten.

Eddi hingegen konnte diesen Augenblick nicht genießen. Er war mit seinen Gedanken ganz wo anders. Die schönen und zugleich schmerzhaften Erinnerungen schossen wie Flugzeuge durch seinen Kopf. Einen Moment lang glaubte er, das fröhliche Lachen seiner Kinder zu hören, doch er wusste, dies konnte unmöglich sein. Immer weiter lief er ins Höhleninnere. Irgendwann stoppte er und wandte sich seiner Frau zu. Ihr blieb nicht verborgen, dass er weinte. Doch Trost spenden konnte sie diesmal nicht. Deutlich fühlte sie, irgendetwas stimmte hier nicht. Unverkennbar schlugen ihre feinfühligen Sinne Alarm. Verängstigt sah sie ihn an.

»Was hast du? Geht es dir nicht gut?«, fragte Eddi besorgt.

»Ich werde irgendwie das Gefühl nicht los, dass wir beobachtet werden.«, flüsterte sie ihm zu, während ihre Blicke nervös umher schweiften.

Nun sah auch er sich um, doch entdeckte er nichts ungewöhnliches. »Jetzt komm!«, forderte er Lana auf. »Ich wollte dir doch noch den Ausgang auf der anderen Seite zeigen.«

Seine Frau blieb weiterhin wie angewurzelt stehen. Noch deutlicher als zuvor schlugen ihre hochempfindlichen Instinkte an. »Bitte glaube mir«, begann sie ihren Mann erneut zu warnen, »ich kann deutlich spüren, dass Menschen in der Nähe sind!«

Eddi betrachtete noch einmal die Umgebung, doch wie schon zuvor, war außer den Felswänden und jede Menge Geröll nichts zu sehen. Gerade wollte er sie erneut beruhigen, da hörte er hinter sich knirschende Schritte. Als er sich umdrehte, erschrak er fürchterlich. Etwa ein dutzend Menschen steuerten direkt auf ihn zu. Dass sie bewaffnet waren, ließ nichts Gutes erahnen.
»Oh Gott, was habe ich getan«, rief Eddi panisch seiner verängstigten Frau zu. Verzweiflung breitete sich in ihm aus. Hektisch wanderten seine Blicke umher. Es blieb nur noch der Fluchtweg zurück zum Wasserfall. Kaum wollte er mit Lana flüchten, stürmten auch aus dieser Richtung Männer mit vorgehaltenen Waffen auf sie zu. Die beiden Löwen rechneten damit, dass die Menschen jeden Augenblick das Feuer auf sie eröffneten. Doch nichts dergleichen geschah.

»Sie wollen uns lebend«, rief Eddi seiner Frau zu. Seine Vermutung wurde bestärkt, als eine riesige schwarze Holzkiste heran geschleppt wurde. Schützend stellte er sich vor seine Frau und brüllte: »Lieber sterbe ich, als zuzusehen, wie ihr erneut meine Familie zerstört...« Die Männer ließen sich von seinem Gebrüll nicht beeindrucken. Einer von ihnen machte sich daran das Schloss an der Kiste zu öffnen. »...Wir gehen da unter keinen Umständen rein«, ließ Eddi seine Frau wissen. Sie nickte ihm kampfbereit zu. Auch sie war fest entschlossen, lieber zu sterben, als sich zu ergeben. Eindeutig hatten es die Menschen auf ihren ungeborenen Nachwuchs abgesehen. Sie baute sich neben ihrem Mann auf und brüllte ebenfalls auf die Schützen ein.

Gerade wollten die Löwen auf die Männer los gehen, wurde die Tür der Kiste geöffnet. Eddis Kinder spazierten der Reihe nach heraus. Sofort verstummte das Löwengebrüll. Eddi war sich sicher zu träumen. Er konnte weder etwas sagen noch sich bewegen. Erst als seine drei Kinder sich an ihn schmiegten, begriff er, dass es kein Traum war. Der ihn seit Monaten quälende Schmerz löste sich binnen Sekunden von seiner Seele. Er begann zu weinen, doch diesmal vor Freude. Die Menschen um sich herum, hatte er längst vergessen. Eine Weile beobachteten sie noch das unerwartete Wiedersehen, dann zogen sie ab.

Auch Lana standen vor Rührung Tränen in den Augen. Jetzt leuchtete ihr ein, warum sie heute Morgen unbedingt an diesen Ort wollte. Nach einer Weile wurden ihr die Kinder vorgestellt. Sie schloss sie sofort ins Herz.

Die fünf Löwen fassten den Entschluss die Nacht am Wasserfall zu verbringen, denn gewiss gab es viel zu erzählen. Eddis Kinder redeten die ganze Nacht hindurch. Sie berichteten von ihrer Gefangenschaft im Zirkus und führten einige dort gelernte Kunststücke vor. Was Eddi jedoch nie erfahren würde, der Vater der Menschenkinder, hatte an den Zirkusdirektor den vierfachen Preis gezahlt, um seine Kinder frei zu kaufen.

Erst am nächsten Mittag machte sich die junge Familie auf den Heimweg. Drei Tage später bekam Lana Nachwuchs. Vier Löwenbabys, zwei Mädchen und zwei Jungs erblickten das Licht der Welt.

xxxxxxx

Noch heute, sieben Jahre später, erinnert sich Eddi sehr oft und voller Freude an die Zeit zurück, in der er von Gott erneut reich beschenkt wurde. Mittlerweile hatte Lana zwölf Kinder von ihm bekommen. Einige von ihnen waren nun schon erwachsen und hatten genau wie Pele, Lesan und Lord eigene Familien gegründet.

Als Rudelchef war Eddi erst vor Kurzem zurück getreten. Sein Sohn Pele wurde einstimmig als Nachfolger gewählt. Doch weshalb machte sein Vater freiwillig Platz für ihn? War er mittlerweile zu alt geworden? Wer das denkt, kennt Eddi ziemlich schlecht. Noch lange war er nicht müde. Nachdem Richter Thomsen starb, wurde er zum Obersten Richter ernannt. Klar hätte auch einer der schon amtierenden Juristen diesen Posten übernehmen können, doch Thomsens letzter Wille war, dass Eddi sein Erbe antrat.

Anfangs wurde noch viel über den Neuling gelästert, er sei zu weich und unerfahren, doch als sich kurze Zeit nach seiner Amtseinführung, überall im Land, die menschlichen Überfälle mehr als halbierten, wusste jedes Tier - er war der Richtige für diesen Posten.

Mätsch, Ned und Kalim holte Eddi persönlich aus der Verbannung zurück. Sie hatten ihre Lektion gelernt und dienten ihm bis ins hohe Alter als Leibwächter.

Manchmal musste er an Ellen und seine verstorbenen Kinder denken. Er war jedoch nicht mehr traurig. Stattdessen herrschte in ihm die Gewissheit, dass sie unentwegt als Schutzengel in der Nähe seiner neu gegründeten Familie waren. Tief in seinem Herzen spürte er - am Ende seines Lebens würde es ein Wiedersehen mit ihnen geben.

Eddi war all die Jahre nicht nur ein großartiger Richter, sondern - und das war ihm viel wichtiger - auch ein Tröster in Not. Immer wenn ein Tier von schweren Schicksalsschlägen zu Boden gedrückt wurde, tauchte er persönlich auf, packte seine erlebte Geschichte aus und schenkte damit Hoffnung und neuen Lebensmut.

Eddi wurde noch älter als Luisa. Bis zum Schluss rühmte er sich einer guten Gesundheit. Als er am Ende seines erfüllten Lebens auf seinem Sterbebett lag, war er von solch tiefer Dankbarkeit und Freude erfüllt, dass jeder in seiner unmittelbaren Nähe spürte, wie sich für diesen mutigen Löwen, jeden Augenblick die Himmelspforten öffneten.

Der Himmel beginnt hier auf Erden vom Autor Andreas Keß, ab sofort überall wo es Bücher gibt.